二嫁榮門 1

竹聲 著

目錄

序文

竹聲

我寫這篇小說的靈感來源有兩個，其一是瓷器。瓷器脫胎於泥土，千錘百鍊後，由一雙雙化腐朽為神奇的巧手塑造，經烈火焚燒，最終成形，有了各自的模樣。

我喜歡瓷器，它們就像一個個不同的人，便也愛上了製瓷藝術。遺憾的是，我沒有那樣的巧手，所以將這門手藝賦予故事中的女主角，讓製瓷成為她的愛好，也成為她的事業。有事業的女主角，更具有人格魅力。

其二，是討好型人格。討好型人格者，經常一味討好他人，忽視自己的感受。他們大多擁有一顆柔軟細膩的心，能迅速洞悉他人的想法和需求，進而隨時無條件地滿足。這種性格的養成跟幼時的家庭、學校及經歷過的挫折有關，一旦形成，很難改變。長此以往，討好型人格者喪失了自我，害怕說出內心深處的真實想法，總是主動道歉，迎合他人，不懂得拒絕，沒有原則和底線。他們脆弱，也容易受傷。

我相信，很多討好型人格者都不喜歡這樣的自己，便在小說裡塑造出曾經是相同性格的女主角，讓她的人生可以重來，給她一個改正的機會，這便是「二嫁」的由來。

這套書是我的處女作，文字粗淺，但用心頗多，希望大家喜歡。

第一章

「啊──」

短促慘烈的尖叫聲，在寂靜的夜裡，格外讓人心悸。

簡淡在黑暗中睜開眼，凝神細聽，隱約的哭聲和雜亂腳步聲瞬間入耳，睡意一掃而空。

她坐起身，拉開帷幔，正要下地，就聽啪的一聲，門被人從外面推開了。

婆子踉蹌著跑進來，喊道：「大奶奶，府裡著火了，殺人啦！」

簡淡大驚，如果有人敢在睿王府殺人放火，豈不是謀逆？腦子裡一片空白，過了好一會兒，才吶吶道：「現在是什麼時辰了？」

「剛過四更。」

夜深人靜，城門緊閉，睿王不可能聯絡京營的軍隊，眼下的睿王府孤立無援。

簡淡的心沈到谷底，再無僥倖念頭，吩咐道：「把院門拴好，馬上叫人起來。」

「是！」婆子小跑著出了門。

簡淡到貴妃榻上拿了衣裳，迅速穿戴起來。雪青色暗紋對襟棉襖、青色百褶裙，套鹿皮翻毛短靴，再披上玄色縴絲灰鼠披風。最後，從枕頭下取出一把短匕首藏進袖子裡。

她推開門，剛往西廂的方向走了幾步，便看到兩個手持長刀的黑衣人翻牆而下，其中一人甫落地，就朝守門的婆子身上捅了一刀。

簡淡瞧見，倒抽一口氣，心臟狂跳，腳下非但沒停，反倒加快，跑過西次間、梢間、耳房，穿過角門，踏上立在後罩房牆角的梯子，踩著瓦片越過房脊，再爬下去，踹倒梯子，進了花園。

她像一隻慣於行走夜路的老貓，奇快無比，但步伐穩健，動作俐落，絲毫不拖泥帶水。

兩名黑衣人追到房頂，停下來，其中一人說道：「不用追了。此處偏僻安靜，應該是簡氏的院子。上面說過，留這小寡婦一命。」

另一人點頭。

簡淡穿過花園，回頭望漸漸消失在火海中的睿王府一眼，一鼓作氣，登上沈餘之生前搭的高臺，順著枝繁葉茂的芙蓉樹杈，沿著最粗壯的枝幹爬了半丈左右，跳下去，便是簡家。

咚！簡淡落地，雙腿震得發麻，動彈不得，一屁股坐在冰涼的地上。

「小美人回來啦！」一條黑影從樹後撲來，撞翻簡淡，兩手壓住她的肩膀，低頭在她臉上親了一口。「三姑奶奶別白死，先讓小的們樂呵樂呵。」

簡淡被突如其來的偷襲嚇得魂飛魄散，想也沒想，狠狠刺出袖子裡的匕首。

兩人距離太近，那黑影毫無防備，悶哼一聲，身體軟了下去。

簡淡推開他，從地上爬起來，背心隨即傳來一陣銳痛，疼得摔倒在地，幾欲昏厥。

她艱難地轉過頭，慘淡月光透過冬日的樹枝，斑駁地照在蒼白扭曲的臉上。

提著長刀的蒙面男人倉皇後退三步，轉身要逃，遲疑片刻，又掉頭跪下，磕了三個頭。

「三姑奶奶，千萬不要怪小的，小的一家人的命都被二姑奶奶捏在手心裡。您要怪，就怪二姑奶奶吧。」

二姊？

「為什麼……」簡淡艱難地問。

那人有些意外。「三姑奶奶不知道？二姑奶奶身子不好，御醫說她的病是胎裡帶來的。大家都說，三姑奶奶不但剋母，也剋二姑奶奶。」

是這樣嗎？簡淡不相信。有道士說過她剋母、剋雙胞胎姊姊，爹娘便把她送到舅公家寄養，道是十四歲之後歸家，便無礙了。

而且，從她回家到出嫁，期間整整一年，簡雅與她從未紅過臉，怎會突然如此恨她？

不行，她不能這麼死了。

她得去問問，如果真是簡雅要殺她，那簡雅必定知道睿王府會出事，父親和母親也曉得，為何不派人接應她？大哥簡思越又在做什麼？

睿王府就在簡家隔壁，卻沒人關心她的死活？

簡雅是簡家的女兒，她就不是了嗎？

為了簡家，她先替嫁，後守寡，他們憑什麼這麼對她？

就算死，她也要死個明明白白！

滔天怒火支撐著簡淡，忍著撕心裂肺的疼痛，拚命往林子外爬，雙手交替著插進泥濘土裡，每挪動寸許，都如刀割凌遲一般。

鮮血在她身下蔓延，像一條豔紅色的小溪。

簡淡的四肢逐漸變得冰冷而沈重，望著林外的花園小徑。不過丈餘，卻像隔著天塹。

她真的睏了、累了，連一根手指都動不了了。

簡淡閉上雙眼，在沈睡之前告訴自己：她做鬼也不會放過他們！

一場雨過後，官道上的淺溝多了起來，馬車格外顛簸。

簡淡雙手握著窗框，穩住身體，貪婪看著地裡大片的綠色——她死了七七四十九天，一朝重生，卻像跟這世間分隔了一輩子。

「三姑娘，馬上就到京城了，不如先看一會兒書吧。」黃嬤嬤笑咪咪地從包袱裡取出一本書。「這是二姑娘最喜歡讀的，三姑娘想必也喜歡吧？」

簡淡回過頭，目光落在黃嬤嬤略帶一絲譏諷的唇角上，道：「黃嬤嬤不必忙了，我不喜歡看書。」

上輩子黃嬤嬤也問過這句話，那時她回答。「我與二姊長得一模一樣，喜好自然相似，也喜歡這本書。」

諂媚、天真、愚蠢！

簡雅視她為眼中釘、肉中刺，恨不得她立刻消失，豈會希望她和她一模一樣？黃嬤嬤不過是替簡雅試探她的深淺罷了。

「三姑娘，風涼，還是關上窗吧。」黃嬤嬤靠過來，逕自把窗關上。簡淡跟二姑娘簡雅生了同一張臉，簡淡丟臉就是簡雅丟臉，不能等閒視之。

「我們表姑娘想看看風景，怎麼樣？」白瓷瞪黃嬤嬤一眼，抬手把窗戶推開。

「又叫錯了。」簡淡戳戳白瓷的額頭。

白瓷是簡淡舅公家的丫鬟，在林家喊她表姑娘並沒有錯，但如今白瓷和她哥的身契在她手裡，他們是她的人，應該叫姑娘才是。

「嘿嘿，下回保證不叫錯。」白瓷笑嘻嘻地坐回去，朝黃嬤嬤示威似地揚了揚雙下巴。

黃嬤嬤今年三十七歲，白白胖胖，長了張喜氣盈盈的臉，涵養很不錯，沒理會白瓷，笑著對簡淡道：「三姑娘，是老奴僭越了。不然戴頂帷帽？京城別的不多，就是紈袴子弟多，簡家姑娘出門，帷帽從不離身。」

白瓷聽了，大眼珠一翻。「哼，當誰沒來過京城？靜遠鎮離京城不過四十里，我們表……我們姑娘來過不知多少次。妳連這個都不知道，是不是傻？」

黃嬤嬤連番受辱，心中惱怒至極，但臉色依然不變，看簡淡一眼，見後者沒有絲毫責怪白瓷的意思，只好默默往後退了退，緊緊抿上嘴巴。

天陰得很，還有一場雨要下，到時這窗不關也得關，她不急。

簡淡笑了笑，黃嬤嬤是她母親從娘家帶來的陪嫁丫鬟，看著和氣，實則城府甚深，手段毒辣。

上輩子，白瓷也是這樣得罪了黃嬤嬤，而她為了黃嬤嬤的面子，委屈自己，狠狠教訓了白瓷。回到簡家的第二個月，白瓷被黃嬤嬤栽贓，從她床底搜出簡淡丟的金鑲玉項圈，母親做主，把她攆回林家去了。

她為親情捨棄白瓷，之後又捨棄愛好，步步討好，事事順從，直至死後，才發現自己錯得多離譜，幾乎無法直視過去，亦無法理解當時的自己。

簡雅明明時刻防備著她，事事想高她一頭，她怎麼就視而不見，非要一廂情願地和人家做並蒂蓮、一門雙秀？

父母明明偏心偏到了胳肢窩裡，她怎麼就理解成簡雅身體不好，父母多照顧些，也是應該的？

她腦子裡糊了泥嗎?!

簡淡懊喪好一會兒，才慢慢從過去的泥沼裡掙脫出來，在心裡告訴自己：人不能犯兩次錯，這一世，她定要睜大眼睛，認真地看，仔細地想，誰也別想讓她做不想做的事。

快到南城門時，雨又落下了，細細密密。

簡淡關上窗，對白瓷道：「吩咐一聲，去適春園。」

「適春園？」黃嬤嬤坐直身子，皺起眉頭。「前天老太爺才從家裡過去，今兒三姑娘是迎不到人的。再說了，去適春園會耽擱很久，二太太和二姑娘還等著三姑娘歸家呢。」

大舜的皇帝們不喜歡住宮裡，一年中有大半時日待在京城東南郊的適春園。簡老太爺簡廉是首輔，日理萬機，三、五天不回家是常有的事。

簡淡不想跟黃嬤嬤糾纏，看了白瓷一眼，白瓷歡快地喊了聲「得令」，推開門道：「姑娘說了，去南郊適春園！」

黃嬤嬤見簡淡態度強硬，識趣地閉上嘴，心道太太最重規矩，既然她趕著自討沒趣，那隨便她好了。

走到半路時，雨停了，濃霧在田野和林間蒸騰起來，籠罩一切。

馬車慢下來，氣氛變得安靜，可以清楚聽見遠處馬匹的踢踏聲和響鼻聲。

「什麼人！」有人大喝道。

沒人回答那人的問話，馬匹嘶叫起來，緊接著是兩聲巨響。

「保護大人！」

「出事了，白瓷聽見了吧?!」黃嬤嬤打開窗戶，緊張地看著外面。

白瓷點點頭，也湊過去瞧。霧氣遮著，看不清楚，但叮叮噹噹的刀劍相擊聲越來越大。

「快掉頭！」黃嬤嬤急赤白臉地喊道。

簡淡涼涼地瞥黃嬤嬤一眼，抬腳踹前面的車廂板。「停車！」她五官明朗，一雙秋水無塵的杏眼格外柔美，可一旦拉下臉，整個人便散發出一股陰冷寒意。

黃嬤嬤被她駭住，不覺往後縮了縮。「三姑娘恕罪，是老奴僭越了，可前面……」

車門打開的嘎吱聲打斷她的話，白瓷跳下去，跟在後面的三輛車也停了。

青瓷小跑過來，站在車門口道：「姑娘，小的去前面看看。」他是白瓷的親哥哥，身高七尺，膀大腰圓，腰間纏著一條九節鞭，是個功夫不錯的練家子。

「姑娘，我也去吧？」白瓷取出藏在腰後的雙節棍，躍躍欲試。

「白瓷跟著我。」簡淡看向青瓷。「出事的很可能是老太爺，你去幫忙。」

「是！」青瓷飛也似地消失在濃霧裡。

簡淡回頭，從車廂邊找出長劍，鏘的去了劍鞘，也下了車，對後面負責押車的幾個長隨喊道：「拿上傢伙跟我一起過去，到時候論功行賞！」

黃嬤嬤目瞪口呆地看著簡淡舉起明晃晃的長劍，帶著人消失在霧氣中，心裡一陣陣發慌，擦把冷汗，自語道：「真沒想到，三姑娘竟然是這樣的人，粗魯莽撞，沒有家教，何止比不上二姑娘，只怕連簡家的大丫鬟都不如。」

她嘀咕著，也朝出事的方向摸去。事關簡廉，如果不危及自身安全，她該去看看，以免和天大的功勞擦肩而過。

另外，她還想瞧瞧簡淡是不是真的會武藝，如果會，那日後可要謹慎了。

其實，上輩子簡淡對習武沒什麼興趣，只跟著表姊妹們一起學了些花拳繡腿。

所以，她悄悄帶著白瓷鑽進路邊的小樹林裡，藏在一棵老柳樹後，伸出半個身子，隔著三、四丈遠，察看前面的情況。

拉車的兩匹馬癱在路邊，抽搐著，一看就知道活不成了。

車廂翻倒，車門朝天。

車伕和兩個長隨一動不動地躺在旁邊，血從身下流出，浸在雨水裡，染成一大片紅色。

青瓷背靠車廂，把手裡的九節鞭舞得噼啪作響，虛影化成一張網，將六個黑衣人盡數擋在一丈之外。

還有兩個黑衣人被簡家的四個長隨困住。但長隨們武功差，不是黑衣人的對手，其中兩人已經受了輕傷，力不從心，只剩另兩人勉強支應。

簡淡指著跟來的幾個長隨，吩咐白瓷。「妳帶他們過去幫忙。」

「好！」白瓷一抖雙節棍，也殺上去。

她是胖，身手卻極為敏捷，力氣也大，一棍子下去就敲斷一個黑衣人的腿。四個長隨得到支援，精神大振，局面立刻有了反轉。

圍攻青瓷的黑衣人見狀，趕緊再分兩個人來幫忙，然而沒等人到位，就聽到有人在濃霧中吹了聲尖利的口哨。

「撤！」一名黑衣人大喊。

其他幾個黑衣人聽了，毫不戀戰，立刻衝進濃霧，眨眼間散得乾乾淨淨。

這時，一陣急促的馬蹄聲傳來，隨即到了跟前，幾個穿蓑衣、戴斗笠的高手從馬上一躍而下，將青瓷、白瓷等人團團圍住。

簡淡老老實實地往後藏了藏，只露出一隻眼睛，偷偷看著外面。

領頭的是個又高又瘦的男人，看看翻掉的馬車，臉色一變，快步走到車廂前，道：「首輔大人，您怎麼樣？」

不是壞人！

簡淡鬆口氣，趕緊提著長劍跑出來，邊跑邊喊。「祖父！祖父！」

祖父簡廉是簡家少數真心關愛她的人。上輩子，這場禍事奪去他的手筋、腳筋，從此辭官歸隱，帶著繼祖母馬氏和四叔一家回了老家衛州，直到她身死，也未能再見他老人家一面。

「小淡？」馬車車門從上面打開，簡廉站在車廂裡，露出上半身，頭髮亂了，額頭上還有一大塊瘀青，但精神還不錯。

「祖父，您有沒有受傷？」簡淡衝到車廂旁，用袖子抹了把淚，將手裡的長劍朝青瓷一扔。「快把車廂劈開，讓祖父出來。」

簡廉擺手。「不要劈！」看看裂縫，雙手使勁按了按，對青瓷道：「青瓷，你上來幫忙，拉老夫出來。」

「是！」青瓷一個箭步，躍到車廂上。

簡廉身體不錯，有青瓷和那瘦高男子幫忙，輕輕鬆鬆地從車廂上跳下來。

「他們怎麼樣了？」簡廉顧不上客套，先朝躺在地上的三個僕人走去。

管家李誠眼裡含著淚，啞著嗓子稟報。「大人，他們都去了。」

「唉……」簡廉長嘆一聲，蹲下身子，伸手合上一名長隨的眼。「你派人去附近村裡買輛車，把他們帶回去厚葬。順天府那邊，你親自去報案。」

「是，大人，老奴這就去辦。」李誠抹淚告退，自去安排。

另一邊，那位瘦高男子帶著人清理了官道，車和馬的屍體被安置到一邊，車廂倒地時砸出來的坑也用腳填平、踩實。

簡廉看完幾個長隨的傷勢，才對瘦高男子拱拱手。「多謝諸位俠士相助，還請留下姓名，改日必定登門拜謝。」

瘦高男子抱拳。「首輔大人客氣，我家世子在後面，馬上就到。」

簡廉一怔，隨即側耳細聽，果然聽見一輛馬車正轔轔而來的聲音，且駛得極為緩慢，不由撫著短鬚笑起來。「原來是睿王世子。」

睿王世子沈餘之，正是簡淡上輩子的死鬼夫君。

他身體弱，最怕顛簸，其馬車在京城是出了名的慢，外號「京城第一牛車」，這牛指的是蝸牛。其實用烏龜形容更恰當，但他是泰寧帝的嫡孫，除非不要命了，否則無人敢叫。

簡淡有些意外，看來上輩子救祖父回家的就是他，所以睿王才敢向簡家提出讓簡雅沖喜的無理要求，才有了她替嫁的事。

如今她救下祖父，那段惡緣便不會開始了吧？

幸甚！幸甚！

第二章

兩匹高大健壯的純白色駿馬，矯健而又優雅地從霧氣中走出來。

兩名穿著一樣衣裳的車伕分列馬車左右，眉清目秀，五官神似，是對孿生兄弟。這樣的車伕叫雙飛燕，大舜用雙飛燕的沒幾個人，沈餘之便是其中之一。

車廂是花梨木打造的，雕花精緻，寬大舒適。車棚四角掛著風燈，裝飾暗釘和車轅的是醒目的鑲金銀絲。

簡淡垂下頭，不露痕跡地往簡廉身後躲了躲。

車伕輕叫一聲，馬車停住。車門大開，裡面飄出幾絲淡而清冽的松香，細細品著，還有一絲苦澀藥味。

沈餘之蓋著素色錦被，倚著同色大迎枕，朝簡廉點點頭，有氣無力地拱拱手。「簡老大人無礙吧？我身體不好，就不下車了，還請簡老大人見諒。」

他靠在絳紫色的車廂內壁上，整個人像極瓷器上的美男圖，刀裁的劍眉、水樣的桃花眼、挺直的鼻、不笑自彎的薄唇，無一處不精緻美好，卻又無一處與女人相像。

簡廉一年中總要遇到沈餘之幾次，仍被其俊美的面容吸引了目光，表情不覺柔和幾分。「世子不必客氣。老夫無礙，多謝世子援手。」

沈餘之道：「沒幫上什麼忙，簡老大人不必道謝。時辰不早了，簡老大人先請？」伸出白皙纖長的手，做個讓簡廉先走的手勢。

「世子先請，老夫的馬車在那邊，還要走一小段路。」說罷，簡廉也不耽擱，轉身欲走，恰好露出躲在他身後的簡淡。

兩人的目光隔空對了個正著。

少女身著男裝，蹬短靴，身形頎長秀美，面容姣好明媚。柳眉之下，一雙大大的杏眼黑白分明，高鼻挺翹，粉唇潤澤誘人。明明是個十成十的小美人，手上卻提了把長劍，看著有些不倫不類。

她不是簡雅，那定是簡淡了。

沈餘之琢磨著，桃花眼瞥小廝一下，手在座位上輕輕一敲，小廝便把正要關門的手縮了回來。

他滿意地挑眉，看看青瓷跟白瓷，又看簡淡，問道：「是妳救了簡老大人？」

簡廉聽他問起，停下腳步，回頭介紹。「這是老夫的孫女，行三，今天剛剛回京。」對簡淡說：「小淡，快來見過世子。」

簡淡無奈，不得不上前一步，長揖行禮。「小女見過睿王世子，給睿王世子……見禮。」本想說請安，但忽然想起這位最煩「請安」兩字，生生嚥了回去。

沈餘之勾勾薄唇。「原來真是三姑娘。我看妳跟二姑娘不怎麼像，倒是挺像妳大哥。」

簡家和睿王府是鄰居，每次見面，簡淡都會被沈餘之挖苦諷刺，早已明白他的套路——這廝是在說她穿衣打扮不像女人呢，不過是顧忌著祖父的面子，不好意思那麼直白罷了。

她看向沈餘之，不卑不亢地說：「小女子在鄉野地方長大，生得確實粗糙了些，讓世子見笑了。」

沈餘之的長腿在被子裡拱了拱，將身子坐直，重新打量簡淡一遍，似笑非笑地道：「倒是個聰明識時務的，一點就透。」

簡廉不喜歡沈餘之對自家孫女評頭品足，但對簡淡落落大方的應對十分滿意。他懶得跟一個孩子計較，遂打發沈餘之，帶著簡淡上車了。

車裡，祖孫兩人相對而坐。

簡廉說道：「睿王世子身體不好，性情古怪，但我們與睿王是鄰居，打交道的時日多，日後小淡遇到了，務必謹慎些。」

簡淡乖巧地點點頭。

沈餘之不是身體不好，而是極不好，一年三百六十五天，有三百天是病著的，且不能隨意生氣。前世得了癆病後，更是每況愈下。

那時，她與簡雅剛及笄，睿王就向簡家大伯簡雲帆提親，想替昏迷的沈餘之沖喜。

簡雲帆和她爹簡雲豐同意了，但簡雅和母親崔氏堅決反對。

後來，她招架不住簡雅和崔氏的百般懇求，這樁婚事遂落到她頭上，倉促地替簡雅嫁過去，連嫁衣都是從繡坊買回來的。

出嫁那天，她跟一隻公雞拜了堂，被送進沈餘之的房間，換了嫁衣，拆下頭面，與幾個丫鬟一起守在沈餘之的病榻前，期待他能撐過這一晚。

沖喜許是真的有用，天剛破曉，沈餘之醒了。

簡淡親手捧來溫熱的藥，打算餵他服下，孰料他突然變了臉，指著她叫道：「妳不是簡雅！簡家好大狗膽！妳馬上滾出去，哇……」

鮮紅的血從他嘴裡噴湧而出，一口又一口，噴得到處都是。

所有人都嚇壞了，簡淡更是如此。親王世子妃是要上宗室玉牒的，代嫁的事一旦敗露，不但她要倒楣，整個簡家都會被牽連進來。

雖說早已時過境遷，但簡淡仍然無法形容那一晚的兵荒馬亂。

她抱著被子蜷縮在床角，一會兒可憐沈餘之，臨死仍沒娶到他喜歡的簡雅；一會兒又惡毒地盼著他死，他死了，她和簡家就安全了；一會兒又盼著他趕緊好起來，十八歲的俊俏少年不該死去，生命中還有許多美好之事，等著他一一嘗試。

惶恐、憐憫以及內疚像三座大山一般，壓得簡淡喘不過氣來。

那一宿，她連眼睛都不敢閉，隔壁的每個動靜都像炸雷般劈在她的頭頂上。

好在，沈餘之挺了過去，之後沒再追究，只說不想看到簡淡，讓她別礙他的眼。

三個月後，沈餘之死了，留下的放妻書如同刑滿釋放的官文，將她從黑暗深淵拉上來。

過了七七，她想回家，然而父母卻親手把她的漫長餘生釘死在他的棺材裡……

簡淡從思緒中回神，今天她不但救了祖父，也救了自己。

她再也不用嫁給沈餘之了！

簡淡沈默時，簡廉將遇險的事仔細梳理一番，最後把目標放到慶王身上。

泰寧帝今年五十八歲，身體健康，精神矍鑠，思維敏捷，遠不到考慮身後事的時候。是以前太子病逝後，至今未立皇儲。

慶王是皇子，對太子之位虎視眈眈，在朝中結黨營私，動作不斷。泰寧帝幾次借他的手敲打慶王，或許就是這場災禍的根源所在。

慶王手下能人甚多，這樁案子，順天府查不出來，泰寧帝定會讓拱衛司負責，而拱衛司都司是慶王的親舅舅，應是會不了了之。

他有理由確定，若他不死，這件事就不算完，慶王一定還有後手。

簡家與慶王對上，幾乎沒有還擊之力……

簡廉思謀許久，再次開口。「今兒多虧小淡，如果青瓷沒來，祖父只怕已經遭毒手。」

簡淡回過神，孺慕地看著簡廉。「孫女也沒做什麼。」說到這裡，遲疑片刻，又道：

「祖父沒事就好。如此，孫女就不會被人排揎，說我刑剋親人了。」

上輩子簡廉出事，簡家人把一半責任推給她，全京城的人都說她命硬，她不得不防。

簡廉心裡一酸，伸手揉揉簡淡的髮頂。「傻丫頭，這事跟妳有什麼關係？誰敢亂嚼舌根，妳只管告訴祖父，祖父替妳做主。」

簡淡達到目的，不好意思地傻笑幾聲。「謝謝祖父。」

簡廉搖搖頭。「謝什麼，祖父明白妳的心思。不要怕，簡家也是妳的家，我們都是妳的親人。祖父教妳，若想過得舒服，便得把自己當成簡家人，而不是客人，懂嗎？」

簡淡點頭。她當然得做簡家人，以無恥對無恥，無情對無情，才是最好的反擊，不是嗎？想著便挺直了脊背，目光堅定，粉嫩的唇抿得筆直，既漂亮又可人疼。

「好孩子。」簡廉心裡一片柔軟，又摸摸她的頭。「小淡怎麼不直接回家，反而來接祖父了？如果妳沒回來，今晚祖父定會宿在適春園，那妳可就撲空了。」

說到這裡，簡廉怔了怔，他回家完全是臨時起意，而且下了一天的雨，慶王何以猜出他的行蹤？

難道……有人在監視他？

簡淡想了想，道：「因為孫女早上作了一個夢，心裡有些不安。」

「哦？」簡廉收回心思，抬了抬眉毛，神色凝重幾分。「妳說說看。」

簡淡坐下，把手肘放在膝蓋上，思考片刻，開始說起來。

「孫女的夢有些亂，許多事一睜眼就忘記了，只有三件事記得很清楚。一是夢到祖父今天出了事，雖性命無憂，但手筋、腳筋盡斷；二是三叔進了大牢；最後一個，呃……我爹和大伯都升官了。」

前世，簡廉回老家的第二年春天，簡雲帆官升一級。下半年，簡雲豐在禮部謀了個六品小官。她死那年，簡雲帆官至四品。

簡淡死時才滿十八，不太懂朝廷上的事，很多事也記不起來。說這些，只是希望提醒簡廉防備。

她低著頭，說話時，黑白分明的大眼睛不安分地來回轉了幾下。

簡廉閱人無數，簡淡的表情讓他有了一絲懷疑，隨即釋然，一個夢而已，不管真假，都沒什麼好撒謊的。

而且，他已經出事，應驗了其中一件，說明這個夢有三成是真。

那其他兩件呢？

老三簡雲愷在回京城的路上，大概五天後到達。如果所料不差，他外放三年，考績大抵不錯，但這是看在他的面子上，還是實打實地做出了成績？

他出事，繼而辭官歸隱，有人落井下石，簡雲愷出事順理成章，但其他兩個兒子卻獲得升遷，這是為什麼？

簡廉眉頭緊鎖，又看向簡淡。

簡淡心裡無愧，除了剛剛撒謊時表現出些許不自然，此刻已經坦坦蕩蕩。

簡廉心想，作夢豈有證據可循？是他想太多了。

「回家後，不要對任何人提起夢裡的事，知道嗎？」他壓下好奇心，鄭重囑咐。

「好。」簡淡乖巧地點點頭。

因為剛出過事，簡廉不好意思立刻扔下沈餘之，簡府的馬車駛得同樣極慢，到達南城門時，城門已經緊閉。

但有沈餘之和簡廉在，守城士兵不敢不開門。

車隊順利進城，到簡府門外時，霧氣盡散，天也黑透了。

朱紅色的大門緊閉，側門虛掩著，直到祖孫倆下了車，門房的人才誠惶誠恐地迎出來。

若是往常，門房懈怠些無妨，可今天是簡淡正式歸家的日子，孩子遲遲未歸，門房非但沒有留人等候，反而如此簡慢，讓簡廉有些不滿。

他叫來長隨，使個眼色，長隨便退到一旁，去處理門房的事了。

簡廉拍拍簡淡瘦削的肩膀。「走吧，跟祖父回家。」

簡淡沒住在簡家，是有原因的。

她與簡雅是雙生姊妹。簡雅先出生，瘦小體弱。簡淡強壯，個頭大，折騰崔氏許久，幾乎去了半條命，才把她生下來。

百日宴後，簡廉給姊妹倆賜下「淡」、「雅」兩字為名。

為了「名副其實」，崔氏特地去了白雲觀，找道長替兩人批八字。

道長說，簡雅白天出生，八字好，旺家旺夫。簡淡戌時生，陰氣重，八字硬，與簡雅犯沖，且刑剋父母，應養在府外，十四歲生日後方可回府。

這批語讓崔氏想起了難產時遭的罪，便將本該屬於簡淡的「雅」字給了簡雅。

按道理，簡淡應該去外祖家暫居，但崔氏的娘家在清州，距離京城四百多里，路途遙遠，且不通水路。簡廉考慮到簡淡太小，天氣寒冷，遂做主把簡淡送去雲縣靜遠鎮的林家——林家是他元配妻子的娘家，也是簡淡的親舅公家。

簡淡一去便是十四年，這漫長的時光裡，她從未回簡家小住，除去兩家之間的正常拜望之外，極少見到簡家人。

都說親情血濃於水，但書香門第的簡家顯然並非如此。簡家人大多聰慧博學，個性理智，正因如此，家人間比尋常人家多了幾分淡漠。

林家大表哥曾說過，簡家人的身體裡流淌的不是熱血，而是冷冰冰的墨水。

簡淡在死去的四十九天裡，對這句話有了極為深刻的體悟。

簡淡和簡廉去了馬氏的松香院。

兩人進屋時，馬氏正坐在貴妃榻上，慌張地催促婆子快些把剛洗完的頭髮梳好。

馬氏四十八歲，生著一張長臉、丹鳳眼，因為保養得宜，風韻猶存，瞧著也就三十七、八歲的模樣。

「老爺回來啦。」她作勢起身相迎。

「嗯。」簡廉冷著臉，坐在花梨木打造的椅子上。「不必多禮。」

馬氏安心坐回去。「老爺怎麼……欸？」瞧見簡廉身後的簡淡，嚇了一跳，臉上生出一絲惶恐。

簡家上下知道簡淡今日歸家，院子、衣裳、丫鬟都已安排妥當，但人始終沒有回來。除了崔氏派人到門房打探幾次之外，便無人掛心。晚上問安時，大家只當孩子在林家耽擱了，沒有多想，各自散了，畢竟靜遠鎮不遠，京城的治安也好得很。

至於馬氏，她是繼祖母，簡淡又是小輩，回不回來，出不出事，都有親爹娘操心，早把此事忘到腦後。

可見簡廉親自帶著簡淡回來，馬氏立刻知道自己做錯了。

「這……二丫頭怎麼來了？」她膽小，但有幾分急智。

簡淡微微一笑，馬氏看似和善，實則為人小器，虛榮自私，對林氏生的孩子僅是面子情，且遇事喜歡和稀泥，此刻把她認成簡雅，只是不想讓祖父覺得她不慈罷了。

於是，簡淡在貴妃榻前跪下，敷衍地磕個頭，口裡道：「簡淡給祖母請安，孫女來遲了。」說完，乾脆俐落地起身，根本沒給馬氏反應的工夫。

「呀！」馬氏故作驚訝，用餘光瞄著簡廉。「原來是三丫頭。祖母聽妳娘說，今兒下雨，妳可能耽擱了，明兒才歸家，怎麼提前到了？」

簡廉把馬氏的小心思看得清清楚楚，進屋這麼久，她只顧著圓她的錯處，連他頭上的瘀青都沒看見，不免惱怒，雙手重重在椅子扶手上一按，站起身。

「妳休息，老夫與小淡去書房用飯。」

「老爺，妾身……」馬氏有些慌，想站起來，可頭髮還握在婆子手裡，一動就被拉得生疼，只好坐回去，讓婆子放開她的頭髮，這才眼淚汪汪地下了地。

「老爺想用什麼？妾身讓人去廚房安排。」

「唉……」簡廉長嘆一聲。「不必了。」說罷，頭也不回地走出屋子。

簡淡還真怕在馬氏這裡用飯，屋裡濃郁的安神香讓她頭疼，遂跟著告退了。

第三章

祖孫倆到了外院書房。

簡廉一向儉樸，比起馬氏屋裡的華貴陳設，他的書房堪稱簡陋，三面牆上靠著三座書櫃，中間偏北處放著一張大書案，案後是太師椅。椅子後有山水屏風，屏風的另一側是小床，再加上幾張待客的椅子和高几，就沒有其他的了。

簡廉在書案後坐下，從抽屜裡取出一只小木盒，遞給簡淡。「小淡，這是祖父送妳的禮物，看看喜不喜歡？」

「謝謝祖父。」簡淡雙手接過，打開盒子，發現裡面依然是前世的田黃凍石，顏色妍麗，品相極好。

上輩子簡廉遇到那麼大的挫折，第二天仍讓人把這方印章石料送去給她。若非真的關心，沒人能做到如此。

「喜歡！」簡淡把石料放回盒子裡，瞧了正在倒茶的婆子一眼，俏皮地抬高下巴。「孫女正愁沒有好的印章呢，這回誰要，我都不給！」除非崔氏用搶的，不然簡雅休想。

「喜歡就好好收著。坐，在祖父這兒不用拘束。」簡廉指指面前的椅子。「聽說妳在妳舅公那裡製得一手好瓷，日後給祖父做只青花瓷的筆洗如何？」

簡淡有些意外，簡家是書香門第，對閨閣女子的管教極嚴，上輩子崔氏讓人砸了她的製瓷傢伙，後來直到身死，她未再能沾上半點瓷泥。

「祖父，您同意孫女製瓷？」她真沒想到簡廉會如此開明。

簡廉笑著喝口熱茶。「為什麼不同意？喜歡就去做，有祖父給妳撐腰呢。」

砰砰！門外傳來兩記敲門聲，有人道：「父親，這丫頭不懂規矩，您老莫把她慣壞了。」

簡淡垂下頭，撇了撇嘴。

她聽出來了，這是簡雲豐的聲音。她剛剛回家，便被扣上不懂規矩的名頭，她這位好父親還真是剛正不阿呢。

「進來。」簡廉揚聲道。

門一開，簡雲帆、簡雲豐前後走進來。兩人都穿著素色儒衫，容貌與簡廉像了六成，父子三人站在一起時，不用介紹也知道他們是一家子。

簡淡起身迎了兩步，待兩人向簡廉請安後，上前行禮。「大伯父，爹，小淡回來了。」

簡雲帆背著手，笑咪咪地開口。「回來就好。聽妳大伯母說，妳回來晚了，可把大家急壞了。」

簡雲豐皺眉，居高臨下地瞪著簡淡，指責道：「為什麼不讓人提前告訴家裡一聲？妳母親擔心得晚飯都沒吃好，怎地這般任性？」

簡淡垂著頭，唇角微微勾起來。不問緣由，不問是非，只要有事便是她不對，這就是她親爹。不過，沒關係，上輩子他和崔氏逼她替沈餘之守寡時，她就不再在乎所謂的親情了。

簡廉皺了皺眉，淡淡道：「與其責怪小淡不懂規矩，你還不如問問我為何與小淡一起進門，以及頭上的瘀青是何人所傷。」

「父親受傷了?!」簡雲帆和簡雲豐大吃一驚，齊齊上前，端過旁邊的燭臺一照，這才看清簡廉的傷勢。

簡廉向後一靠，道：「我從適春園出來後，路上遇到悍匪了。若非小淡來得及時，只怕你們現在就要替我披麻戴孝了。

「只看結果，不問緣由就批評孩子，我當時是這麼教你們的嗎？小淡才十四歲，該到家時沒到家，為何不派人出去找找，或去林家問問孩子是不是沒回來？你們根本沒盡到長輩的本分，怎麼好意思一開口便指責孩子？」

簡廉聲音不大，字字卻重如千鈞。

兩兄弟面面相覷，羞得面紅耳赤。

過了好一刻，簡雲豐才吶吶開口。「今兒天氣不好，崔氏以為她不回來，就沒派人去找。這件事，的確是我們夫婦疏忽了。」

簡廉冷冷地看著他，又看看簡淡。「知錯就好。」

簡雲帆也道：「父親批評的是，的確是兒子們做得欠妥。」朝簡淡頷首。「伯父委屈三丫頭了，還請三丫頭原諒。」

簡淡心中哂笑不已，嘴裡卻道：「伯父言重了。若非事出緊急，姪女確實應該讓人提前告訴府裡，也請伯父和父親原諒小淡年幼，處事不周。」

簡淡是小輩，簡廉不好當她的面揪著兩個兒子的錯處不放，讓他們失了長輩的威嚴，更不想讓孫女對父輩們生出隔閡，因此點到為止，話題轉回刺殺的事。

簡雲帆問：「人抓住了嗎？是何人所為？」

簡雲豐也道：「報官了嗎？」

簡廉回答。「已經讓李誠去順天府了。」

「那就好。」簡雲帆端起燭火，又往簡廉身前湊了湊，細細打量一番。「父親，可還有其他地方受傷？不如，讓黃老大夫瞧瞧吧。」

簡雲豐點點頭。「大哥說得是。即便沒事，開副安神湯藥也是好的。」

簡廉擺手。「不過一點瘀青，算不得什麼。」

兩人聽了，只得作罷，細細問了出事經過，直到廚房送來飯菜，才不再多言。

簡淡吃完飯，由粗使婆子陪著去了內院。按規矩，她要先去梨香院向崔氏請安。

崔氏還沒睡，簡淡剛到院門口，就被王嬤嬤請進去。

繞過琳瑯的多寶槅，簡淡的目光還沒來得及從一對前朝的青花鳳凰紋八稜葫蘆瓶上移開，崔氏便迎上來，牽住她的手。

「聽說妳祖父出事了？到底怎麼回事？」她有些急切，但語調不快，聲音柔婉。

簡淡唇角微勾，這就是她的母親，已知祖父平安，關心的第一件事仍不是她。

十四年光陰，足以讓母女間遠隔萬水千山。上輩子她卯足了勁，也未能走到崔氏身邊。

現在，她累了，一步也不想走了。

她沒有立刻回答，只是靜靜地看著崔氏。

從前世算起，這是她在沈餘之死後的三年裡，第一次見崔氏。

以前覺得崔氏最美，但現在看來，完全不是那樣。崔氏眼睛不大，鼻子略塌，嘴唇微薄，若不是極白的皮膚和良好的修養增色，長相只能勉強算中上，與美人無緣。

「小淡？」崔氏牽著簡淡，在貴妃榻上坐下。「妳跟母親說說，這件事，妳祖父怎麼看？妳大伯父說什麼了嗎？」

母親？簡淡挑眉，崔氏與簡雅說話，一向自稱娘。雖然只是個稱呼，但遠近親疏，一目了然。

看來她上輩子不但瞎，還聾了。

簡淡勉強把不快壓下去，道：「我在的時候，祖父沒說什麼，大伯父只問了經過。」

「哦……」崔氏若有所思。「妳祖父德高望重，簡在帝心，有人敢下此毒手，來頭定然不小，這件事不簡單啊。」

簡淡沒回答崔氏。

祖父出事，最大的受益者是慶王。但做鬼魂那段時日，她離不開簡府，查不了慶王。而且，那時泰寧帝駕崩，簡雲帆兄弟很少在家，她得不到任何有用的消息。

此番祖父若想完全逃過劫難，得靠他自己。

崔氏一直在思索著，簡淡也不打擾她，目光落在一套精緻的官窯茶具上，欣賞良久，接著又掃過翡翠玉雕、琉璃屏風、水墨畫。

上輩子，她回到簡家不久，這些東西便慢慢挪到了簡雅房裡。替簡雅出嫁時，崔氏只給了她兩套紅寶石頭面。

簡淡收回目光。罷了，既然要把自己當外人，又何必在意人家的東西給誰？

「三妹？」

門一響，簡思越推門進來，高高瘦瘦的少年與簡廉有五成相似，皮膚很白，乾淨清爽的臉上還有著一股稚氣。

「大哥！」簡淡終於找到機會把手從崔氏手裡抽出來，站起身，規規矩矩地行禮。「好久不見。」

「是好久不見，三妹總算回來了。」簡思越笨拙地拍拍簡淡的肩膀，不好意思地說：「今天是齊王世子生辰，大哥實在走不掉，回來晚了，還請三妹勿怪。」

「大哥不必自責，三妹剛剛才進院子。我跟娘等了她一下午，娘擔心她，連晚飯都沒吃好。」簡雅笑盈盈地進來，後面還跟著一個小尾巴，是十二歲的簡思敏。

「我也等著呢。三姊晚歸，該使人告訴一聲，沒規矩！」簡思敏抬起下巴，還翻了個白眼，一副得理不饒人的模樣。

「敏哥兒休得無禮。」崔氏回神，招手讓簡思敏過去，柔聲道：「今兒要不是你三姊，你祖父就出大事了。」

簡雅聞言，眼裡閃過一絲尷尬，緊張地看看簡思越，見他臉色不豫，唇角的笑容垮下來，瞥向簡淡，淡淡點頭。「三妹回來便好，不然大家都很擔心呢。」

「是啊，讓二姊和母親等了一下午，的確是小淡的罪過。」簡淡把玩著手裡的小木盒，臉上笑嘻嘻的。

簡雅被她的話刺了一下，略微蒼白的臉泛起一絲可疑的粉紅色，咳嗽兩聲，沒跟簡淡糾纏，小碎步走到崔氏身邊坐下。

「娘，祖父出了什麼事？」

簡思越這才注意到簡淡的鞋子和袍子下襬全是泥巴，但身上沒有血跡，神色亦安然自在，知她沒有受傷，但仍關心一句。「三妹沒事吧？」

崔氏這才驚覺，光顧著想簡廉的事，竟忘了自家閨女也一起歷險，不免有些訕訕，正要開口，卻聽簡思越道：「娘，三妹累了，我先送她回去。」

崔氏聽了，到了嗓子眼的話又嚥回去。「嗯，小淡折騰一天夠累了，早些休息也好。」

看向簡淡。「妳二姊的院子小，住不下，母親把妳的院子安排在妳四叔那邊，雖然有些遠，但勝在清靜。小淡要是不喜歡，可以跟母親說，母親再想辦法幫妳調換。」

「母親，我不能和二姊住在一起嗎？我想離你們近一些。」簡淡壞心眼地說。

上輩子，她生怕給崔氏添麻煩，事事替崔氏考慮。這一次，她不想那麼傻了，為難崔氏一下，挺好的。

「這……」崔氏有些尷尬，她只是客氣一下而已，沒想到簡淡居然當真了。

「娘，二姊不喜歡跟別人同住。」簡思敏好心地提醒崔氏。

「我在二弟心裡，是別人嗎？」簡淡立刻笑嘻嘻地問了一句。

「妳……」簡思敏啞口無言。

簡雅趕緊開口解圍。「如果三妹……」

「二姊不必勉強，只是開個玩笑而已。大哥，我們走吧。」簡淡轉身出門。

只有千年做賊的，哪有千年防賊的？她再想報仇，也不能跟狠毒的簡雅同住。

「我不……」簡雅想說自己不勉強，但又怕簡淡認真，只好無辜地看著簡思越。

簡思越沒理她，只是費解地瞥崔氏一眼。「娘，兒子這便送三妹過去了。」

崔氏尷尬地點點頭，囑咐道：「這幾天，你二妹有些不舒服，娘顧著她，就沒顧上你三妹的院子。你順道看看，若有什麼不妥的，跟娘說一聲。」

簡思越應下，出門去追簡淡了。

粗使婆子提著燈籠走在前面，黯淡的光把簡淡的影子拉得很長。

「三妹。」簡思越快步趕上來。

「大哥。」簡淡笑著應了聲。

簡思越抬起手，遲疑片刻，落在簡淡瘦削的肩上，笨拙地拍拍她。「妳的院子雖然遠，但離花園近，又安靜，夏天也更涼快些。」

這話實在虛偽，他不好意思地避開簡淡的目光，刻意去看婆子手裡的燈籠。

簡淡直言道：「大哥放心，我也不想跟二姊住在一起。」

她死後方知，出事當晚，簡思越被關起來，為求簡雲豐救她一命，他磕破了頭，卻沒能換來任何機會。

等她下葬後，他留書一封，乾乾淨淨地離開了簡家。

簡家有兩個人對簡淡好，一個是祖父簡廉，另一個就是簡思越。

簡淡不想讓他夾在她和簡雅之間為難，早些把話說清楚，便能讓他少做無用功。

「嗯……」簡思越沒料到簡淡如此直白，但想到崔氏和弟妹對她的輕慢，便什麼話都說不出來了——他不想忽略崔氏的錯處，更不想只勸簡淡諒解和忍耐。

於是，兄妹倆不再說話，專心走路。

簡家是御賜宅院，占地很大，從梨香院到簡淡的香草園，需要走一刻鐘。

香草園是簡家最小的院落，連四合院都蓋不起來，只有三間正房、兩間耳房，以及一座長約兩丈、栽滿麝香草的小院子，院子正因一簇簇香草而得名。

兄妹倆剛走到門口，就聽院子裡有人說道：「看她得意的，也不撒泡尿照照自己，滿身肥膘，殺一刀都能流油了。」

「就是！不知三姑娘怎麼想的，帶這麼個笨手笨腳的丫鬟來，不怕丟簡家的人嗎？」

「商賈之家就是沒規矩。黃嬤嬤真能忍，要是我……」

簡思越沈下臉，正要上前，就見簡淡飛快越過他，一把推開院門——

「不想忍就別忍，馬上滾！」

院子裡的丫鬟們嚇得面色如土，撲通幾聲，窗前的青磚地上立時跪了五、六個人。

黃嬤嬤小碎步迎上來，尷尬地笑著說：「大少爺，三姑娘，屋子收拾好了，東西都是齊全的。這會兒白瓷在整理三姑娘的行李，我們插不上手，就在院子裡納涼。」

「真的是納涼嗎？」簡思越冷哼一聲。

簡思越是男人，不管家務，他若管了，頂多讓黃嬤嬤把人帶走，罰個月錢。簡淡不想便宜這些人，趕緊攔住他的話頭。

「大哥，這件事，我自己處理。」她朝走到門口的白瓷招招手。「剛才說話的，每人賞五個耳光。簡家最重規矩，背後嚼主子舌根的不用留情面，狠狠打。」

「好。」白瓷搓搓白胖的手，大臉笑得像喇叭花似的。其中幾個，她早瞧著不順眼了。

簡淡又對黃嬤嬤道：「妳御下不嚴，按理也該罰，但看在母親的面子上，饒妳一次。」她剛回來，事情不能做得太絕，不然就是她的錯了。

接著，簡淡看向簡思越。「大哥，我這裡留兩個粗使丫鬟就成。剩下的，你帶走吧。」她聲音不大，眼神堅定，唇角笑意不散，對耳邊傳來的啪啪聲和號哭充耳不聞。

簡思越有些驚訝，隨即釋然。簡淡這樣的性格，至少不會吃虧。

「也好，送走了省心。」

簡淡笑著點點頭。

兄妹倆說話的工夫，白瓷打完了。

「黃嬤嬤，妳帶她們回去。」簡思越朝黃嬤嬤擺手。

黃嬤嬤臉色蒼白，想再辯解一番，但兩位主子發了話，她面子再大、怨氣再多，也只能憋回去。

「是，老奴下去了。」她行了禮，對兩個粗使丫鬟道：「妳倆留下，其他的跟我走。」

兩個一等丫鬟、二等丫鬟暗地裡各有主子，大房、簡雅、馬氏，還有一個是四房的人。上輩子，簡淡的生活在她們眼裡無所遁形，放個屁也能在半個時辰後傳到別人耳裡。這些人，她一刻鐘都不想再忍耐。

打發了人，兄妹倆進屋，簡思越道：「三妹，明天大哥讓管家送幾個新的丫鬟來。」

「不用，我在舅公家也只有白瓷一個，早習慣了。」簡淡一邊說、一邊打量屋裡陳設。

整套家什都是黃櫸木打造，顏色鮮亮，約有九成新。東西是不錯，但簡家各房擺的都是酸枝木家什，更加名貴。

上輩子簡淡屋裡有的也是這些，不過，明面上的小裝飾不太一樣，應該是黃嬤嬤回來後重新打理的。雖談不上多值錢，但至少看到了用心。

簡思越瞧了一圈，臉色變得很難看。「三妹早點休息，大哥去前院。」

「好。」簡淡送他出院門。「大哥，儉樸有儉樸的好，我挺喜歡這院子和屋子。」

「傻丫頭。」簡思越拍拍她的肩膀。「這是妳的家，不用委屈自己，大哥去找娘說。」

簡淡抓住簡思越的袖子。「大哥，真不用，住得舒服就行。其他的，日後慢慢再說。」

簡思越不解，剛才教訓了那些丫鬟，這等看人下菜碟的狗奴才，為什麼饒了呢？

簡淡沒法解釋，難道要說她沒把簡雲豐和崔氏當親爹娘，所以不屑用他們的東西嗎？

那怎麼成！別說她現在做不到，就算能做到，這些話也無法宣之於口。

有些事可以做，但不能落人口實。

第四章

簡思越離開香草園時，黃嬤嬤正聲淚俱下，在崔氏面前告了簡淡一狀。

「……太太，簡家和崔家皆是重規矩的人家，這些丫鬟向來老實本分，要不是白瓷跋扈，斷不敢如此放肆。可三姑娘問都不問一句，就把人打一頓攆回來，老奴心裡委屈啊！」

崔氏讓王嬤嬤按按她突突直跳的太陽穴。從簡淡對簡雅開的玩笑便能看出來，到底是商賈人家養大的孩子，簡淡的性子不太好，規矩也差一些，當初不該送去林家的。

崔氏長嘆一聲。「罷了，到底是她們在背後對主子說三道四在先。除妳之外，各降一等，該回哪兒，便回哪兒去吧。」

不管怎樣，簡淡是她的女兒，又救了簡廉，於情於理都該護著，不能讓孩子寒了心。

另一邊，簡雅冷著臉回到梨香院跨院兒。

梁嬤嬤帶著丫鬟迎出來。「姑娘，燕窩熬好了，您想現在吃，還是放涼再用？」

「端到書房來。」簡雅進去，走到畫案旁，拎起毛筆在墨池裡蘸滿墨，在畫了一半的仕女圖上狠狠打了個墨色淋漓、殺氣騰騰的大叉，然後舉起紙，嚓嚓撕個粉碎。

梁嬤嬤知道，大概是簡淡又惹到自家主子了。簡雅一生氣就撕畫紙，此時怒火最盛，不能隨意打擾，遂向兩個大丫鬟使眼色，悄悄後退。

三人束著手，靜靜貼牆站著，像三只斷了線的木偶人。

屋裡很安靜，只能聽到簡雅粗重的喘息聲。碎屑落在深色地毯上，白花花的，像雪。

簡雅撕完，白著臉坐在旁邊的躺椅上。「奶娘，祖父那裡派人打聽了嗎？」

她肯說話，就表示暫時消氣了。

梁嬤嬤鬆口氣，往前兩步，柔聲回答。「姑娘，打聽到一些。」

簡雅往後仰靠，閉上眼。「講吧。」

梁嬤嬤道：「總共三件事。一是老太爺給了三姑娘一方田黃凍石的印章石料，二是三姑娘救了老太爺，日後會替三姑娘撐腰，三是老太爺為了三姑娘，喝斥大老爺和二老爺。」

「哦？」簡雅扯起嘴角笑了笑。「能得祖父的青眼可不容易，我這妹妹的運氣真好。」

梁嬤嬤深以為然，姊妹倆同一天出生，一個身體好，一個藥罐子，可謂天差地別。但心裡再不平，又能怎樣呢？簡淡不是故意的，如果簡雅一意孤行，非要為難她，傳出去怕是於名聲有礙。

她想了想，勸道：「三姑娘在商賈人家長大，與老爺、太太還有少爺們不親，再怎麼樣，也不如姑娘運氣好。」

簡雅睜開眼，從身旁的小几上拿起一把銅鏡照了照。「此言差矣。林家豪富，三妹不曾受罪，吃穿用度不比我差。再說了，母親定會彌補她，大哥對她也不錯。」放下鏡子。「妳真覺得，她和我一模一樣嗎？」

梁嬤嬤聽了，更加謹慎地回答。「看容貌確實像，但論才情，聽黃嬤嬤說，三姑娘不喜讀書，和姑娘差了十萬八千里。」

「呵……奶娘，我可不想要什麼才情，只想要副好身體。」說起身體，簡雅就想哭，豆大淚珠立時順著臉頰往下流。

梁嬤嬤心疼地取出絲帕替她拭淚，勸道：「姑娘莫傷心，黃老大夫說了，只要姑娘心境開闊，少思少想，再調理兩年，便無大礙了。」

簡雅不屑地輕笑一聲。「什麼兩年，那老頭不過是沽名釣譽之徒罷了。」

這話過了。黃老大夫的幾個徒弟全進了太醫院，他不喜歡為官，才一直在民間行醫。如果這也算沽名釣譽，那世上人人都是偽君子了。

但梁嬤嬤不好跟主子爭辯，只得緊緊閉上嘴巴。

簡雅又道：「黃嬤嬤被攆回來，心裡一定有氣，讓她想辦法把白瓷趕走。另外，明天奶娘去王嬤嬤那裡一趟，露點口風，說我想要田黃凍石的石料刻印章。」

「是，老奴一定辦好。」

梁嬤嬤沒有女兒，把簡雅疼到骨子裡，只要她能開懷，這種小事當然沒問題。

香草園裡，簡思越走後，簡淡的伯母及嬸嬸們都派了管事嬤嬤過來。因為太晚，她們不敢打擾簡淡，只跟白瓷聊幾句，表達主子的心意，便回去了。

簡淡睡了個好覺，第二天天濛濛亮就起了身，換上淺粉色短打，跟白瓷去後花園。

簡家花園很大，但能讓兩人同時施展開的地方，只有荷塘邊。

簡淡在青磚鋪就的空地上打兩套拳，又練了劍，累得滿頭大汗。

她找了塊平整的湖石坐下，擦擦汗，單手撐著下巴，豔羨地看著白瓷把雙節棍舞得虎虎生風，心道自己會的花架子功夫只能強身健體，若她有白瓷這般身手，前世或許就不會死得那般容易了吧。

「白瓷，我向妳學這棍法如何？」簡淡說道。

白瓷嚇一跳，棍子差點脫手，停下來看看左右，湊到簡淡身邊，壓低聲音說：「姑娘，您不是說回簡家後要當大家閨秀的嗎？」

簡淡一怔，旋即笑道：「當什麼閨秀？手無縛雞之力，遇事只會大呼小叫，沒意思。」

白瓷有些猶豫。「可雙節棍不太好練，打得人忒疼。」

「要不，我先試試？」簡淡心想，再疼也沒有前世死前那一刀疼。祖父的仇家未知，爹和伯父不能指望，若簡家有個萬一怎麼辦？為讓將來活得更好，現在吃點苦頭是值得的。

「好吧！」白瓷見簡淡堅持，只好按她的意思辦。

主僕兩人一招一式地演練起來。起手式不難，第一招霸王敬酒也容易，簡淡練得很順利。第三招是左右格擋，儘管稍微複雜，簡淡做兩遍，也學會了。

可到毒蛇出動和白蛇吐信時，就不那麼簡單了，簡淡左右手配合不好，打到自己好幾下，整個花園都是她大呼小叫的聲音。

「姑娘忍著點，剛開始都是這樣，多練幾次就好了。」白瓷看著揪心，臉轉到一邊，握著胖胖的拳頭鼓勵她。

簡淡點點頭。當然要再練，就像瓷泥一樣，沒有反覆摔打，便做不出堅實的瓷胎。

她一向不缺耐性。

「哦……」又打到了。簡淡使勁揉搓手指頭，疼得五官擠在一起。

噗哧！靜謐的花園裡，突然有人輕笑一聲。

「誰？」簡淡頓覺頭皮發麻，感覺不妙。發出這種聲音的，多半是住隔壁的沈餘之。

「簡淡？我看叫笨蛋更合適些。」

簡淡循著聲音朝東邊看去，目光越過紫藤花架、微雨亭、梅樹，再來是睿王府的合歡樹，以及樹旁那座高約兩丈的臺子。

臺上有張躺椅，一名少年坐在上面，身上蓋著薄被，拉到下巴，濃重的絳紫色襯得那張小臉清冷雪白。

他怎麼起得這麼早？雖看不清臉，但她可以確定，此人就是沈餘之。

病秧子，短命鬼！簡淡磨著牙，揚聲道：「笨蛋又怎樣？笨蛋也比你強！」

沈餘之歪頭。「討厭，你來。」

他身後的小廝從腰後抽出一副雙節棍，往前踏了一步。

沈餘之有兩個貼身服侍的小廝，一個叫討厭，另一個叫煩人，是親兄弟。

討厭掂掂雙節棍，站到臺邊，朝簡淡拱拱手，嘿嘿哈哈舞了起來，五個動作一氣呵成，與白瓷教的別無二致。

「哇，好厲害。」白瓷驚訝地瞪大眼睛，兩隻胖手還啪啪拍了拍。「姑娘，他學得比您快多了。」

「妳這傻丫頭！」簡淡抬手在白瓷腦門上彈了一下。

白瓷吃痛，這才吐吐舌頭，後退小半步，不說話了。

簡淡呿了聲。「自尊能當飯吃嗎？如果世子想用小廝比我學得快來打擊我的自尊，那未免太高看我。再說了，即便我跟我哥長得再像，也不能因此否認我是個姑娘家，學不會雙節棍又有什麼關係？我再笨，也比某些人坐馬車都嫌顛簸來得好。」

「說得好！」為了彌補剛剛的過錯，白瓷嬉皮笑臉地湊上來，還豎起大拇指。

簡淡心裡也有些得意，暗道就該這麼還擊，太痛快了。早這樣該多好，明明是狼狗，裝小狗做什麼？上輩子的腦子，肯定被蟲蛀壞了。

少女沐浴在牛奶般的晨光中，汗水打濕鬢髮，一縷縷黏在臉頰上，看起來凌亂，卻充滿精神。肌膚白裡透著粉紅，朱唇唇角上翹，一雙黑白分明的杏眼格外靈動清澈。

沈餘之吃了癟，卻罕見的沒有發火，定定看了簡淡許久，涼涼說道：「妳好大膽子。」

簡淡見狀，登時一個激靈，但念頭一轉，又挺直了腰桿子。「怎麼，說不過就想用身分壓人嗎？」

「是啊，不然妳總是忘了我的身分，那可如何是好？」沈餘之抬抬下巴，指著白瓷。「十個耳光。」

「是。」一個護衛躍上臺子，又輕而易舉地上了合歡樹，動作輕盈，一看就是高手。

白瓷從簡淡手裡拿回雙節棍，興奮地抖了幾下。「姑娘，奴婢挨頓打無所謂，可他這是打姑娘的臉啊，奴婢要不要還手？」

「不行。」簡淡冷靜下來，白瓷那點道行對付尋常老百姓還湊合，對上沈餘之的護衛，根本沒有半點勝算。

而且，沈餘之是親王世子、皇帝的親孫子，打首輔嫡孫女的耳光有點說不過去，但若想修理白瓷，便是祖父在，也不會不給他這個面子。

「世子要是好意思，請衝著我來，對付個丫鬟算什麼本事？」

沈餘之聽見，低聲交代幾句，煩人往前兩步，道：「三姑娘，我家主子累了，讓小的傳話。主子說，他身體不好，沒什麼本事，就會為難丫鬟。如果三姑娘想一力承擔，每日寅正時分，與胖丫頭在此處練習雙節棍，風雨不誤。」

這是什麼意思？簡淡眨眨眼，隨即明白——原來病秧子要看猴戲呢！

她有些無語，卻痛快應下，他的要求恰好在她的計劃內，沒道理不答應。至於他會不會看她的笑話，便不重要了。

想學就學好，簡淡在這方面還從沒孬過。她大大方方地又練習一遍，然後揚著下巴，大步流星地往香草園去了。

沈餘之出神地看著主僕倆消失的方向好一會兒。

討厭和煩人面面相覷，擠眉弄眼，那意思很明白：世子思春了？

直到簡府的花匠進園子，沈餘之方回神，示意討厭用棉帕子擦擦雙節棍，然後接過來甩兩下，吩咐道：「下去。」

討厭和煩人打開椅腿上的插銷，兩旁護衛轉動轆轤，躺椅便從臺子上緩緩吊下去。

討厭看看臺子上的大洞，心裡第一萬次讚美：我家主子就是博學，這麼有意思的機關，也能想得出來！

沈餘之被抬回致遠閣，在天井裡下了躺椅。

他閉著眼在原地站了片刻，隨後雙腿併攏，一手自然下垂，另一手握著雙節棍，顯然是棍法的起始動作，接著甩起棍子。雖然力道很弱，但姿勢標準流暢，分毫不差。

沈餘之打完五招，喘著粗氣進屋，癱倒在另一張藤椅上。

討厭和煩人圍上來，一個幫他按摩手臂，另一個按大腿。

一旁的瘦高護衛道：「主子想學雙節棍？屬下幫您找個師傅吧。」

沈餘之慢慢調整氣息，直到呼吸均勻才開口。「不必。」

瘦高護衛聽了，納悶地瞧兵器架上多出來的嶄新雙節棍一眼，心道主子明明懶得連手指都不願意動一下，怎麼突然想學雙節棍呢？難道是老毛病又犯了，想為難為難人家女孩子？

他撇了撇嘴。倒楣的簡家三姑娘喲！

簡淡滿懷心事地回到香草園，沐浴完，帶著白瓷去了松香院。

兩人沿著夾道走到蘭香院門口時，簡雲澤剛從院子裡出來，身後跟著妻子小馬氏。

簡淡上前行禮，幾人寒暄兩句，一起去給馬氏請安。

簡雲澤行四，是老來子，今年二十一歲，正在準備年底的院試。

小馬氏是馬氏的親姪女，算是個小美人，只是眼大無神，鼻頭有些肉，髮髻上插著整套紅寶石頭面，美則美矣，卻稍顯俗氣。

派去的奸細被打發回來了，可這件事一點都沒影響到小馬氏八卦的熱情，見白瓷抱著一只大木匣子，便笑咪咪地湊過去。

「這是要給母親的瓷器吧，裝的可是梅瓶？」

簡淡道：「是，這是表大伯母送祖母的。」林家人怕她回來後融不進簡家，特地準備了厚禮。雖然她不想給，卻不得不送過來。

但能不能送到馬氏手裡，還得看馬氏的運氣。

又是瓷器。小馬氏眼裡飛快地閃過一絲輕蔑，嘴裡卻道：「林家的梅瓶向來出名，家裡有不少了，每個都很漂亮。不知這次是什麼樣子的，四嬸嬸可要好好欣賞欣賞。」

簡淡微微一哂。「四嬸嬸說笑了，姪女針線不好，不然縫個抹額給祖母更有孝心。聽說家裡的繡娘繡技高超，姪女正好討教討教，等四嬸嬸生辰，做幾樣針線送您。」居然嫌林家送太多瓷器，那改送帕子、荷包怎樣？

針線值幾個錢啊！小馬氏撇撇嘴，笑道：「學針線傷眼睛，再說了，咱們簡家的姑娘用不著在針線上下工夫。三姪女還送瓷器就是，四嬸嬸不挑剔。」

她是誠意伯的庶子嫡女，不是沒見過世面，只是對金錢情有獨鍾。這會兒吃了癟，遂意興闌珊地閉上嘴。

一行人到松香院時，除了上朝跟去書院的，以及幾個太小的孩子外，該來的都來了。大家按長幼順序分別見禮，各自落坐。

為彌補昨天的尷尬，馬氏特地把簡淡叫到身邊，讓人取來一只小巧的首飾盒子，親自打開，拿出一支蝴蝶點翠赤金釵。

「以前妳不在家，穿衣打扮都是家裡出銀子，由林家張羅。如今回來了，祖母好好彌補妳，等下繡娘來，讓她幫妳量量尺寸，做幾身新衣裳。」

「祖母……」九歲的簡然一聽到做衣裳，立刻撲進馬氏懷裡，摟著她的脖子撒嬌。「我也要新衣裳。」

她的親姊姊簡悠也附和。「六妹說得是，祖母不能厚此薄彼，我們姊妹都要。二姊，是不是？」

簡雅笑了笑，不置可否。

馬氏笑咪咪地掐掐簡然的包子臉。「明明都做過了，就妳調皮。也罷，妳們姊妹再做一套，三丫頭做三套。」簡悠跟簡然是三房嫡女，也是她心尖上的親孫女，向來有求必應。

於是，給簡淡的補償，變成了小姊妹一起做夏裝。

簡雅看簡淡一眼，目光中帶著一絲嘲諷。

不過，沒有希望，便沒有失望。對簡淡來說，有沒有這三套衣裳都無所謂，豈會在乎有沒有人分寵？

簡淡對馬氏說：「多謝祖母想著孫女。正好，孫女也有禮物帶給祖母。」

「哦？」馬氏看似意外，但眼裡沒有絲毫驚喜。昨晚已有人稟報，說簡淡帶回好些瓷器，不由暗道，除了瓷器，林家沒別的可送了？

白瓷站在門外，一聽見簡淡的話，立刻捧著大木匣子進屋。

簡淡道：「祖母，這是表大伯父親手製的梅瓶。」她的表大伯父林耀祖在製瓷上極有名氣，京城不少富貴人家喜歡收藏他做的瓷器，一只梅瓶至少要五百兩銀子。

馬氏聽了，眼裡這才有了幾分滿意。

簡淡微微勾起唇角，朝白瓷頷首，白瓷便走向馬氏。

簡雅湊過來。「舅公家的梅瓶，我們見過不少，但表大伯父親手做的，卻沒見著幾個。不知這次是什麼花樣，祖母可要好好讓我們飽飽眼福呀。」

馬氏道：「那是自然……」

「妳踢白瓷幹麼？」簡淡突然嚷了一句。

她這話喊得極快，而且突兀，大家不由看去，瞧見簡雅的腳從白瓷小腿上落下。

然而，白瓷已經失衡，身子前傾，沈重的大木匣子帶著她往前摔倒。

啪！木匣子落地，傳來一聲脆響，顯然是梅瓶碎了。

屋子裡陡然安靜下來。白瓷伏地大哭。「嗚嗚……」

簡雅的臉紅得堪比豬肝，怔怔看著白瓷，雙手絞著絲帕，竟一句辯解的話都說不出口。

崔氏反應最快，小碎步趕來，讓簡雅在簡淡身邊坐下，關切地問：「小雅，是不是腿抽筋了？」

簡雅淚盈於睫，委屈地點點頭。母女倆的大戲唱得有模有樣的。

相較於上輩子瓷瓶摔碎時的惶恐和不安，簡淡覺得，這輩子可以用看得津津有味來形容，覺得自己喊的那一嗓子恰到好處。

簡雅丟醜，馬氏也沒了梅瓶，真好。馬氏看不起林家，她不配收藏表大伯父的作品。

其實，盒子裡裝的並不是原來那只梅瓶，而是她親手放進去的普通瓷瓶。如果事情有變，簡雅不發難，她就說匣子弄混了，再換過來便是。

「抽筋可是極疼的。二姊，我幫妳按按？」簡淡從貴妃榻上下來，殷勤地蹲在簡雅身前，雙手掐著她的小腿，用力按了幾下。

「疼，疼，疼！」簡雅身體弱，養得也嬌，對疼痛的耐受力極差，再加上計劃失敗帶來的羞辱，心火陡升，當即腳一抬，漂亮的繡花鞋直朝簡淡的胸脯踢過去。

簡淡早有準備，身子向後倒，一屁股坐到地毯上，避了過去。

白瓷見自家姑娘被人欺負，也不假哭了，趕緊過來扶起簡淡，怒道：「二姑娘，三姑娘好心好意地替您揉腿，您踢她幹什麼？」

「滾下去。」崔氏的臉色比墨還黑，皺起眉頭，瞪著簡淡。「這丫鬟不懂規矩，妳若教不好，就送回林家去吧。」

簡淡笑了笑。「母親，這丫鬟跟女兒一起長大，新來乍到，確實什麼都不懂，還請母親容忍些時日。」

說白瓷不懂規矩，其實是在說她。既如此，那崔氏要不要也把她送回林家去？

崔氏被將了一軍，不好再說什麼，吩咐身邊的嬤嬤幫簡雅揉腿。

簡淡道：「白瓷，妳把匣子抱出去吧。」說完，抱歉地看著馬氏。「祖母，梅瓶碎了，不能送您。」

馬氏有些心疼，但已經碎了，還能怎樣？只好故作大度地拍拍簡淡的肩。

「碎就碎了吧，妳的心意，祖母領了。倒是二丫頭的腿，怎麼突然抽筋了呢？要不要請黃老大夫來一趟？」

馬氏愛看熱鬧，尤其是大房跟二房的。小馬氏是她親姪女，明白她的心意，當即起身。

「母親，二姪女年紀輕輕，筋卻抽得這麼厲害，可不是小事，媳婦去請大夫吧。」

簡雅心裡有鬼，怎敢真讓大夫過來，忙阻止道：「四嬸嬸……」

崔氏對簡雅使眼色。「請黃老大夫看看也好，省得將來落下病根。」

小馬氏笑著去了。

第五章

簡家人的早飯多是請安後各房各自用的，但這次簡廉不高興了，馬氏為了補救，讓大廚房加兩道菜，把所有人的早飯送來松香院一起吃，以此表示對簡淡的重視。

眾人吃完飯，黃老大夫也到了。姑娘們退到裡間，簡雅留下，由幾個長輩陪著，讓大夫診治。

黃老大夫幫簡雅診完右手的脈，再換左手，撫著花白山羊鬍琢磨片刻，道：「老夫人，二太太，二姑娘雖體弱，卻不能太靜，多走走吧。飲食不宜太精，多食蝦皮，對抽筋有好處。另外，二姑娘有些上火，不用另開方子，把老夫以前給的清心去火藥丸吃上七天便是。」

多走動之類的話，黃老大夫說過幾次，蝦皮也只是食療，所以，簡雅是不是真的抽筋，誰都不知道。

想看熱鬧的，自然認為崔氏護著簡雅，在撒謊。

想息事寧人的，定會覺得兩人是雙胞胎姊妹，簡雅沒理由壞簡淡的事，肯定真抽筋了。

送走黃老大夫，小馬氏嘆息一聲，道：「咱們二姑娘也是可憐，從小到大湯藥不斷，幸好三姑娘身子好，不然真夠二嫂受的。」

挑唆得真好！

馬氏滿意地看崔氏母女一眼，假意斥責小馬氏。「莫胡說，二丫頭不過弱些，哪有妳說的那般嚴重。」一轉頭看向崔氏。「既然二丫頭不舒服，妳帶她回去吧，身子養好再來。」

姑姪倆話裡有話，把崔氏母女氣得雙手直顫，卻反駁不得，只得乖乖告辭，回梨香院。

進了屋，娘兒倆關上門，說私房話。

崔氏捏捏眉心，無奈地問：「為什麼？」

「娘，女兒不是故……」

「說實話。」崔氏出身名門，乃是有名的才女，她偏心簡雅不假，但不是傻子。

「這麼多年了，難道娘還不知道女兒的心事嗎？」簡雅反問道，與簡淡一模一樣的大眼睛裡，蓄滿了淚水。

她不想要什麼好運氣，只想像別人一樣，想出去玩耍時，就可以出去玩耍，騎馬、遊獵、畫外面的風景，不想整天躺在床上，每天喝又苦又澀的湯藥，跟個廢人似的。

想到簡雅這些年遭的罪，崔氏心裡一軟，放柔語氣。「傻丫頭，莫聽那些挑唆的話，有些事是命中注定。妳身體不好，命好；她身體好，命不好，各有得失，有什麼好計較呢？」

「命是虛無縹緲的，可身體是實實在在的，您說是不是？」簡雅撲到崔氏懷裡。「娘，我就是嫉妒！聽花匠說，她早上去花園練劍，舞得可好看了。我也想要舞劍，嗚嗚……」

簡雅一哭，崔氏便半點脾氣都沒有了，一下一下地摩挲她的肩，批評的話一句都說不出口，只安慰道：「黃老大夫不是說，讓妳多走動走動嗎？不如就罰妳三妹教妳好了。」

簡雅聽了，頭搖得跟博浪鼓似的。「我才不要她教。」

崔氏便道：「也罷，娘請妳爹找個女師父教妳。」

「娘，她們會不會笑話我？」簡雅成功說服崔氏站到她這邊，又擔心其他女眷會說話。

提起這個，崔氏亦有些頭疼，雖然是簡雅不對，但心裡埋怨的卻是簡淡。她不明白，一只梅瓶而已，打破就破了，自家的事回自家解決，何必弄得人盡皆知，簡雅的名聲臭了，她身為雙胞胎妹妹，就能好了嗎？

「一筆寫不出兩個簡字，她們不會笑話的。即便笑話，我們是一家人，也無礙。」

「哼，什麼一家人？」簡雅討厭簡淡，跟堂姊妹也很少來往。

崔氏勸道：「把妳的名聲弄壞，對她們沒有好處，莫胡思亂想了。」

簡雅見崔氏說了半天，始終沒有指責簡淡的意思，遂道：「娘，我只是不想讓某些人白拿咱們二房的東西罷了，那死丫頭卻狠狠打了女兒的臉，女兒心裡實在不痛快。」說著，又抽抽噎噎哭起來。

崔氏哄她。「乖，別哭了。妳不是想要田黃凍石的小料嗎，妳祖父給了小淡一塊，娘幫妳要過來，讓她向妳賠罪。這件小事不要放在心上，過幾天，大家就忘了。」

「真的嗎？」簡雅破涕為笑，心裡有了些小得意。

「娘騙妳幹什麼？乖，別哭了，瞧瞧，都哭成小花貓了。」崔氏憐愛地取出絹帕，輕輕替簡雅拭淚。

簡雅乖乖仰起小臉，讓崔氏擦著。

娘兒倆正親暱著，門被敲響了。

王嬤嬤進來稟報。「太太，劉嬤嬤來了，說請二姑娘看看三姑娘選的三塊布料，要有喜歡的，便從中挑一件。再一個月，睿王妃的生辰就到了，老夫人想讓兩位姑娘穿一模一樣的衣裳一起去。」

「哦，快請劉嬤嬤進來。」崔氏也覺得帶兩個一模一樣的姊妹花出席宴會很有面子。「三姑娘呢，一起過來了嗎？」

王嬤嬤道：「三姑娘沒來，劉嬤嬤說她回去取些東西，等會兒就到。」

簡雅聽見，小臉立刻沈下來。「娘，我才不要跟她穿一樣的衣裳。」

崔氏有些為難，繼祖母也是祖母，違逆就是不孝。

「小雅，娘疼妳，妳是不是也該疼疼娘呢？」崔氏不高興了，姑娘家的心思如此狹隘，不知變通，可不是好事。

簡雅了解崔氏，知道自己該適可而止，或者……心思一轉，簡淡不喜文墨，說不得還能藉此讓她出出醜呢。

於是，她抱著崔氏的胳膊搖晃兩下，撒嬌道：「娘，快別氣了，生氣老得快哦。穿一樣就穿一樣的嘛，有什麼了不起。」

崔氏這才轉憂為喜，趕緊把劉嬤嬤請進來。

簡淡挑的布料都是素雅的顏色，其中月白、藕荷兩色，簡雅剛做好的新衣用過了，只能選靛藍色那塊。

簡雅喜歡藍色，但不喜歡凝重的靛藍，覺得那是年長的女人才穿的。

「娘，就這個吧。」簡雅心裡哂笑一聲，她穿著醜，簡淡穿著就美了嗎？那比比好了。

簡淡不知道簡雅的夏裝做了哪些顏色款式，但她知道簡雅喜歡什麼、不喜歡什麼。畢竟，前世為了討好簡雅，她也下過一番苦功。

簡雅是才女，像簡雲豐，於書畫上頗有天分，打扮一向淡雅出塵，做新的夏裝，月白是首選，其次是淡雅冷豔的藕荷色，從無例外。

這三塊布料，是她特地挑的。這一次，她想讓簡雅附和她的喜好。

她喜歡靛藍色。

「母親。」簡淡進屋，從白瓷手裡拿過包袱，放在崔氏身邊的小几上。「這是給您和二姊的。」

「小淡。」崔氏表情嚴肅，既沒讓簡淡坐下，也沒有打開包袱看看的意思。

簡雅理好思緒，微微笑著，饒有興致地觀察簡淡的臉，希望在那上面找到尷尬、失望或傷心之類的表情。

然而都沒有，簡淡只是定定地看著崔氏。

「我很失望。」崔氏說道：「姑娘家以貞靜賢淑為美，當謹言慎行，妳明白嗎？」

簡淡裝傻充愣。「女兒不懂，還請母親明示。」

崔氏見點不透她，心裡又多了兩分反感，停下話頭，吩咐王嬤嬤。「把《內訓》拿來，等下讓三姑娘帶回去好好讀一讀。」

她不了解這個女兒，言多必失，不如日後慢慢教。

「坐吧。」崔氏指指包袱。「裡面是什麼？」

簡淡打開包袱。「這是女兒親手做的裡衣，母親一套，二姊一套，我自己也有一套。小淡不善針線，還請母親和二姊別嫌棄。我多年不歸，想藉此跟母親、二姊親近親近。」

嗤！簡雅不屑地輕笑出聲。

崔氏掃她一眼，示意她收斂些，又對簡淡道：「妳這孩子說的是什麼話，妳是我女兒，別說裡衣，便是送根線頭，母親心裡也是高興的。」

說到這裡，她親手解開包袱，將兩件裡衣看了又看，誇了又誇。

裡衣是用淡粉色江城細布縫成的，輕薄柔軟，乃是大舜最好的裡衣料子，因為做工複雜，一尺便要十兩銀子，一身下來，得花幾十兩。

簡家以儉樸為美，崔氏只在出嫁時做過兩套。

提到出嫁，自然憶起做姑娘時的風光，崔氏回想年幼趣事，最後把話繞到印章上。

崔氏讓人拿出一張自畫的小像，指著落款道：「梨香閣主，這名號好不好笑？可惜當年出嫁時忙亂，這枚印章不知落到何處，再也沒見過蹤影。」說到此處，期待地看著簡淡。

「將來有合適的石料，母親定要再刻一枚。」

簡淡眨眨眼，索要田黃凍石的時日提前了呢。也是，她拆穿簡雅的伎倆，傷了崔氏的面子，母女倆對她不滿，因果循環，也在情理之中，遂只當聽不懂，按兵不動。

「若再刻一枚，當叫什麼名號，梨香院主嗎？」簡淡不動聲色地把話往偏裡帶。

「等有了合適的石料再說。」崔氏又把話拉回來，目光鎖住簡淡的眼睛。

簡淡坦然一笑。「那也好。」我就是不上鉤，您又能怎樣？祖父親賜，您敢強搶？

崔氏被她氣了個倒仰，原本的一點點心疼和糾結登時拋到九霄雲外，表情徹底冷下來，正要把話挑得再明一些，卻見簡淡站起身。

「母親，女兒告退，剛剛收了大伯母和三嬸嬸、四嬸嬸的禮物，還未回禮。另外，女兒也給幾位姊妹帶了小禮物，她們說等會兒要到香草園，也有東西送給女兒。」說到這裡，簡淡笑咪咪地問簡雅。「二姊要不要一起去？」

簡雅變了臉色，才丟了臉，她不想去。

崔氏的老臉亦是一紅。她跟簡雅只顧著理會剛剛的事，連早早準備好的禮物都忘了，趕緊吩咐。「王嬤嬤，把二姑娘畫的畫拿來。還有……」頓了下，看簡雅一眼，道：「我放在妝奩裡的那支碧璽雕花簪。」

簡淡了然看著簡雅按在崔氏袖上那水蔥似的指尖，心道，簡雅送的還是畫，但崔氏的羊脂玉鐲換成了簪子。

「二姊的羊脂玉鐲很美。」她的目光下滑，落在簡雅腕間。

崔氏的臉又紅了，心頭有一團怒火熊熊燃燒著，想對簡淡發作，卻不知從何說起，只覺憋得喘不過氣來。

簡雅沒拿到田黃凍石，卻意外保住另一只羊脂玉鐲，心裡熨貼不少，大大方方揚起手臂，讓簡淡瞧她的鐲子。

「好看吧！過生辰時娘親送的，我很喜歡呢。」

簡淡聽了，將左手的袖子往上捋，露出一只更加白膩的羊脂玉鐲，笑著說：「確實好看，咱們姊妹心有靈犀，我也喜歡。這是表大伯母送我的，成色不錯吧！」

玉石料子還是有區別的，高下立判。

簡雅白了臉。

簡淡滿意地彎起唇角，接過王嬤嬤送來的禮物和《內訓》，客氣謝過，離開了梨香院。

等簡淡走遠，王嬤嬤看看臉色鐵青的母女倆，眼下兩位主子都在氣頭上，不是勸說的時候，只好退了出去。

從梨香院出來後，簡淡臉上的笑容慢慢淡了，漂亮的菱唇抿成一字型，負著手，拖著步子，眼神有些空洞。

白瓷知道，她家姑娘不開心了，她也很不開心。

「姑娘，咱們回靜遠鎮吧，這裡沒意思。親姊姊算計親妹妹，親娘還不如隔房的伯母、嬸嬸親切，算什麼呢？」

簡淡嘆息一聲。「我何嘗不想回去，但我終究姓簡，不姓林，說不過去的。」

不管彼此有沒有情，只要沾了「親」字，不管割捨幾次，每次都會疼得撕心裂肺。

「也是。」白瓷耷拉著大腦袋，不得不承認這個事實。

回到香草園後，各房的姊妹們到了，簡淡把表大伯父從南方帶回來的精巧小玩意兒一一分下去，也得了香囊、扇套之類的回禮。

因為還不太熟悉，大家說笑一陣就散了。

下午，簡淡讓白瓷把昧下來的梅瓶送去南城，交給青瓷收好。青瓷沒搬進簡家，住在林家送給簡淡的一套兩進院子裡，方便簡淡隨時差遣。

晚上，簡廉表情凝重地跟大家一起吃團圓宴。

有他在，沒人敢鬧脾氣，氣氛極為和諧。

用完飯，簡淡等眾人走後，帶著白瓷去外院找簡廉。

「喂，妳站住！」有人語氣不善地在後面叫了一聲。

簡淡回頭，見簡思敏大步流星地追過來，瞪著眼睛質問她。「怎麼，讓二姊當著那麼多人的面出醜還不夠，難道想跟祖父告狀不成？小人！」

「無聊。」簡淡白他一眼，轉身就走。

「妳才無聊。」簡思敏一把抓住簡淡。「不許去！」

「放開。」

「不放，除非妳乖乖滾回去。」簡思敏的言語間毫無規矩。

簡淡冷哼一聲，突然上前一步抱住簡思敏的胳膊，腳下墊步，再一轉，簡思敏便越過她的肩頭飛了出去。

「太厲害了！」白瓷叫好，要不是抱著木匣，只怕又要拍手跳腳了。

簡思敏的小廝被驚得目瞪口呆，過了好一會兒，才去扶他的主子。

簡淡走到簡思敏身邊，居高臨下地說：「你最好少惹我，不然見一次打一次。」

「妳……」簡思敏爬起來，朝著簡淡的臉就是一拳。

簡淡抓住他的手腕，右腳一抬，窩心一腳把人踹倒。她是不會武術，但會幾招防身術。

「潑婦，我跟妳拚了！」簡思敏的臉脹成豬肝色，起身衝向簡淡，卻被小廝一把抱住。

「二少爺，好漢不吃眼前虧啊！」

「做人要識時務。」簡淡用食指點了點他，帶著白瓷，大搖大擺地出了垂花門。

第六章

外院，管家李誠見到簡淡主僕，有些驚訝。「老太爺有客人，三姑娘不如明日再來？」

「既然三姑娘來了，不如一併談談？」有人忽然出聲。

簡淡暗暗意外，這個時候了，沈餘之怎麼會在府裡？

「讓她進來。」簡廉吩咐道。

簡淡從白瓷手裡接過木匣，獨自走進去。

「祖父，世子。」她向兩人行了禮，把木匣放到簡廉的書案上。「祖父，這是舅公親手做的紫砂壺。」

簡廉疲憊地笑了笑。「這些年沒少收他的東西，怎麼還送？」將身子坐直一些。「睿王世子在都察院行走，幫忙查祖父遇襲的案子。有些事需要問妳，妳別怕，如實回答便可。」

沈餘之會查案？

簡淡差點嚇掉下巴，瞪著眼，張著嘴，露出整齊潔白的貝齒，像極了受驚的小兔子。

沈餘之要死不活地坐在編織精美的藤肩輿上，骨節均勻且白得透明的手搭著扶手，頭靠椅背，靜靜地看著簡淡。

簡淡懵了，這時他不是已經得了癆病嗎……不對，自從那日見面開始，她好像一聲咳嗽都沒聽見過。

沈餘之沒得癆病？這怎麼可能？到底發生了什麼事？

上輩子，此時沈餘之養病還來不及，怎麼就進了衙門呢？還查這麼大的案子？

「咳咳！」簡廉咳嗽兩聲。

簡淡發現自己失態了，趕緊回神。「世子請問，小女子定然知無不言。」

沈餘之道：「你們在前往適春園的路上，有沒有碰到可疑之人？」

簡淡回答。「沒有。不過，在世子的人到來之前，林子裡曾發出幾聲哨音，之後刺客就撤了。」

這說明，從適春園出來到出事地點的那段路，是有人監視的。刺客知道沈餘之的實力，所以沈餘之的出現驚走了他們。因此，沈餘之該問的人是他自己。

沈餘之明白她的意思，左手在扶手上彈琴般的敲了兩下，眸色亦深沈幾分。「為何妳要去適春園？按照簡老大人的習慣，那天他不會回家的。」

簡淡被他盯得渾身不自在，頭皮發麻，不敢再看他，低頭道：「我去適春園，只是想碰碰運氣。祖父疼我，我覺得他老人家應該會回來。」

簡廉欣慰地笑笑，自家孫女果然是精明的人。

「哦？」沈餘之慢吞吞地應了聲。

簡淡抬頭瞥他一眼，卻被他盯個正著，心裡一慌，趕緊佯裝鎮定地去看簡廉。「祖父，那孫女回去了。」

簡廉望向沈餘之。

沈餘之點點頭。「簡老大人，時辰不早，我也回去了。」

兩旁的護衛上前抬肩輿，簡廉起身，從書案後繞出來。「老夫讓雲澤送送世子。」

他這邊說著，李誠已經出去喊人了。

沈餘之道：「簡老大人請留步。」

護衛把肩輿抬起來，往門口走去。

肩輿經過簡淡身邊時，一股清冽松香加一絲淡淡的藥香撲鼻而來。

她忽然哆嗦一下，莫非沈餘之也重生了？不對，他若重生，事先應該有所準備，不會放走刺客。

不管怎樣……他沒得癆病，那沖喜的事情，就不會發生了吧？

簡淡鬆了口氣。

另一邊，肩輿出書房後往左拐，沈餘之轉頭看屋裡一眼，俏生生的小姑娘站在暖融融的燭光裡，唇角上掛著一抹輕鬆的笑意。

沈餘之挑挑眉，從右側取出一副雙節棍，對走在一旁的討厭道：「你把這副雙節棍送去給三姑娘。」

簡雲澤剛到，正要跟沈餘之打招呼，聽見這話嚇了一跳，趕緊回頭看看簡廉。

簡廉有些意外，聽到動靜的簡淡，表情立刻變了。

沈餘之吩咐肩輿停下來，道：「簡老大人，差點忘了，此為歡迎三姑娘回京的小禮物，還請笑納。」

「這是……」簡廉是書生，手下人多用刀劍，沒見過雙節棍。

沈餘之看向面色發白的簡淡，唇角有了笑意。「聽說三姑娘在學雙節棍，這是我找兵器局要來的，手感很好，打著說不定沒那麼疼。」

「告辭了，簡老大人。」他一擺手，護衛大步流星地往外走去。

簡淡看著肩輿行遠，氣得使勁跺了跺腳。沈餘之這是故意打擊報復，太壞了！

簡廉回到書房，把雙節棍扔到書案上。

「說吧，怎麼回事？」

簡淡躊躇片刻，將事情一五一十講了出來。末了，嬌聲道：「祖父，棍法沒有劍法好練，您瞧瞧，手都打青了。」

簡廉氣得哭笑不得，想說不讓簡淡練了，又顧慮簡淡已答應了沈餘之。況且，現在局勢有些微妙，雖說簡雲愷的事已在著手挽回，但結果難料。簡家看似平靜，實則風雨飄搖，簡淡能有些自保的手段，也是件好事。

於是，他指指雙節棍。「拿回去吧。既然想學，就好好學，咱們簡家的孩子不能半途而廢，疼也要堅持。」

能讓簡淡製瓷，當然也能讓她習武，沈餘之枉做小人！

簡淡笑著點點頭。「祖父累了，早些休息，孫女告退。」

她從書房出來，李誠正好端著一碗湯藥進屋。

簡淡向他點點頭，往二門走，剛行兩步，就見茶水房的婆子把藥渣倒進門外的木桶裡。

她心裡一動，過去抓了一把尚溫熱的藥渣，就著透出的微弱燈光看了看。

「姑娘這是做什麼？」白瓷問。

「看看祖父用的是什麼藥，身體要不要緊。」前世守寡那幾年，她曾讀過兩本醫書，雖不會治病，可一些常用的方子和藥材，還是知道的。

白瓷哈哈一笑。「姑娘淨胡鬧，您什麼時候也懂醫啦？」

「這有什麼胡……」簡淡停下話頭，遲疑片刻，又仔細看看藥渣，突然尖聲叫道：「祖父不要喝！」

簡府向來安靜，簡淡這一聲，把周圍的人驚得不輕。

簡廉心臟怦怦直跳，放下藥碗快步出去，邊走邊道：「小淡，怎麼了？」

茶水房裡，正在洗碗的婆子嚇得手一哆嗦，茶碗落地，摔得粉碎。

婆子看碎片一眼，又看捧著藥渣的簡淡，臉色頓時慘白，顫巍巍地問：「三姑娘，藥出岔子了？」

簡淡把手縮回來，轉身望向簡廉。「祖父，您沒喝藥吧？」

簡廉道：「只喝一口。怎麼回事？」

簡淡鬆口氣，從藥渣中揀起一段圓柱形帶皮的草藥根，讓簡廉看其橙黃色的橫斷面。「祖父，這是雷公藤，帶皮的。」

簡廉接過，踏進茶水房，就著燈光細看，沈下臉色。他讀過醫書，知道帶皮的雷公藤有大毒。

他讓李誠把雷公藤挑揀出來，確認分量，發現這些不足以致命，卻可以讓他的身體迅速衰敗。

再想想簡淡作的夢，簡廉得出結論：刺客不想殺人，只想讓他辭官歸隱。

那麼，有些事便大概有了答案。

簡廉想著，眉毛皺成川字，吩咐李誠。「煎藥的、採買的、黃老大夫、藥鋪夥計，但凡與此相關的人，統統找來。」

李誠去了。

簡淡不懂政事，但這件事的關係並不複雜。簡廉的溫補藥湯裡出現大量雷公藤，說明簡府有內賊，再把這件事與簡雲帆、簡雲豐升官之事串聯起來，結論顯而易見。

「妳怎麼會想到要看藥渣？」簡廉盯著簡淡，眼神極為銳利。

簡淡這才發現此舉確實很突兀，又不好解釋，囁嚅著。「我……這……」

白瓷道：「老太爺，姑娘說，想看看您老人家用的是什麼藥，身體要不要緊。」

其實這理由並不充分，看藥渣是極有戒心的表現，表示簡淡對簡家抱有極強戒心，以及可能知道得更多，卻沒有講出來。

簡淡伸手指著還在不停磕頭的婆子。「祖父，這是白瓷方才問時，孫女隨口說的。其實是瞧見她倒藥渣，腦袋一熱，便過去看了看。」因為是事實，說得坦蕩。

簡廉不是多疑的人，拍拍她的頭。「回去吧，祖父明白了。」

簡淡應下，回了香草園。

另一邊，簡雲豐和簡思越聽到簡廉險些中毒的消息，立刻趕往前院。

簡淡打了簡思敏，崔氏或簡雲豐定會出面過問，但簡廉的湯藥被下毒的事太驚人，讓夫妻倆同時忽視哭哭啼啼上門告狀的簡思敏。

簡思敏也有些嚇傻了，一邊揉著通紅的眼睛、一邊聽崔氏和王嬤嬤說話。

崔氏問王嬤嬤。「妳聽真切了？」

王嬤嬤道：「太太，當時老奴正好在書房外，聽得再清楚不過。」

「天啊。」崔氏按住心口。「最近怎麼這麼不太平，若是老太爺出事……」

簡家一門四進士，但簡雲豐考中後沒有做官，而是當了名士，以書畫著稱，與另外四人號稱泰寧五傑。

也就是說，二房要權沒權，要錢沒錢，只有虛名。一旦簡廉倒了，他們就跟著倒了。

「娘，帶皮的雷公藤怎麼了？吃了會死人嗎？」簡思敏問道。

崔氏遲疑片刻，回答他。「死人倒不一定，但會令人食慾不旺、噁心嘔吐、腹痛腹瀉。不過，你祖父年紀大了，傷身是一定的。」

簡思敏緊張起來。「祖父吃了幾服？不會死吧？」說著抹了把眼淚。

「應該不會。」

「娘，是誰想害祖父？」

崔氏搖搖頭。

簡家乃書香門第，男人確認無子後方可納妾。後宅的陰私手段，簡家人從未使過，這才讓人鑽了空子。

至於是誰做的，她難以猜測，也許是昨天刺殺簡廉的人，也許是……家裡人。

崔氏不敢往深了想，直接換了話頭。「好了，這些事不是你能管的，回去吧。」

「哦。」簡思敏垂頭喪氣地下了貴妃榻。

崔氏拍拍他胸前的腳印，囑咐道：「今天這件事，是你有錯在先，將你爹罰你的大字一個不落寫完，明兒娘再找你三姊……」

「不，不用找她。」簡思敏尷尬地撫平衣裳上的褶縐。「我回去了。」說完便一溜煙出了梨香院。

簡思敏走後，崔氏坐到梳妝檯前，對著鏡子，若有所思。

王嬤嬤從妝奩裡取出桃木梳，一邊幫她卸下釵環、一邊說：「太太，睿王世子來過了，走之前，當著老太爺和四老爺的面，送三姑娘一副雙節棍。」

「哦？」崔氏極為驚訝。「老太爺收了？」

王嬤嬤嗯了聲。「說是見面禮。」

崔氏奇道：「睿王世子向來不通人情，今兒是怎麼了？難道……」轉頭看向王嬤嬤。「妳覺得他是什麼意思？他不是為了小雅，才修了那座高臺嗎？」

簡雅身體不好，格外同情與她命運相同的沈餘之，甚至是喜歡。如果上輩子沈餘之得的不是癆病，她很想嫁給他的。

「話是那麼說，但睿王世子年紀不大，不定性，性情古怪，行事也讓人難以捉摸。」王嬤嬤斟酌著道。

崔氏點點頭，何止難以捉摸，簡直是瘋子，要不是簡雅喜歡，就算他主動求娶，她也不同意把嬌滴滴的女兒給他糟蹋。

「如果睿王世子真喜歡上小淡怎麼辦？」崔氏有些擔憂。「小淡身體健康，性子活潑，聽說兩人還在花園裡見了一面？」

「是。」王嬤嬤取下一支蝶釵，放進妝奩。「原本老奴覺得二姑娘、三姑娘都是太太的親骨肉，太太不該只護著一個，忽略另一個。但就這幾件事來看，只怕三姑娘不簡單呢。」說到這裡，她忽然停下來，似乎在猶豫要不要繼續說。

崔氏從銅鏡裡看看她。「怎麼不說了？小淡怎麼不簡單了？」

王嬤嬤是崔氏的心腹，掏心掏肺地為崔氏好，遂道：「三姑娘一回來就在花園搭上睿王世子，此其一；二姑娘踹白瓷的那一腳，位置很隱蔽，卻偏偏被她發現，此其二；還有老太爺的藥……」

崔氏打斷她。「王嬤嬤，妳僭越了。小淡可能會嫉妒我偏袒小雅，但她已經救了老太爺一次，沒必要冒險再耍那些手段。妳記住，我再不喜歡小淡，她也是我親生的，沒那麼壞。」

王嬤嬤撲通一聲跪在地上。「是老奴錯了，請太太責罰。」

「罷了，起來吧。」崔氏放下最後一縷頭髮，起了身。「準備沐浴。」

王嬤嬤應是，不再多說了。

第七章

肩輿出了簡家，待大門一關，沈餘之就派護衛蔣毅潛進去。

蔣毅不走大門，從睿王府和簡府間的小道進去，翻牆而入，先到外院，發現簡廉一干人已經進了書房，且門外有人把守，便到梨香院。

偷聽完王嬤嬤與崔氏的對話，蔣毅回到致遠閣覆命。

沈餘之正在沐浴。

淨室被一架六扇雕漆鑲嵌屏風分成兩個隔間。一間稍小，擺著一座衣架、兩把藤椅、一張藤几。几上放著青花瓷燭臺，青花瓷茶具，還有一只整整齊齊盛著點心的青花瓷盤子。

另一間稍大，牆角燃著兒臂粗的紅燭，玉石砌的浴池上水氣氤氳，旁邊放著兩個矮櫃，一個上面有澡豆和手巾，另一個則放著一套鑲藍寶石的匕首。

前面的牆上釘著一塊圓形的大木板，上面布滿寸許長的刻痕。

蔣毅站在屏風外，稟報道：「世子，有人在簡老大人的補藥裡下了雷公藤。」

沈餘之躺在青花瓷枕上，討厭握著他的一頭烏髮，取木梳從髮頂梳到髮梢，煩人則用一把剪子，細細修剪他蒼白潤澤的手指甲。

他享受地閉著眼，問道：「是三姑娘發現的？」

「是。屬下過去時，簡老大人的書房外有人把守，便去了簡二太太的院子……」

蔣毅把事情說了一遍，沈餘之睜開眼，定定看著不遠處的蠟燭，纖長濃密的睫毛微微抖動著，燭光映在漆黑眼裡，有種詭譎的美。

良久後，他道：「細查簡雲帆、簡雲豐跟簡淡。另外，派人看著簡淡，但不要靠得太近，不要讓她察覺。」

「世子，屬下還聽到一些閒話……」蔣毅猶豫，不知簡雅心悅沈餘之的事當不當講。

「說。」沈餘之忽然射出握在手裡的匕首，在空中劃出一道弧線，咚的一聲扎在木板上，正中靶心。

「是。」蔣毅想了想，道：「簡家人大概誤會世子了，說世子修那高臺是為了簡二姑娘。簡二太太的僕婦還認為，三姑娘到花園練劍是為了世子，加上兩次救下簡老大人，說明她心機深沈，有所算計。不過，簡二太太並不相信這些話。」

蔣毅說完，往屏風裡瞄了一眼，很想看看沈餘之聽到這番話的反應——看八卦聽八卦，卻不能隨意八卦，這是最讓他感到痛苦的事情之一。

此時此刻，如果沈餘之能談談兩位姑娘，喜歡哪個，不喜歡哪個，最後再討論一下，如果把雙胞胎一同娶進來，床笫之事會不會更有意思，該有多好？

可惜，沈餘之不喜歡任何討論，也很少表現出他的真實想法。

討厭和煩人聽到蔣毅的話後，眼睛亦是一亮，偷偷看向沈餘之。

「崔氏至少信了五成。」沈餘之道。

「什麼？」蔣毅一時沒反應過來。

討厭解釋。「簡二太太對僕婦說的話半信半疑。」

蔣毅覺得不是，但沒有反駁。

沈餘之瞇了瞇眼睛，又從矮櫃上拿起一把匕首射出去，挨著剛才那把刺入木板，而後一起掉下來。雖說力道不夠，但準頭還是有的。

沈餘之滿意地點點頭。「有些人喜歡老鼠，還有些人喜歡吃屎，愛好奇特的人比比皆是。本世子覺得，應該酌情照顧。蔣毅，你說呢？」

蔣毅顫了一下，硬著頭皮回答。「世子說的極是，明日屬下就去辦此事。」

討厭和煩人對視一眼，完了，睿王交代的任務，蔣毅依舊沒有完成，那座高臺還是拆不了啊……

回到簡家的第二天，簡淡起個大早，按時抵達後花園。

「姑娘，那傢伙不在。」白瓷往高臺的方向看了看。

簡淡有些意外，想了想，笑道：「要麼沒起，要麼就是找到新玩意兒了。」畢竟查案子比看她練雙節棍有意思多了。

「奴婢認為都不是。」白瓷還在張望，覺得很奇怪。「好像來了。姑娘，身子不好的人難道不該多睡覺嗎？」

「他是屬貓的，白天睡，晚上醒。不管他，咱們先跑幾圈。」

主僕兩人便小跑起來。一個胖，落地咚咚有聲；另一個輕盈，每跑一步，細長的腿都邁得又高又遠，雙臂擺得很大，有點像山上圈養的梅花鹿。

沈餘之坐在高臺上，手裡捧著一本遊記，目光卻落在隔壁花園裡，追著簡淡轉了一圈又一圈。

「蔣毅，為什麼她要像頭驢子一樣地跑？」他忽然開了口。

蔣毅在臺下回答。「把筋骨活動開了，動作更靈活，身體也會更好。世子要不要……」

「不要！」沈餘之惡聲惡氣地說：「蠢死了，本世子不是來看她拉磨的，你去告訴她們，時辰到了。」

蔣毅抹了把臉，心道他就是來看人家笑話的。唉……怎麼就不肯下來走走呢？如此睿王交代的任務，到底什麼時候才能完成啊？

他腹誹著，翻牆過去找簡淡。「三姑娘，世子說該開始了。」

簡淡看高臺上一眼，順從地點點頭。

她很清楚，沈餘之這人古怪，越跟他對著幹，他越來勁。如果她乖一點，說不定他很快就沒興趣了。

主僕倆在空地上拉開架勢，一個教，一個學，一招一式地比劃起來。

簡淡挨了十幾下打，才勉強把前面五個動作連起來練了一遍，正要好好耍上兩回時，花園裡來了新客人。

「三妹，這麼早？」簡雅在荷塘邊朝簡淡招招手，頭上梳了丫髻，簪著清透的玉簪，著月白上衣，配藕荷色百褶裙，臉上帶著淡淡笑意，款款而來。

簡淡收起棍子，笑道：「二姊也不晚，來走動走動嗎？」有些驚訝，沒想到一向貪睡的簡雅能起得這麼早。

「是呀，睡得早，醒得就早。」簡雅走到簡淡跟前，目光飛快往高臺一瞥，又笑著說：「三妹手裡拿的是什麼，可不可以讓我瞧瞧？」

簡淡對白瓷使個眼色，白瓷便把自己的雙節棍遞過去。

簡雅沒接，問簡淡。「三妹這是何意？」

簡淡不明白。「二姊這話怎講？」

簡雅道：「我想看看三妹手裡的。」

簡淡手裡的是沈餘之送的，立刻猜到，簡雅得到風聲了。

如今的沈餘之沒得撈病，只是身子不太健康而已，親王世子的身分，再加上一張俊俏的臉，簡雅動心是順理成章的事，哪個少女不懷春呢？

簡淡往高臺上看了一眼，如果簡雅也喜歡他，他這輩子應該可以得償所願了吧。

她把雙節棍遞過去，笑咪咪地說：「二姊目光如炬，這副是睿王世子的見面禮，聽說是兵器局做的，用料更講究些。」

簡雅滿意地勾勾唇，正要接過來，就聽啪的一聲，一塊石塊砸到湖石上，摔成好幾瓣。

「我家世子時間寶貴，請三姑娘不要耽誤。」討厭站在院牆上，扯著脖子喊了一句。

簡雅的手僵在半空，雪白小臉突然有了血色。

簡淡挑眉。「二姊還要看嗎？」

簡雅與沈餘之來往不多，但對他頗為了解，知道違拗不得，尷尬地笑了笑，道：「既是有約在先，二姊就不耽誤妳了，自去走走。」

「也好。」簡淡收回雙節棍，退後兩步，重新練習起來。

簡雅蓮步輕移，繞著花園走，一會兒拈朵花、一會兒仰著小臉看看正在騰起的初陽。

花苞般的兩個少女，一個動若脫兔，揮汗如雨；另一個靜如處子，行止嫻雅。

高下立判。

討厭站在牆頭，看看簡雅，又瞧瞧簡淡，問道：「煩人，如果不看髮型和衣裳，你能認出哪個是二小姐，哪個是三小姐嗎？」

煩人想了想，搖搖頭。「大概認不出吧。這兩位長得太像，一個模子裡刻出來似的。」

沈餘之聽見，不屑地嗤了一聲。

討厭詫異。「難道主子分得出來？」

沈餘之冷哼一聲，放下手裡的書。「回去吧。」

這就回去了？討厭望向簡淡，發現她越打越好了，一次錯都沒出過，不由點點頭。猴戲沒了，可不是該回去了！

沈餘之一走，簡雅也停了下來，坐在湖石上，看簡淡練習。

簡淡本想趁這個機會學兩個新動作，但又不想在簡雅面前出醜，便自顧自地把熟悉的動作做了一遍又一遍。前面五個是基礎動作，簡單俐落，又有美感。

片刻後，簡雅小聲地說：「也不難嘛。下午白芨去找管家，讓他找副棍子來。」

白芨覺得沒那麼簡單，盯著簡淡的手，道：「姑娘，奴婢瞧著有些危險。剛剛這一下，如果不是三姑娘的手收得及時，只怕就打到了。白英瞧瞧，三姑娘的手是不是青著呢？」

另一個丫鬟白英點點頭。「好像是青的。」

簡雅站起身。「這有什麼？皮膚嫩，稍稍碰一下就瘀青了。沒有她能學會，我學不會的道理。」

她說完，與簡淡打聲招呼，先走了。

白瓷耳朵靈光，把主僕三人的對話聽得清清楚楚，告訴簡淡。「姑娘，二姑娘好像也要學這套棍法呢。」

簡淡打完最後一招，收了架勢，笑著道：「那就學吧。」

白瓷噘嘴。「奴婢不想教，她害奴婢。」

簡淡給了她一記栗暴。「放心吧，人家也不會讓妳教。走，回去了。」

回到香草園，簡淡梳洗完畢，把兩個粗使丫鬟叫過來。

兩個丫鬟都是家生子，長得不好看。紅釉十二歲，身材偏壯，粗眉大眼，為人忠厚。藍釉十三歲，體型偏瘦，皮膚黑，細眉細眼，精於算計卻能自尊自重，不是偷奸耍滑之輩。

簡淡先給自己倒了杯水，問道：「香草園的活計多不多？」

兩個丫鬟對視一眼，紅釉先開口。「回姑娘的話，不算太多。」是有點多，但能做完的意思。

藍釉垂著頭，默認了紅釉的說詞。

灑掃院子、打理花木、整理房間，還要準備簡淡漱洗的熱水，活計確實不少，比起其他院子的粗使丫鬟，她倆的休息工夫少了些。

簡淡說：「活計多又累，但我暫時不打算添人。」

紅釉應了聲，聲音蔫蔫的，似乎有些失望。藍釉則眼觀鼻，鼻觀心，一動不動。

簡淡又說：「我可以把妳們提成二等，如果這樣還是覺得……」

紅釉的大眼睛裡頓時有了神采，連連擺手，急忙道：「姑娘，奴婢不累，一點都不累。藍釉姊姊，妳覺得呢？」

藍釉很清楚，憑她們的姿色，很難做到二等丫鬟，一直到死，只怕都脫不開粗使兩字。

粗使丫鬟月銀三百錢，二等丫鬟月銀六百錢，雖然是同樣的活計，但銀錢漲了一倍，這筆帳不難算。

此外，香草園人少、爭執少，活是多了些，但幹著舒心。

藍釉點點頭，拉著紅釉跪下磕頭。「奴婢定當盡心盡力。」

簡淡放下水杯，從妝奩裡取出兩只繡工精湛的荷包，又從櫃子裡拿出兩塊豆青色料子，塞到兩人手裡。

「這兩日忙著，沒來得及給妳們見面禮，且拿著這些吧。希望妳們把我這個新來的主子當主子看，對外面的事多留心，能提醒白瓷的，就不要乾看著，明白嗎？」

荷包裡是三兩銀子，料子是府綢的，實用且好看。

「奴婢明白。」紅釉喜形於色，立刻投桃報李。「姑娘，聽說小劉管事被老太爺打了五十板子，劉家一家子全被送到白石鎮的莊子去了。」

這丫頭率直單純，給一點好處，就恨不得掏心掏肺，卻不會見錢眼開，背信棄義。

簡淡點點頭。「妳們起來說話。」

兩人站起身，妳一言、我一語地，把小劉管事的背景補齊了。

小劉管事是馬氏陪房劉嬤嬤的兒子，少年時做過簡雲愷的書僮，娶了黃嬤嬤的女兒後，進了帳房，負責採買，為人老實本分。

如果雷公藤真的出自他手，大概免不了死罪。當死卻沒死，應該是沒有確實證據，但簡廉必須藉此立威，便採取了這樣折衷的法子。
立威，震懾的是奴婢們。
小劉管事身分複雜，家裡人口多，在哪個院子當差的都有，只要他不說，或者有合理解釋，就找不到幕後主使。
這次抓不到伸出來的黑手，往後就越難抓，畢竟簡雲帆跟簡雲豐不是等閒之輩。
「姑娘，黃嬤嬤和劉嬤嬤可不是好相與的人。」藍釉輕輕補充了一句。
話沒明說，可簡淡聽懂了。她發現雷公藤，害小劉管事一家倒楣，這個仇肯定結下了。
「嗯。」簡淡不怕黃嬤嬤，只擔心那黑手會不會伸向她。
但擔心是沒有用的，該做的事一樣少不了，簡淡起身往門口走去，道：「不早了。藍釉跟我去松香院，紅釉和白瓷留下。」
藍釉唇角一彎，趕緊跟上去。覺得自己命不錯，遇上了好主子，不擺架子，又有錢，心裡還有大主意呢。

第八章

今天的松香院比往日沈悶得多。

因為小劉管事的事，馬氏、小馬氏、崔氏，及簡雲愷的妻子陳氏，臉色都不大自然。

簡雅稱病告假，沒有過去。大家請完安，馬氏便下了逐客令，說之後三天都不用來了，她身子不舒服，人多了心煩。

除了小馬氏，其他人一同離開松香院，簡淡、簡靜和簡悠姊妹跟在崔氏等人身後。

上輩子，簡淡跟堂姊妹們處得不太好。一來，簡雅跟她們的關係不好，她也就不和她們來往。二來，堂姊妹們的心眼比她多。那時一葉障目，看不見簡雅陰她，但幾個姑娘的小心思，卻能看得一清二楚。

「三姊，聽說妳救了祖父？」簡然從簡悠身邊探出小腦袋，好奇地打量簡淡。「那妳看到壞人了嗎？」

簡淡點頭。「看到了。」

簡然眨眨圓滾滾的眼睛，問她。「壞人長得嚇不嚇人？」

簡悠扯扯簡然的小手。「壞人想害人，當然嚇人了。」

簡然又問：「那三姊當時怕不怕？」

「傻丫頭，三姊敢去救祖父，自然是不怕的。」簡悠瞥向簡淡。「聽說三姊會拳法、劍法，還在學什麼棍法是嗎？」

不待簡淡回答，簡靜便慢悠悠地說：「原來三姊還是個俠女呢。」她是大房嫡次女，比簡淡小三個月，堂姊妹裡行四。

簡淡笑了笑，會拳法、劍法，還在學棍法，再用「俠女」一詞修飾一下，上輩子的綽號「好漢」就隱約有了著落。

人和人之間的棋局，無聲無息，稍有差池，就會陷進一錯再錯的境地。

她從一旁的花樹上摘下一片葉子，撕成兩半。「俠女談不上，惡女不成問題，哪天碰到不順眼的，揍起來順手些。」

簡然興奮了，從簡悠身邊繞過來，抓住簡淡袖子，跳著腳。「哈哈，這個好！三姊何時來錦繡閣上課，我也要跟妳學。」

簡悠皺了皺眉，道：「是呀，管家把書案和琴都置備好了，就等三姊來。」

簡淡摸摸簡然光滑細膩的小臉，笑著說：「那好啊，明天我去找妳們玩。」

簡靜走著，在第一個岔路口站住腳。「三姊，我們到了。有空了，到梅苑坐坐。」

「是啊是啊，三姊一定要來喔。」簡悠姊妹和簡靜住在一起，與大房的竹苑相鄰。

「好。」簡淡點點頭，又朝已經等在旁邊的大伯母王氏打個招呼。「大伯母慢走。」

「好。」王氏勉強笑笑，轉身離開。

又走了七、八丈，簡淡和崔氏也到了，向陳氏告辭，娘兒倆一前一後往梨香院走去。

崔氏似乎有心事，用團扇遮住半邊臉，連個眼神都沒分給簡淡。

簡淡沒在意她，心裡想著錦繡閣的事。錦繡閣的幾位女師都是有真本事的，當年她被簡雅糊弄，心思不在上面，學到得不多。如今從頭再來，絕不能再錯過了。

「啊——」崔氏忽然尖叫起來，兩隻腳拚命在地上跺著，像小兒撒潑一般。

緊接著，幾個大丫鬟也跑到旁邊去了。

簡淡眼前一晃，就瞧見腳下竄來兩隻灰不溜丟的大老鼠。

「啊！」簡淡嚇得魂飛魄散，人卻沒逃，右腳一抬，乾脆俐落地踩上去，踩中一隻。左腳也上去了，但晚了一步，只踩到尾巴，肥碩的老鼠疼得吱吱亂叫，卻逃不掉。

崔氏還在跳腳，簡淡拚命尖叫，可兩隻腳依然穩如泰山。

「嬤嬤，快來打老鼠啊！」幾個丫鬟中，藍釉最先鎮定下來，跑進院子找幫手。

兩個剽悍的粗使婆子立刻奔出來，抓著掃帚問道：「老鼠在哪兒？」

藍釉道：「在三姑娘腳下，先打這隻活的。」

其中一個婆子一瞧，不由發怔。哎喲喂，一腳踩一隻啊，三姑娘怎麼不上天呢？

拿簸箕的反應快些，將簸箕扣上去按住，活捉了尾巴被踩住的老鼠。

至於另一隻……簡淡腳下流出一小灘血來，顯然已經見閻王爺去了。

「姑娘別怕，老鼠已經死了，快抬腳。」藍釉對兀自尖叫的簡淡說道。

「啊？」簡淡茫然地抬起腳。「死了嗎？」

「死了、死了，姑娘別怕。」藍釉瞧見死狀慘烈的老鼠，心裡不由一顫，連忙帶著簡淡往前走。

簡淡回神，不敢轉頭看，又趕緊多走兩步。

崔氏已被丫鬟跟婆子圍住，也回過神，往地下看看，想確認自己安全了，卻看到一灘模糊血肉，和兩個帶血的腳印，不由再次尖叫，推開丫鬟跑進大門。

「簡淡，妳別進來，這幾天都不要來了！」

簡淡回頭笑了笑，瞧瞧，這就是她的親娘！正中下懷，她還不樂意來這裡虛與委蛇呢。

此刻，她睫毛上的淚珠未落，臉頰上淚痕依舊，初陽一照，如梨花帶雨，我見猶憐。

兩個婆子對視一眼，得出結論：二太太不喜歡三姑娘，三姑娘好可憐啊。

藍釉也這麼覺得，不過沒關係，三姑娘有老太爺疼就足夠了。

進了屋，崔氏虛弱地躺在貴妃榻上，呼哧呼哧地喘著氣，汗水一層層地冒，心跳如擂鼓一般。

「王嬤嬤呢？」

往常她進門，王嬤嬤就會笑著迎出來，今兒出了這麼大的事，怎麼反倒不見人影呢？

三個大丫鬟也面面相覷。

「太太，王嬤嬤出事了。」站出來回話的是二等丫鬟緗色。

崔氏的喘息聲一停，轉頭看她。「出什麼事了？」

緗色道：「聽說摔了一跤……」用帕子擋住唇角的笑意。

「說實話！」崔氏敏銳地察覺到屋裡氣氛有些不對，沒去松香院的幾個丫鬟，不知為何，似乎都忍俊不禁。

「太太。」緗色為難。「並非奴婢不說，而是……」吞吞吐吐，還是不肯說個痛快。

「茜色，妳說！」崔氏怒了。

茜色是一等丫鬟，極有眼色，忙道：「太太，王嬤嬤摔得實在狼狽。她從後街回來時內急，就在花園的林子裡……然後……就摔了。」小心措詞，遮遮掩掩地說了大概。

內急，摔了，狼狽。這三個詞足以說明，此刻的王嬤嬤是個頗有味道的人。

剛剛目睹簡淡把老鼠踩個稀巴爛，腦中又浮現王嬤嬤摔得滿身屎尿的樣子，崔氏腦子裡那根繃得極緊的弦終於斷了。

她趴到榻邊，抓起水盂，大嘔起來……

睿王府的致遠閣裡，起居間的漢白玉桌上擺著一整套青花瓷食具，晶瑩透亮的粳米飯、爽口的醃黃瓜、焦黃的煎蛋，還有一碗灑著綠色蔥花的雞湯。

沈餘之穿著玉色道袍，端端正正地坐在桌前用飯。

他吃飯極有規律，一口飯，一口醃黃瓜，一口煎蛋，一勺雞湯，周而復始，分毫不亂。

當青花瓷筷子在筷枕上輕輕一響，討厭便開了門，請一名護衛進來。煩人則倒一杯熱得剛好的茶，放在沈餘之面前。

「世子，還沒找到對簡老大人下毒的人。雖說藥是一個姓劉的小管事採買的，但帳房裡來來往往的人並不少。另外，查到藥鋪時，抓藥的夥計已經回甘北老家，走了兩、三天。簡老大人便下令打小管事五十大板，把他們一家攆到莊子去了。」

沈餘之點點頭，端起茶杯，護衛便出去了，又換一個進來。

「世子，昨晚簡雲帆待在書房，看書寫字，有時候還來回踱步，大半宿沒睡。今天一早去了刑部，沒有其他異狀。」

沈餘之點點頭，也讓他出去了。接著進來的護衛稟報簡雲豐的情況，簡雲豐去順天府問刺客的事，亦無異狀。

最後一個來的是蔣毅，見沈餘之在喝茶，遂簡明扼要地說：「主子，任務都完成了。」

即便他不多說，這依然是個有味道的稟報。

在沈餘之的影響下，蔣毅也成了一個極有格調的護衛——世子要他做什麼就做什麼，絕不能打折扣，要求盡善盡美。

是以，王嬤嬤接連摔了三跤，直到臉朝下，他才收了手。

討厭怕沈餘之多想，趕緊上前。「主子，時辰不早了，該去王爺那兒了。」

沈餘之喝光杯子裡的茶，問蔣毅。「這過程，想必很有意思吧？」

蔣毅眨眨小眼睛，噗哧一聲笑了。「回世子，非常有意思。」因沈餘之愛乾淨到了吹毛求疵的地步，多一個字他都不能說。

沈餘之起身，坐進一旁備好的肩輿。「說說看。說好了，本世子賞你一天假。」

「是！」當睿王府的護衛不缺錢，就缺假。蔣毅的家在京城，卻半個月沒回家了。

肩輿被抬起來，往門外走。

蔣毅樂顛顛地跟在後面，說道：「屬下放老鼠時，簡二太太和簡三姑娘都在。幾個丫鬟被嚇跑了，簡二太太幾乎怕得魂飛魄散。世子，您能想像一個三十多歲的老女人像個三歲孩童一般跳腳嗎？哎呀，前面掛著的兩坨肉，顫得跟博浪鼓似的。」

討厭和煩人同是十五歲，恰是對女人好奇、但又不完全了解的時候。哥兒倆面面相覷，又想想博浪鼓的樣子，不約而同地大笑了。

「那個小笨蛋怎樣了？」沈餘之對蔣毅的猥瑣形容並不感興趣，可一想起簡淡，臉上就有了笑意。唇角的弧度驅走病容，整個人燦爛起來。

蔣毅道：「哎喲，簡三姑娘可不得了了。」

說到這裡，他停頓片刻，在心裡理好要說的內容，又開了口。「可惜世子不打獵，沒見過野豬，屬下覺得方才的簡三姑娘就像一隻小野豬，遇到要殺她的獵人時，明明怕得要死，卻半點也不孬，一邊叫、一邊往前衝。

「屬下一共放了兩隻老鼠，簡三姑娘一腳上去，直接踩死一隻，另一腳雖慢些，但也踩到了老鼠尾巴。那老鼠疼得吱吱亂叫，簡三姑娘口中尖叫不停，雙腳卻紋絲不動，畫面真是精采！」

「真遺憾。」沈餘之臉上的笑容更大了，桃花眼彎而燦亮，像盛滿了星光。

討厭搖搖頭，蔣毅跟他家主子學壞了，冷心冷肺的。那麼漂亮的姑娘被嚇成這樣，不覺得心疼嗎？

蔣毅當然不會心疼，對他來說，老鼠沒啥可怕的，女人就是事多。再說了，他是護衛，護衛要殺人，那麼多情做什麼？

「不過……」說完笑話，蔣毅話鋒一轉。「崔氏的心偏到胳肢窩去了，簡三姑娘嚇成那樣，她非但沒問一句，還關了門，不准簡三姑娘進去。有這樣當母親的嗎？嘖嘖，崔家出來的女人，也不過如此。」

沈餘之聽了，慢慢收斂笑意，敲敲肩輿的扶手，護衛們的行進便快了起來。

蔣毅微微一怔，心道自己猜錯了，難道主子不喜歡簡淡，只是鬧著玩的？

嘖……不過十幾歲的孩子罷了，總是擺出一副高深莫測的樣子幹什麼呢？該笑就笑，該鬧就鬧，該喜歡，就用力地喜歡嘛。

蔣毅閉上嘴巴，花園小徑只剩下鳥鳴聲和腳步聲。

沈餘之喜歡清靜，獨自住在花園裡，其他兄弟姊妹分別住在內院和外院。

睿王府有兩個簡家大，從花園到外書房，要走兩刻多鐘。

沈餘之到時，睿王剛剛把幾個幕僚送走。

「父王。」沈餘之敷衍地行了個請安禮。

「坐吧。」睿王道。

早有小廝把沈餘之的專屬座位從屏風後搬出來，放在書案前面。

沈餘之坐下，將簡廉遇刺一案，以及雷公藤事件併在一起，簡明扼要地說了一遍。

「父王，如果關於王府的夢也是真的，簡老大人遇刺一事，或許就是個開始。他只忠於皇爺爺，這些年擋了不少人的道，他死了，幾位伯伯、叔叔都能受益。如今簡雲帆的嫡長女嫁進慶王府一年，剛剛生了兒子，簡老大人被下毒之事，應該和簡雲帆有關。

「兒子以為，簡雲帆跟簡雲豐都是人才，人脈也廣，有他們輔佐，慶王叔的勝算很大，睿王府的覆滅，與他脫不開干係。」

睿王身材高大、容貌俊朗，沈餘之的那雙桃花眼和他像了十成十。他懶懶散散地靠在太師椅上，一邊享受地讓小廝按摩太陽穴、一邊道：「怎麼不是真的？這件事沒有如果，老子告訴你，要沒有那個夢，現在你就是個癆病鬼。」

沈餘之挑了挑眉，不置可否。

睿王睜開眼，正好瞧見他這副要死不活的樣子，不免有氣，怒道：「都說打虎親兄弟，上陣父子兵，你小子精神點，把這小身板練練，再把那高臺拆了，省得簡老大人一見本王就吹鬍子瞪眼睛。天天淨給老子扯後腿，就你這德行，你皇爺爺能把大位傳給你老子嗎？」

沈餘之垂著眼，假裝聽不見。分明是你懶，根本不想爭取。

睿王見狀，真想兩巴掌拍死他，可想起他娘，再想想他這破爛身子，又捨不得了，只能自己生悶氣。

他喘了好一會兒粗氣，等氣息平穩了，才道：「你說的那些，有幾分歪理。這樣吧，等簡老大人從適春園回來，本王約他一見，先試探試探，看看能不能拉攏。簡雲帆和簡雲豐那邊，你好好處理，切記小心謹慎，不要打草驚蛇。去吧。」

「是。」沈餘之起身。「父王放心。」

「小子，你多上點心，就算咱們不要那位置，也不能不明不白地死了。」趕在沈餘之出門前，睿王又吼了一句。

沈餘之沒理他，坐在肩輿上，靠著椅背，默默遙望碧空裡那兩片悠閒的白雲。

他不怕死。人有生，就有死，避無可避，沒什麼可怕的。

但是，他的命不能掌握在別人手裡。活著要痛快，死時也不能太憋屈，這是底限。

與此同時，簡淡在香草園外換了雙新鞋，才走進去。

剛進院子，白瓷便飛奔出來，笑嘻嘻地湊到她耳邊，道：「姑娘，王嬤嬤吃屎了，吃，屎，了！」

「啊？」簡淡愣住。

白瓷得意地眨眨眼，又晃晃腦袋。「驚不驚喜，意不意外？」把事情說了一遍。

前兩年，崔氏去林家給簡淡舅公祝壽時，王嬤嬤因為芝麻大的事罵過白瓷。白瓷忘了事情經過，但一直記著仇。現在知道王嬤嬤倒楣，自是幸災樂禍。

簡淡拍開白瓷的大腦袋，這有什麼可驚喜的？剛剛踩了兩隻老鼠，她也被嚇得很慘啊。

不過……細品的話，確實挺有意思的，心裡莫名的痛快！

痛快之餘，簡淡又覺得有些奇怪。她和崔氏都怕老鼠，家裡卻突然有了老鼠。

王嬤嬤才三十多歲，腿腳還很靈活，怎麼可能摔得那般狼狽？莫非有人故意陷害？

這個疑問一冒出來，簡淡立刻就想到沈餘之——除了他，不會有人這麼無聊。

雖說她暫時想不到他這樣做的原因，卻把帳記到他頭上。

想起剛剛出的糗，簡淡氣不打一處來，一掌拍在高几上。

沈餘之，今兒這仇不報，我就不姓簡！

第九章

崔氏受了驚嚇，早午飯都沒吃，懨懨地在床上躺了一整天。

簡雅從崔氏的大丫鬟嘴裡得知事情的全部經過，雖心疼崔氏，心中卻有些竊喜——不管怎樣，只要簡淡吃虧，她就占了便宜。

她裡裡外外地張羅，打扇、倒水、加冰，扶著人去淨房，把崔氏照顧得極為妥帖。

傍晚，簡雲豐、簡思越和簡思敏來到梨香院。

因崔氏睡著了，簡雅便複述當時的情況。她的口才很好，把崔氏和簡淡的遇鼠經過講得精采絕倫。當然，崔氏的狼狽，她不好多說，只著重於簡淡的剽悍和魯莽。

「爹，那可是老鼠，萬一被咬，得了瘟病，可不是好玩的。明兒我得跟三妹說說，這樣的事不能再有下一次，對吧？」她孺慕地看著簡雲豐。

簡雲豐的臉色有些難看，目光落在杯子上。「這像什麼話?!不成體統，沒一點大家閨秀的樣子。」

簡雅以扇掩面，微微笑了起來。

簡思越道：「父親勿惱，兒子提點提點三妹便是。三妹雖魯莽，卻是為了大家好，若讓那兩隻老鼠跑了，不知會惹出多大亂子呢。」

簡雲豐擺擺手。「你三妹跟那些表兄弟們玩野了，不學規矩不成。等你娘大好了，讓她找個嬤嬤來，好好教導教導，省得出去丟人。」

「爹，這怎麼叫丟人呢？她明明很厲害。」簡思敏反駁道。

「閉嘴！」簡雲豐怒道：「什麼她，那是你三姊。」

簡思敏轉頭，翻了個白眼。什麼三姊，分明是土匪。

簡雅使勁擰簡思敏一把。被打傻了不成，怎麼替簡淡說話？

簡思敏不傻，他是不喜歡簡淡，但這不妨礙他實話實說。

「王嬤嬤是怎麼回事？」好事不出門，壞事行千里，他一回來就有人稟報此事，內容比白瓷說得詳盡多了。

王嬤嬤說，她遭人暗算，腿上挨了好幾下，又青又腫。她沒看到是誰，足見偷襲者武藝高超。

難道是簡淡的人？

「這兩日，王嬤嬤得罪過誰？」簡雲豐看向簡雅。

簡雅有心栽贓給簡淡，但有簡思越在，她不敢冒險。另外，簡淡剛回來，跟王嬤嬤來往得太少，這麼做不妥，遂歇了心思。

「據女兒所知，王嬤嬤沒得罪什麼人。」

簡雲豐皺眉。如果不是簡淡，這件事就嚴重了。

此外，梨香院前出現老鼠之事，也不尋常。簡家在這裡住了十幾年，從未見過老鼠大搖大擺地跑進來。

莫非是崔氏得罪人了？但崔氏賢淑，入府十幾年，幾乎沒跟人紅過臉。

不過，不管是誰得罪人，都改變不了府裡潛進高手之事，非同小可。

簡雲豐坐不住了，對簡思越道：「你帶弟弟、妹妹陪陪你娘，我去找你大伯。」

簡雲豐到竹苑時，簡雲帆剛從衙門回來。

「二弟有事？」他見簡雲豐的臉色不大好看，便直接把人叫到書房，吩咐人上茶水，又問：「吃飯了嗎？要是沒有，讓人把飯菜送來，咱們哥兒倆一起用。」

簡雲豐點頭。「好。」

吃完飯，兄弟倆回到書房，簡雲豐把事情經過講了一遍。

簡雲帆並不吃驚，顯然已經知曉此事。「二弟懷疑哪個？」

簡雲豐道：「起初我覺得是小淡叫人做的，但又不像。大哥，會不會是睿王世子？」

簡雲帆皺眉。「二弟妹得罪過他？」

簡雲豐搖頭。「我來之前，崔氏還在睡，不知詳情如何。」

簡雲帆道：「那就派人問問。」

簡雲豐叫來長隨，吩咐他去王嬤嬤家裡瞧瞧。

大約兩刻鐘後，長隨回來覆命，說王嬤嬤與崔氏閒聊時，確實提過睿王世子，至於內容是什麼，不方便說。

不方便說，就是說了不該說的話。

簡雲豐怒道：「大哥，肯定是他。他的人到咱們家如入無人之境，未免太放肆了！」

「二弟少安勿躁。」簡雲帆喝口熱茶，微微嘆氣。「他是親王世子，做事向來我行我素，只要抓不到把柄，就沒有任何辦法。

「依我看，做這件事的人未必是沈餘之。他忙於父親遇刺一案，小淡發現雷公藤時喊的那一聲，他應該也聽到了，兩樁案子併在一起，定然對府裡的人有所懷疑。如果他要查，怎會打草驚蛇呢？」

這話也有道理。簡雲豐點點頭。「那大哥覺得是誰？」

簡雲帆道：「聽說二弟妹安排小淡住在花園邊的小庫房裡，裡面的家什都是黃櫸木的？二弟，小淡在林家的吃穿用度比咱們家好，二弟妹如此安排，是不是有些欠妥呢？」

簡雲豐怔住，女兒回來兩天，他還不知道她住在哪裡呢。

但住在小庫房裡，用櫸木家什又怎樣？這能成為她逞凶作惡的藉口嗎？

簡雲帆見他臉色發黑，過來拍拍他的肩膀。「不必煩心，孩子有錯，好好教就是了。過幾日，我讓小潔找個嬤嬤來，二弟覺得如何？」

簡潔是他的嫡長女，夫家正是慶王府。

另一邊，簡淡用完晚飯，正在院子裡摔瓷泥。四年沒做瓷器，實在手癢。正忙得興起，院門被敲響了。

紅釉去開門，是簡思越帶著簡思敏和簡雅過來了。

「三妹。」簡思越大步走進院子，見簡淡滿手是泥，嘴角上還沾了半個小指尖大的一坨，顏色淺淺的，像顆小痲子，可愛得很，不由莞爾。「這是要做瓷器？」

「大哥，二姊，二弟。」簡淡挨個兒叫了一遍，卻沒放下手中的泥巴。「從舅公家帶來一些瓷泥，晚上吃多了，玩一會兒，順便消消食。」

藍釉有眼力，招呼紅釉，去屋裡搬出三張椅子放好，請他們坐。

簡思越饒有興致地在簡淡身邊坐下。「三妹繼續，我想瞧瞧瓷器是怎麼做出來的。」

簡雅道：「大哥想看，去舅公的窯裡不是更好？匠人製瓷，窯工燒窯，包管每一道工序都能看得清清楚楚。」言下之意，簡淡不過是個匠人。

簡思越瞥瞥她。「這麼說來，若我想看二妹畫畫，還要把我打發到畫師那裡不成？」

「噗哧！」簡淡沒忍住，笑出聲來。她這大哥平日總是正正經經的，沒想到居然這麼會搶白人，舉的例子也恰如其分。

「大哥，人家哪有那個意思？咳咳……」簡雅瞪簡淡一眼，臉紅了，輕輕咳嗽起來。

「沒那個意思就好。妳們是親姊妹，說話不要夾槍帶棒。」簡思越告誡她一句，又關切地說：「要是身體不舒服，便早點回去休息吧，讓二弟送妳。」

簡雅是想用體弱博取同情，並沒有想走的意思。簡思越的話令她想發火，又怕簡思越喜歡簡淡，不喜歡她，只好道：「沒有不舒服，就是被唾沫星子嗆了一下。」

簡淡挑眉，沒有趁此機會落井下石。

簡思越希望兄弟姊妹和諧，她就不能撕破臉皮，直接與簡雅對上。只要她沈得住氣，心浮氣躁的就是簡雅。

「三姊。」簡思敏彆彆扭扭地喊了一聲，看都沒看簡淡，逕自在簡思越身邊坐下。

「這就是你的規矩？」簡思越的臉色很難看。

簡思敏尊敬他，只好又站起身，把禮數補全。

簡淡還了半禮，笑道：「看來，二弟對我誤會甚深。十四年來，大家聚少離多，我竟不知誤會從何而來，大哥知道嗎？」

簡思越搖搖頭，對白瓷、藍釉等人擺擺手，示意她們退下。

白瓷看向簡淡，簡淡點點頭，便帶著一干丫鬟出了院子。

簡淡放下瓷泥，坐在自己的小杌子上。

簡思越看向簡雅和簡思敏。「說說吧，小淡第一次回府，到底哪裡做得不對？」

簡雅白了臉，原以為簡思越是來安慰簡淡的，沒想到，他不但沒提老鼠的事，也沒提簡淡暴打簡思敏之舉，直接把矛頭指向她。

簡思敏搶著道：「她……」

簡雅攔住簡思敏的話頭，笑著說：「大哥說的哪裡話，根本沒有誤會，三妹也沒什麼做得不對的。我們是孿生姊妹，心連心，連衣裳都會選一樣的呢。」

「是嗎？」簡思越審視著簡雅。

她的話，他一個字都不信。

若非顧忌著她身體不好，他很想問一問，哪個姊姊會故意絆倒丫鬟，摔碎妹妹的梅瓶？哪個姊姊會故意在父親面前說妹妹舉止魯莽，破壞妹妹在父親面前的形象？又有哪個姊姊會挑唆弟弟，去打心連心的妹妹？

大宅門裡沒什麼秘密，簡雅很清楚簡思越為何這樣看著她。

「咳咳……」她忽然咳了起來，一聲比一聲急促。

簡思敏見狀，趕緊過去把簡雅扶起來。「大哥，二姊身體不好，我先送她回去。等她像三姊這麼康健了，我們再來接受大哥的質問。」

簡淡冷哼一聲。「如果她的身體不好可以歸咎到我頭上，那我是不是該埋怨母親，當初不該生我們？生我又不能養我，生下來時便掐死，不是更好……」

「放肆！」門外傳來一聲怒吼。

緊接著，院門猛地被簡雲豐推開，砸在牆上，發出巨響。

簡淡心頭火起，握緊拳頭，還要再說，卻被簡思越攔住。「父親請息怒，這是小輩之間的事，還請父親讓我們自己解決。」

「咳咳咳……」簡雅的咳嗽越發劇烈起來，臉上脹得赤紅，呼吸急促。

簡雲豐不喜歡她把身體不好的事歸罪於簡淡，若他知道她利用這一點挑撥簡思敏和簡淡的關係，絕對會大發雷霆。

簡思敏抓緊簡雅的手臂，焦急地問：「二姊，妳怎麼樣？要不要請大夫？」

「不用興師動眾，我回去躺躺就好了。」簡雅氣若游絲，聲音極小，靠近了才能聽見。

簡淡哂笑一聲，又來了。一旦簡雅處於弱勢，便會立刻做出一副馬上氣絕的模樣來，以逃避即將面對的尷尬境地。

簡雲豐對兒子們要求嚴厲，卻對簡雅關愛有加，立刻大步走過來，柔聲道：「小雅別急，父親這就去找黃老大夫，妳先在這裡躺一躺……」

「父親不必著急，二姊這病，我能治。」簡淡打斷他的話。

「胡鬧！」簡雲豐狠狠瞪了簡淡一眼。

簡淡眸裡閃過一絲諷意。「父親，二姊這麼喘下去可不行，不及時停住，只怕等會兒就昏厥了。女兒在舅公家學過一個偏方，專治二姊這種症狀，效果立竿見影。」

簡思越勸道：「父親，您差人去請黃老大夫，三妹也試試，兩不耽擱。」

簡雲豐被說動了。「那……」

「真不用……女兒已經好多了。」簡雅一邊喘息、一邊磕磕絆絆地再次拒絕。
「很簡單的，馬上就好。」簡淡不容她拒絕，走過去，一把摀住她的嘴。
簡淡手上還有要乾未乾的泥巴，就這樣直接貼上了簡雅的口鼻。
泥土的腥氣直衝簡雅的鼻子，簡雅想向後躲，但簡思敏為了她好，用力按住她，只能憋住呼吸，急促的喘息和咳嗽一下子便停止了。
簡淡轉頭看簡雲豐。「父親瞧瞧，是不是好多了？不喘了呢！」
簡雅說不出話，快被簡淡氣瘋，分明是簡淡不讓她呼吸的！
簡淡一直摀著，簡雅便一直憋氣，存心讓自己昏厥過去，好讓簡雲豐對簡淡徹底失望。
然而，她低估了人求生的本能，待到那口氣徹底憋不住時，鼻子不受控制地開始呼吸。
與此同時，簡淡鬆開手，簡雅的口鼻一起大大地吸了口氣。
接著，簡淡的手又摀上去。如此反覆，剛才簡雅故意用咳嗽製造出的急喘，竟然就消失不見了。
「很簡單，是不是？」簡淡哂笑。「一味咳嗽，不調整呼吸，便容易出現這種毛病。二姊，妳說是不是呢？」
簡思越驚疑地看向簡雅，簡思敏也驚訝地鬆開了簡雅的胳膊。
簡雅心裡一驚，眼裡醞釀了兩泡清淚，嘴巴癟著，裝出一副要哭不哭的委屈模樣來。若非唇上的幾塊瓷泥讓她顯得有些可笑，簡思越幾乎就要相信她了。

簡雲豐心中有異，卻不妨礙他疼女心切，完全忘了來香草園的目的，連屋子都沒進，直接帶簡雅和簡思敏回了梨香院。

一更更鼓響，院子裡的光更加黯淡。

簡思越陪著簡淡在門口佇立片刻，無奈地嘆息一聲。「三妹，真親不惱一百天，妳剛回來，時日長了就好了。」

簡淡揚起小臉問他。「真的嗎？」

簡思越很想說是，但他知道，這是他的一廂情願。

「大哥會對妳好的。」他避重就輕，拍拍簡淡的肩膀。「天黑了，進去吧。明兒大哥再來看妳。妳要買什麼，或誰欺負妳，都只管告訴大哥。」

「好。」簡淡笑笑，送他出去了。

第十章

過了幾日，到了端午節。

在大舜，端午節是舉國同慶的日子，北方還流行打馬球和射柳。

熱鬧是熱鬧，但與簡家無關，簡廉禁止兒孫參與這些玩樂之事，一家人吃頓團圓飯，端午節就算過完了。

這陣子不須向長輩請安，簡淡在香草園裡混了兩天，摔瓷泥，學雙節棍，忙得不亦樂乎。

她提前學好招式，晨練時出的糗就少了。原以為沈餘之會很快對此失去興趣，但她猜錯了，每天寅正，高臺上的藤椅準時出現，那個看不清面目的少年始終都在。

沈餘之孤孤單單地坐著，手裡拿著一本書，目光偶爾看過來，淡淡的，直直的。

簡淡總覺得這注視讓她猶如芒刺在背，簡雅卻能像開了屏的花孔雀般閒庭信步，姿態優雅動人。

五月初八，簡淡去松香院問安。

馬氏的心情好了許多，除了對簡淡有些愛答不理外，一切都正常了。

簡淡知道原因。青瓷去順天府打聽過，幫簡廉抓藥的夥計被滅口，死在回老家的路上，此事足以證明小劉管事只有失職之罪，並無謀害之嫌。

不是家裡人主使，簡家人便鬆了口氣。

從松香院回去後，簡淡到梨香院，與崔氏一起用早飯。

飯畢，崔氏對簡淡說道：「妳大姊從宮裡請了一個嬤嬤，下午過來。從今兒起的三個月，妳隨她好好學學規矩，那些弄泥巴的東西就扔了吧，簡家的姑娘不需要做手藝活。」

不許她製瓷倒也罷了，上輩子崔氏也反對，但請來宮裡的嬤嬤，可是不曾有的事。

「母親覺得女兒哪裡不好？」簡淡問道。

崔氏想起死老鼠的事，眼裡閃過一絲嫌惡，坐直了身子，反問她。「妳覺得自己哪裡做得好？」

簡淡哂笑，點點頭。「原來女兒在母親眼裡一無是處，既如此，那就從頭學起吧。不過，女兒愚笨，舉止粗魯，若在嬤嬤面前丟了人，母親可千萬莫要埋怨女兒。」

簡雅正在一旁暗自幸災樂禍，聽了簡淡的話後，忽然覺得脊梁骨發寒，不禁尖聲質問：「三妹這是什麼意思？」

「就是話裡的意思。」簡淡說道：「滿府的姑娘只有我需要嬤嬤調教，便說明我是簡家最不成體統的姑娘，不是嗎？那我自然要好好表現表現，不能辜負了大好的名聲不是？」

崔氏寒了臉。「妳在威脅我？」

簡淡站起來，笑道：「女兒不敢，不過實話實說罷了。」

崔氏氣得渾身直顫，抓起小几上的茶杯，朝簡淡臉上扔去。

簡淡側臉，茶杯貼著她的鼻梁飛過，落在地上，摔得粉碎。

屋裡的人都驚呆了，沒想到崔氏會發這麼大的火，更沒想到簡淡有如此大的膽子。

「妳當真是我的剋星啊，跪下！」崔氏厲聲喝道。

簡淡從善如流，一抖裙襬跪下去。

她可以跪，但絕不能被那嬤嬤單獨調教。此番是輸是贏，只看誰的骨頭更硬。

崔氏下地，走到簡淡前面，顫巍巍地揚起右手。

簡淡揚起臉，笑咪咪地說：「母親儘管打，打完我便回舅公家去，免得耽誤您跟二姊的好日子。」

「放肆！妳姓林嗎？」簡雅大步走到崔氏身邊，扶住崔氏。「娘，莫要為這等沒心肝的人氣壞身子，想打就打。」

簡淡道：「您是我親娘，當然想打就打。屆時我頂著臉上的五指山去找祖父辭別，順便把這幾日發生的事好好敘上一敘。」

「妳……」崔氏兩頰脹得通紅，想起簡淡救了簡廉兩次，手竟然拍不下去了。

大丫鬟茜色上前勸道：「太太息怒，三姑娘一時想不明白，也是有的。且讓她想一想，勸勸就好了。」

崔氏順坡下驢，指著門口道：「滾出去！」

「母親息怒，女兒這就滾出去。」

簡淡一拜，起身出了門。

簡雅看簡淡走遠，暗咬銀牙，埋怨崔氏心慈手軟的話在喉嚨裡翻了幾翻，還是嚥回去。她覺得，簡淡回京城後變了許多，不像在林家時，總對她們母女小意討好，生怕說錯了話，辦錯了事。

為什麼呢？難道簡淡覺得救了祖父，就可以為所欲為了？

「娘。」簡雅叫崔氏一聲，扶崔氏到貴妃榻上坐下。「那丫頭恨娘把她扔去林家不管，心有怨懟，只怕早憋著勁想氣您。您要是真生氣，便如了她的意。」

啪！崔氏一拍小几，豎起兩道柳葉眉。「她真這麼說了？」

簡雅把簡淡那晚對簡思敏說的話重複一遍。「娘，那丫頭就是隻白眼狼，您千辛萬苦把她生下來，她非但不領情，還心生怨懟，您說這像話嗎？

「再說了，宮裡的嬤嬤向來難請，哪家姑娘若讓嬤嬤親自教導過，將來說親都能讓人高看一眼，女兒實在想不明白，她有什麼好拒絕的？」

簡淡如此，崔氏確實生氣，但她到底出身世家，修養不錯，簡雅嘮嘮叨叨說了一堆，反倒讓她恢復理智。

如果嬤嬤教簡家的姑娘們，那沒問題；只教簡淡一人，她不願意，也是人之常情。

簡雲豐不喜庶務，沒考慮其中隱情乃情理之中。可簡雲帆呢？他為人精明，處事老道，素有智囊之美譽，也想不到嗎？她不太明白簡雲帆為何要這麼做。

簡雅見崔氏無動於衷，趕緊推推她的胳膊，嬌聲道：「娘，您別生氣了，當心氣壞身子。三妹不好，咱們教就是了，是不是？」以為揣摩錯崔氏的心思，又換了一種說法。

崔氏拍拍她的手。「還是妳乖。妳先回去歇著，讓娘靜一靜，想想這件事該怎麼辦。」

簡雅莫名其妙，就算簡淡救了祖父，不孝就是大逆不道，還要想什麼？當然是跪祠堂、挨板子啊！

崔氏並不這麼想。簡淡固然可恨，但請嬤嬤的事，簡雲帆兄弟做得並不占理，只要簡淡告狀，簡廉很可能會阻止。

既然如此，不如讓簡家姑娘們一起學，到時多「照顧照顧」簡淡便是，總不能白白被她氣一頓。

吃完午飯，簡淡打發三個丫鬟去休息，自己在書房的空地上擺了張小几，坐在小杌子上，幫修好的瓷胚做刻劃花。

她做的是磬口圓肚洗，刻了圓環紋，環環相扣，每個圓環的中心都有一朵三瓣小花，圖案連綿不絕，布滿整個筆洗。

這不是世人普遍喜歡的圖案，但夠大器，新穎出色，有種奇幻的美。

刻好最後一刀，藍釉敲門進來。「姑娘，該去家學了。」

家學設於錦繡閣，位在花園西面，是座兩層繡樓。

端午節時，簡家讓三位女師放了幾天假，今天又開始上課。

早上，簡淡從梨香院出來後，去香草園取書袋，沒事人似地上了一堂《論語》課。下午，該學琴藝了。

她留白瓷和紅釉看家，帶藍釉去了錦繡閣。

主僕兩人到時，除了簡靜與簡雅之外，其他幾位堂妹都到了。

打過招呼，簡淡在自己的位置坐下。五張琴圍成一圈，中間那一把，是女師何姑姑的。

簡悠優雅地撫了幾個音，有些得意地說：「三姊，妳在舅公家學過撫琴嗎？」

「學過一些時日。」簡淡知道簡悠要說什麼，既然已經聽過一次，再聽一次也無妨。

「呀！」簡悠一驚一乍地表示了驚訝，畫得極黑的一字眉挑得老高。「靜遠鎮也能找到好的琴師嗎？」

簡淡靜靜看著她表演。

簡悠擺出一副我是為妳好的關切模樣，繼續說：「咱們的何姑姑是從宮裡出來的樂師，她說過，指法是基礎，如果一開始彈得不對，後面想再改，可就難了呢。」

簡淡道：「五妹說得極是。」

上輩子，簡雅替她出頭，挑唆兩句，她和簡悠當場大吵起來，讓何姑姑以為她身為姊姊卻不慈，一直對她不假辭色。

老師對學生不好，學生也不喜歡老師，琴藝不好是必然結果。

如今的簡淡，身體裡住了一個十八歲的靈魂，比十三歲的簡悠成熟多了，當然不會把這小小的挑釁放在心上。

她讓藍釉倒杯涼茶，自顧自地喝了起來。

簡悠以為她認栽了，不禁有些得意。

簡淡笑著搖搖頭。

論琴技，簡靜最有天賦，簡悠排第二。書畫和讀書，則是簡雅第一，簡靜第二。

三房姊妹在哪方面都不太出色。若簡悠能在琴藝上壓她一頭，就不會顯得那麼廢物了。

簡悠素來被幾個年紀相近的姊姊壓得死死的，簡淡很理解，她是吃醋拈酸而已。

等了一盞茶工夫，何姑姑進來，笑著道：「今天本想教大家一首新曲子，但二姑娘、四姑娘都告了假，我們等等她們，再把以前學的幾首曲子練一練好了。」

「唉……」簡然聽了，故作老成地嘆息一聲，童言童語地說：「何姑姑，您不是說笨鳥先飛嗎？您看，四姊天賦最好，二姊學得最快，她們又哪裡需要等了呢？」

何姑姑在簡然跟前站住，往她琴上輕輕一撫。「六姑娘是不需要等她們，但她們卻要等等六姑娘呀。之前那首〈平沙落雁〉，不知六姑娘練得怎樣了？」

簡然癟了癟紅潤潤的小嘴。「好吧，還是讓她們等等我好了。」

簡悠刮刮她的鼻子。「六妹，妳羞不羞啊？」

簡然抬起圓圓的小下巴，驕傲地說：「這有什麼？我背書最快，她們還不如我呢。」

何姑姑莞爾，走到簡淡面前。

簡淡行了一禮。「何姑姑好，學生名淡，行三，琴藝天賦一般，請您多關照。」

何姑姑笑著點點頭。「若非二姑娘請假，我是無論如何也分不出妳們姊妹來。長得真像，都這麼美，二太太是有福之人。」

簡淡謙虛道：「母親自然是有福氣的。但學生不如二姊，何姑姑多瞧瞧我們姊妹幾日，便分得出了。」說到這裡，指指藍釉。「就算分不出，何姑姑還可以看丫鬟來認學生。」

「這倒是個簡單的法子。」何姑姑自覺在認人上不太靈光，立刻仔細去看藍釉。

其實，她也發現姊妹倆的差別了，不在長相，而是說話。簡雅中氣不足，音調綿軟，簡淡則反之。聲音雖像，但只要稍加細聽，便可以分辨出來。

「坐吧，讓我聽聽妳的琴藝。」何姑姑在中間的位置上坐下。

簡淡應諾，彈了一曲〈平沙落雁〉。

一曲彈畢，何姑姑讚賞道：「不錯，技巧一般，但琴音動人，是下苦功練過的。」

簡淡深以為然。「確實練了許久，謝謝何姑姑誇讚。」

她於瑤琴的確沒什麼天賦。前世在睿王府守寡三年，整日無所事事，不是繪製瓷器的形狀及裝飾紋樣，就是彈琴寫字，學過的曲目不但可以彈得流暢，而且深入人心。

她是笨鳥，已經先飛了三年。

簡然拍著小手跑過來。「三姊彈得好好，不如也教教我吧。」

簡悠臭著臉把她揪回去，按到座位上。「有何姑姑教妳還不夠嗎？好好練，莫總想著投機取巧！」

簡淡知道，簡悠臉上掛不住，又生氣了。她心地不壞，就是喜歡拈酸吃醋，只要有人贏過她，說話便夾槍帶棒，發洩內心的酸楚和鬱悶。

簡靜也是這樣的人，但她比簡悠壞多了，不但嫉妒，還會想方設法拉下人來。

想起簡靜，簡淡忽然覺得有些奇怪，簡雅沒來倒也罷了，但簡靜上午還好好的，下午怎麼忽然請假了呢？

第十一章

何姑姑下課後，簡家四個房的太太們陪著一個有些年紀的陌生女人進了錦繡閣。

陌生女人表情嚴肅、目光銳利，眉心摺痕和唇邊的兩道法令紋極深，一看便是嚴苛刻板之人。

王氏對姑娘們說：「這位是顧嬤嬤，是來教導妳們規矩的。從今兒起，妳們每日跟顧嬤嬤學習半個時辰。顧嬤嬤教過許多貴人，京城無人能出其右，只要跟她學好了，將來定會受益無窮。」

崔氏搖著扇子，目光在簡淡臉上輕輕掠過。「顧嬤嬤是妳們大姊求了慶王妃才請來的嚴師，機會難得，妳們可要打起精神來，好好學一學。」

「既然這麼好，二姊和四姊怎麼不來？」簡然脆生生地問。

王氏聽了，尷尬地與崔氏對視一眼。

陳氏柔聲斥道：「小然不可沒規矩。」

簡然搖搖小圓腦袋，一板一眼地說：「娘，教《論語》的蔡姑姑說過，不懂就要問，不能裝懂，女兒沒錯啊。」

簡悠上了堂憋屈的琴藝課，心中正不爽，此時怎肯輕易放過簡靜和簡雅？掐掐簡然的胖臉蛋，皮笑肉不笑地說：「六妹淨胡說，這麼好的事情，二姊和四姊怎麼可能不來？就算今天不來，明日也定然會來。」

崔氏輕咳一聲，正要替簡雅解釋兩句，卻被簡淡搶了先。

「母親，黃老大夫說過，二姊應該經常出來走動走動，學規矩又不累，沒道理我們姊妹都學，她和四妹躲懶。大伯母、三嬸，妳們說是不是？」

王氏還能說什麼呢，簡靜的身體好得很，總不能為了逃避學規矩，也放棄其他課業吧。

「呵呵……」小馬氏笑了起來。「幾個孩子說得有道理。二嫂，聽說管家還替二姪女買了雙節棍來，想來身體大好了。小雅是弱了些，可二嫂總不能一味護著不是？」

「四弟妹言之有理。」陳氏的眼中流露出一抹笑意，她也聽說簡雅買雙節棍的事了，能學武藝卻不能學規矩？那不行吧！沒有讓她的兩個女兒陪簡淡遭罪，大房和二房的女兒卻在一旁看笑話的道理。

陳氏出了聲，王氏和崔氏再護著簡靜跟簡雅，就說不過去了，遂道兩人只有今天不來，日後還是要一起學的。

接下來，王氏請顧嬤嬤說上幾句。

顧嬤嬤道：「簡家乃書香門第，姑娘們的規矩都不差，但僅僅是『不差』而已，離『好』字，相去甚遠。六姑娘行禮時，目光不專注，眼珠四處亂轉；五姑娘當著老身的面不留情地斥責六姑娘，毫無為姊的風範。三姑娘詰問兩位長輩，那老身問妳，妳的孝道去哪了？」

簡淡笑了笑，正要說話，就見崔氏急忙忙地開口。「顧嬤嬤，三姑娘剛回府，規矩確實比其他姪女稍差一些，煩請嬤嬤嚴格要求，妾身不勝感激。」

顧嬤嬤道：「只要二太太不心疼，三個月後，老身定讓三姑娘改頭換面，氣韻更加高華，舉止進退有度。」

言罷，她朝王氏行了一禮，兩手握拳，右手放在左手上，置於右側腹部。與此同時，右腳向後撤一小步，兩膝微曲，頷首低眉，微微伏身又起，姿態優雅，態度恭謹卻不卑微，一切恰到好處。

「如此，便拜託顧嬤嬤了。」王氏稍稍避開。她是五品宜人，但顧嬤嬤是正六品女官，雖矮她一級，卻來自宮裡，遂又還了半禮。

顧嬤嬤道：「大太太客氣了。」

王氏謝過，又叮囑姑娘們幾句，與幾個妯娌離開錦繡閣。

送走幾位太太，顧嬤嬤讓身邊的小宮女搬來一張椅子，一瘸一拐地走過去坐下。

簡淡有些納悶，這位是從宮裡來的，怎麼可能是瘸子呢？

不但簡淡奇怪，簡悠也很詫異。

簡然年紀尚小，城府淺，直接問出口。「顧嬤嬤，您的腿受傷了嗎？」

顧嬤嬤板著臉不說話，目光在簡淡三人臉上逡巡。

小宮女解釋。「從宮裡來的路上忽然驚了馬，嬤嬤傷到腿了。」

簡淡挑眉，垂下眼，長而濃密的睫毛遮住了眼裡的幸災樂禍。

顧嬤嬤見狀，問道：「三姑娘讀過書嗎？」

「認得幾個字。」簡淡道。

顧嬤嬤頷首。「那妳應該明白非禮勿視的意思吧？」

簡淡行禮。「回嬤嬤的話，小淡是學了幾個字，卻還不知『非禮勿視』，請您明示。」

簡悠看簡淡一眼，臉上的笑意漸漸擴大。

顧嬤嬤一怔，耷拉的嘴角不覺又往下扯了扯，卻沒有動怒，看了小宮女一眼。

小宮女便道：「三姑娘，非禮勿視的意思是，不合乎禮教的東西不能看。比如，嬤嬤的腿受傷了，您盯著看，就是不禮貌的。」

哦……簡淡明白了，這位嬤嬤是特地找來修理她的，不然為什麼三個姑娘都看了，卻只說她一個呢？

她故作靦覥地笑了笑。「有句話叫不知者……什麼來著，上午蔡姑姑講過，這會兒我就忘記了。」求救似地看向簡然。

簡然得意地接話。「不知者不罪。」

顧嬤嬤聽了，目光變得更加銳利，窄窄的申字臉、高高的顴骨，搭配深深的眉間紋和法令紋，使她從骨子裡散發出陰寒和冷酷。

「錯就是錯，三姑娘不要找藉口了。沒有規矩，不成方圓……」

簡淡哂笑一聲，打斷她的話。「欲加之罪，何患無辭？嬤嬤給的罪名，小淡肯定不會認。但小淡敬重嬤嬤的身分，如果嬤嬤一定要打，打便是了，不必講多餘的話。」

她伸出左手，乜著眼看向小宮女。「來吧，打輕一點，再過幾天我要去慶王府賀大外甥滿月，到時候伸不出手來，像什麼樣子？傳將出去，於顧嬤嬤的名聲也不太好吧。」

滿月宴訂在六天後，這是簡淡回京城後第一次出門，有簡廉坐鎮簡家，崔氏不讓她去的可能不大。

顧嬤嬤被簡淡氣個半死，但她老於人情世故，不會不明白簡淡的威脅，只得對小宮女使眼色。

「十下，一下都不許少。」

簡淡皮膚白嫩，雙節棍打過的地方，已是青紫交加。

小宮女嚇了一跳，高高舉起的戒尺，竟一時無法落下。

「打吧。」簡淡晃晃手，笑嘻嘻地盯著她。

小宮女被看得發毛，只好小心翼翼地避開傷處，動作也更加輕了。

十下打完，簡淡一邊揉、一邊對小宮女說：「多謝小姊姊手下留情。」

顧嬤嬤聽了，冷笑連連。「三姑娘得了便宜，就不要賣乖了吧，慶王府也不是總擺滿月酒的。好了，閒言少敘，咱們從萬福禮開始學，學不好，晚上不許吃飯。什麼時候練會，什麼時候休息。」

簡悠和簡然對視一眼，露出悽惶之色。

簡淡回頭吩咐藍釉。「妳去大少爺那裡候著，他一回來，就請他來錦繡閣。」

藍釉應聲，轉身就往外跑。小宮女慢一步，抓不到人了。

顧嬤嬤的小伎倆再次被揭穿，氣得一佛出世，二佛升天，白著臉，用力一拍扶手，指尖撞在邊緣上，疼得嘴角直抽。

好啊，要是簡淡乖一點，她還能放她一馬。若逆著來，就別怪她不客氣了。

萬福禮不難，可一旦有人吹毛求疵，就不那麼簡單了。

簡淡在睿王府當了三年寡婦，基本禮儀並不比顧嬤嬤差多少。

但現在丫鬟們被趕出去，只要顧嬤嬤說不好，便是不好，想反駁都不成。

為了不被耍弄，簡淡必須叫個有力的人來盯著，顧嬤嬤才不敢耍花樣。

「三姑娘，再往下蹲一些！」

「五姑娘別晃。」

「六姑娘年紀小，做得還不錯。」

「三姑娘，老身說過，往下蹲。妳如此懈怠，老身要用戒尺了。」

簡淡心頭火起，再往下便是蹲馬步了，這賤婦是故意的。她想撂挑子不幹，但心裡很清楚，這樣等同於親手將把柄遞到顧嬤嬤手裡。

簡淡深呼吸，在心裡告訴自己，先忍耐，就當是蹲馬步好了。

五月的京城，下午有些熱。小宮女還關了門窗，屋裡一絲風都沒有，姊妹三個練得滿頭大汗。

顧嬤嬤拎著戒尺，一瘸一拐地走過來。

「五姑娘跟六姑娘可以休息了。三姑娘做得不好，再往下蹲。」

簡淡直視她，站起來，居高臨下地看著她。

顧嬤嬤感覺自己的威信受到了挑釁，怒道：「三……」

簡淡微微一笑，慢慢往下蹲。「嬤嬤別急。」轉頭看向簡悠與簡然。「五妹、六妹幫我看看，到底蹲多低最合適。」

「這就很好，再低便像出恭了，顧嬤嬤說是不是？」簡悠雖不喜歡簡淡，但此刻的她更討厭顧嬤嬤。

顧嬤嬤用鼻子哼了一聲，顧左右而言他。「老身以為，五姑娘的措詞極為不雅。既然妳們姊妹不累，那再多做幾遍。」

「顧嬤嬤高興就好，本姑娘不學了。」簡悠把茶杯往桌子上一放，起身就要出門。

顧嬤嬤道：「五姑娘的脾氣怕是不太好，這樣的話若在京裡傳開了，嘖嘖……」

簡悠腳下一頓，怔在原地。

簡淡瞇了瞇眼，笑著說：「原來顧嬤嬤還喜歡傳閒話，大伯母找您來，怕是要搬起石頭砸自己的腳呢。」

顧嬤嬤冷哼一聲。「若要人不知，除非己莫為。幾位姑娘還是好自為之吧。」似笑非笑地看著簡悠。「五姑娘，真不學了嗎？」

名聲是貴女的軟肋，她們是首輔的孫女，豈能栽這樣的跟頭？

簡悠瞪簡淡一眼，憤憤不平地在她身邊蹲下去，咕噥道：「都怪妳。」

簡淡笑了笑。「按照長輩們的想法，妳該感激我才是。」

她的聲音太輕，簡悠沒聽清楚，加上顧嬤嬤盯著，只能悻悻然閉了嘴。

這時，有人敲門。

小宮女開門，來人說道：「我們三老爺從南方回來了，三太太說，如果五姑娘跟六姑娘學完了，請她們去松香院。」

顧嬤嬤聽了，遲疑片刻，道：「既是如此，五姑娘與六姑娘先回去。三姑娘差些火候，再練一練。」

「謝謝顧嬤嬤！」簡然匆匆行禮，邁著小短腿，乳燕歸巢般的飛了出去。

簡悠站直身子，得意地對上簡淡的目光。「三姊辛苦，我和六妹先走一步。」

簡淡正要說話，就見門口處出現一個瘦高身影，因為逆光，她看不清面孔，但從身形上判斷，應該是簡思越到了。

簡思越進門，朝顧嬤嬤拱手。「顧嬤嬤辛苦，小生是簡思越。幾位妹妹頑劣，小生和顧嬤嬤一起監督，務必讓她們又快又好地學會萬福禮。」

顧嬤嬤的臉色沈下去，沒想到簡家嫡長子不但來了內宅，還理直氣壯地干預她對幾個姑娘的教導，甚至不給她與之周旋的機會。

她能拒絕嗎？一旦說不，這位年僅十六歲的小秀才會不會立刻察覺她對簡淡的惡意？

顧嬤嬤慢條斯理地站起身，恰到好處地頷首。「簡大公子寧可犧牲自己讀書的工夫，也要來監督妹妹們，當真是兄妹情深。既如此，咱們就一起看看吧。」

這句話的意思太多了。簡思越皺眉，再次拱手。「多謝顧嬤嬤。」

簡悠上前行禮，壞心眼地說：「大哥，顧嬤嬤說三姊還要練一會兒呢。我爹回來了，大哥要不要一起去見見？」

「哦？」簡思越看向簡淡。

簡淡還端端正正地蹲著，膝蓋彎得剛好，臉上的笑容也很得體，實在看不出哪裡不好。

不待簡思越開口，顧嬤嬤便道：「這次三姑娘做得不錯，依老身看，你們兄妹可以一起走了。」

簡思越聽著，眉頭越夾越緊，卻不好貿然替簡淡出頭，只好再次謝過，帶著兩個妹妹出了錦繡閣。

走出錦繡閣，簡悠立刻扯著簡思越的袖子告狀。

「大哥，這老虔婆欺負人！」她不喜歡簡雅，但一直很敬重簡思越這個大堂哥。

「五妹慎言。」簡思越道。

簡悠晃晃他的胳膊，幸災樂禍地望向簡淡。「大哥，她欺負的可是三姊。就因為三姊頂撞她，明明做得很好，她還是讓三姊一遍遍地蹲，害得我跟六妹陪著一起受罪。」

簡思越知道簡悠在落井下石，但她說的沒有錯，顧嬤嬤的確是為簡淡而來的，簡家其他姑娘純粹是無妄之災。

他看了簡淡一眼，後者淺笑著，對簡悠的話毫不在意，不禁暗自嘆息一聲，簡淡的心胸比簡雅寬廣，但性格太剛，做事不曉得迂迴，父母尚且不能包容，日後嫁了人可怎麼辦？

簡淡沒心思琢磨這些小事。

上輩子，三叔簡雲愷回來沒幾天，就被拱衛司帶走，不知這一世祖父能不能力挽狂瀾？

如果不能，簡家怕是還要經歷一番風雨了……

第十二章

簡思越兄妹到時，其他人已經在馬氏待客的廳裡了，簡廉赫然在座。

簡雲豐見簡思越來得晚不說，還跟簡淡混在一起，心裡難免不痛快，要不是顧忌著簡廉，當場就想發火了。

簡淡跟在簡思越身後，依次向諸位長輩行禮，並特意觀察簡廉的神色。

然而，簡廉微瞇著眼，目光深邃，看不出任何思緒，對簡淡說：「規矩是死的，人是活的，有些東西隨便學學也罷了。腹有詩書氣自華，多讀書才是正經。」

簡淡心中莞爾，看來有人提前在祖父面前嚼舌根啊，明明她是被迫的，此刻竟變成她主動要求學規矩了。

王氏和崔氏緊張地看著簡淡。

簡思越站在簡淡身側，悄悄捏住她的袖口，輕輕晃了晃，示意她務必小心謹慎，不要使性子。

簡淡笑了笑，她知道祖父只是提點一下，並無批評之意。

而且，三叔剛回來，家裡氣氛正好，眼下並不是實話實說的時候。但就這麼放過王氏和崔氏，她有些不甘心。

「祖父。」簡淡看向王氏。「學規矩這件事……」

「祖父，我們姊妹規矩要學，書也要讀。不管哪樣，只要做，就做到最好，總歸不能丟了您的臉。」簡靜忽然開了口。「是不是，三姊？」

簡淡挑眉，不回答。

簡雅走到簡淡身邊，親暱地攬住她的胳膊。「祖父，明兒小雅也要去學啦，多學些東西沒有壞處，是吧？」

簡廉微微一笑，目光往王氏和崔氏臉上一掃，兩個兒媳婦登時流了一臉的冷汗。

簡淡見狀，心滿意足，這才向簡雲愷打招呼。

簡雲愷像馬氏多些，容貌清秀俊朗，性格活潑，與晚輩們在一起時，很少擺長輩的架子，平易近人。

幾個姪女中，他最疼簡淡姊妹。簡淡七歲以前，每次他回家，若瞧見簡淡也在，就會買一模一樣的東西送給她們，然後一手抱著一個，讓親朋好友猜一猜，誰是簡淡，誰是簡雅。那曾是簡淡最喜歡的回憶之一。

簡雲愷伸出食指，親切地在簡淡額頭上點了點。「三年不見，我們小淡長成大姑娘了，三叔歡迎妳回家。」摸出一只小荷包放到簡淡手裡。「打開看看喜不喜歡？」

「只要是三叔送的，我都喜歡。」簡淡喜孜孜地打開荷包，取出一塊玉珮。

這是南方最近流行的翡翠，鏤刻著富貴平安紋樣，繁複美麗，玉質像水晶般清透，無一絲雜色，價格一定不菲。

上輩子，他送的是金步搖，為何如今換成貴重的玉珮，是祖父說了什麼嗎？

簡淡不覺看向簡廉，後者欣慰地撫鬚，微微頷首。

簡淡眼裡一酸，差點落淚。她明白了，因為親爹靠不住，所以祖父在幫她找靠山呢。

看來，三叔的危機已經解除。她在心裡長長地鬆了口氣。

與此同時，沈餘之正懶洋洋地躺在躺椅上，手撐著下巴，目不轉睛地看著擺在矮几上的泥筆洗。

蔣毅小心翼翼地問：「世子，簡家的團圓宴該結束了，這筆洗……」

「煩人！」沈餘之叫道。

蔣毅閉上嘴巴，這是嫌他話多了嗎？

煩人從外面小跑著進來，拱手道：「主子請吩咐。」

沈餘之瞥蔣毅一眼，道：「取一千兩銀票來。」

哦……原來是他多心了。蔣毅撇撇嘴，什麼破名字，一喊跟罵人似的。

煩人取來兩張五百兩的銀票交給蔣毅。

「蔣護衛，把銀票送去給那個小笨蛋，筆洗和紋樣，我都買下了。另外，派個人盯著那條老狗。」

盯著顧嬤嬤沒問題，但這麼昧下人家的筆洗，真的好嗎？這不是等同於告訴簡淡，沈餘之在監視她？

蔣毅有些頭疼。罷了、罷了，想那麼多做什麼，反正簡淡恨的又不是他，把銀票揣進懷裡，出去了。

蔣毅走後，煩人替沈餘之倒了杯茶，豎起大拇指，恭維道：「主子厲害，這筆洗花紋新奇，燒出來一定好看，咱們家的瓷窯已經很久沒出新花樣了呢。」

睿王的嫡妃過世後，留下不少嫁妝，其中有座小瓷窯，規模比林家的小，燒出來的瓷器以貴、美、絕為主，專賣權貴。林家產的則是賣給百姓，兩家互不干擾。

沈餘之換了個姿勢，道：「就你機靈。明兒你親自送去，告訴他們，這筆洗燒好了，立刻送回來。」

「是！」煩人一蹦三尺高，他剛學會騎馬，一直盼著單獨出門呢。

「什麼筆洗，讓本王也瞧一瞧。」睿王大步流星地從外面走進來。

沈餘之慢條斯理地坐起身，準備向親爹行禮。

睿王動作快，大馬金刀地在沈餘之對面的躺椅上坐下，不耐煩地擺手。「行啦，不愛動就別動了。老子怎麼養了你這種兒子，跟烏龜似的，動一動都費勁。」

沈餘之面不改色，從善如流，大剌剌躺了回去。

討厭端了涼茶上來，用大杯倒滿，奉給睿王。

睿王端起來，滿意地喝了一大口。「你們去廚房傳飯，本王要在這兒用晚膳。」

打發了討厭和煩人，睿王對沈餘之說：「今天本王是和簡老大人一起回來的。」

「他怎麼說？」

「那就是條老狐狸，想讓他答應和咱們聯手是不可能的，但一起對付慶王沒問題。」

沈餘之點點頭，這在他意料之中。

睿王又道：「簡老大人說，簡雲愷沒事了。」

沈餘之問：「皇祖父知道了？」

「嗯，但簡老大人請辭的事，你皇祖父沒答應。」睿王又喝口涼茶。「刺客的事，有眉目了嗎？」

「刺客是查不到的，兒子沒去查。但簡雲帆去慶王府找來女官，今天下午進了簡家。」

「女官去簡家做什麼？」

「看起來是為整治簡家三姑娘去的。路上驚馬，摔瘸了腿，也未能阻止她。」

「驚了馬？」睿王瞪沈餘之一眼。「是你這小子做的吧。」

沈餘之不置可否，繼續按照自己的思路說道：「學規矩這種事，早一天、晚一天皆可。她受了傷，卻堅持折騰簡淡一下午，這說明她另有任務。兒子很好奇，那個任務是什麼？」

不否認，那就是承認了！

睿王坐直身子。「你這是看上簡家三丫頭了？老子告訴你，那丫頭不成，命硬。你這身子骨架不住她折騰。要是喜歡，二丫頭還可以考慮一下。」

沈餘之輕哼一聲。「她不行，沒有比病秧子對病秧子更晦氣的事了。」

「這倒也是。」睿王把茶杯往矮几上一放，拿起筆洗把玩。「只要不是三丫頭，其他的隨便你選，本王的兒子想娶誰不行？你說說，那女官進簡家還有什麼目的？」

沈餘之起身，把筆洗搶過來，放到另一邊。「第一，簡淡救了簡老大人兩次，不說慶王叔，兒子也覺得太過蹊蹺；第二，簡淡回來的隔天，慶王叔收攬了道士，聽說極善六爻。」

「所以，這位女官是來探三丫頭的底？」

沈餘之笑笑，不回答了。

簡雲愷回京，簡家人終於到齊，一家子熱熱鬧鬧用了頓團圓飯。

簡廉放下胸中的一塊大石，心情不錯，多喝了幾盅酒，早早歇下了。

散席後，簡雲豐以考校功課為名，帶走了想開解簡淡的簡思越，簡淡便直接回香草園。

「姑娘，換衣裳吧。」紅釉拿了家常的舊衣給她。

簡淡在椅子上坐下，吩咐道：「不急，先沏杯茶來。」

藍釉道：「姑娘，晚上喝茶容易睡不著，還是喝水吧。」

白瓷取了茶壺和茶罐子，大剌剌地笑道：「咱們姑娘不會，去燒水吧。」

她捏了一把明前龍井放進茶壺，問簡淡。「主子，聽藍釉說那老虔婆故意害妳，晚上奴婢去揍她一頓如何？」

「她是六品女官，揍人肯定不行，得想別的法子。」簡淡用團扇指了指櫃子。「把收在櫃子下面的小玩意兒拿出來，再找上青瓷，咱們用那個收拾她。」

白瓷笑著應下。

顧嬤嬤住在東面的海棠苑，位置稍偏，但占地不小。院裡栽著幾棵海棠，花雖落了，但樹影婆娑，姿態峭立。

晚上起了風，燈籠飄著，燈影重重，頗有些鬼意。

小宮女立在窗前，莫名想起兩個粗使婆子的對話，又想起以前住過這裡的人，脊背一涼，手臂上頓時起了一層層的雞皮疙瘩。

二十年前，這裡曾是某位國公的府邸，但泰寧帝的二弟與之勾結，謀逆失敗後，男丁全部被斬，國公夫人帶著四個兒媳上吊自殺，隨後因為一場大火，又添七、八條人命。

此處變成京城最有名的凶宅。夜半時分，更伕時常聽到廢墟裡傳出女人隱約的哭聲。

兩年後，睿王出宮自立，住進隔壁，認為廢墟有礙觀瞻，找道士做了七七四十九天法事，讓工部就地重建新府邸。

簡廉成為首輔那天，這座宅子歸了簡家。

簡家住了十幾年，未曾聽說鬧鬼，只是一入夜，便無人敢去後花園。海棠苑的後面，就是後花園。

夜風吹動著窗扇，發出輕微的吱嘎聲，像有人躲在暗地裡磨牙。

小宮女越想越怕，啪的閉上了窗子。

顧嬤嬤從淨房裡出來，道：「關窗幹什麼？怪悶的，打開。」

小宮女怯怯地說：「嬤嬤，我怕。」

顧嬤嬤瞪她一眼，在梳妝檯前的繡墩上坐下。「簡家人都不怕，咱們是外人，有什麼可怕的？」

小宮女只好戰戰兢兢地開了窗。

「都聽說什麼了？」顧嬤嬤問道。

「啊？」小宮女一時沒懂。

「三姑娘。」

「哦……回嬤嬤的話，聽說三姑娘習武，喜歡玩泥巴。」

「還有呢？」

「她跟二老爺夫婦的關係不太好，整個二房只有大少爺肯親近她，其他就沒什麼了。」

「嗯，做得不錯。」顧嬤嬤滿意地點點頭，唇角微微上勾，讓法令紋顯得越發深了。燭光從她的斜側面照過來，窄窄的臉頰上溝壑縱橫，平添幾分可怖。

小宮女趕忙轉頭，假裝看燭火。

「幫老身把頭髮擦乾。」

「是。」小宮女應著，剛往梳妝檯走兩步，就聽到砰的一響。

「什麼聲音？」她嚇了一跳，不覺四下張望。

顧嬤嬤斥道：「少自己嚇唬自己，這世上哪來的鬼神？真要有，那些冤魂早來了。不外乎是風或耗子，要不就是野貓，有什麼可怕的？」

小宮女聞言，心裡定了定，暗道有理，死在顧嬤嬤手上的宮女，沒有十個也有八個，要是有鬼，她們早來報仇了，便不再說話，專心擦頭髮。

屋裡一片靜寂。

忽然，屋頂上有沙沙聲傳來，像是風過，又像雨來，還像喉嚨裡發出的嘶啞聲。

這一次，不單小宮女聽到，顧嬤嬤也聽得清清楚楚，望向窗外。「妳過去看看，是不是下雨了。」

「是。」小宮女邁著小碎步，飛快撲到窗前，推開窗，見海棠樹旁有個黑影晃了一下。

她揉揉眼睛，再仔細看，卻不見了，房頂上的沙沙聲也停了。

小宮女鬆口氣，正要稟報，又聽到有人長長地嘆息一聲。

「唉……」聲音低沈嘶啞，彷彿來自地獄。

顧嬤嬤一拍梳妝檯，猛地站起來。「什麼人?!」

她大步走到門外，門外沒人，進了天井，天井也沒人，再看房頂，空盪盪的，只有幾隻鎮脊神獸和漆黑的夜色。

「顧嬤嬤。」住在耳房的兩個粗使婆子惶恐地小跑出來。「有什麼吩咐嗎？」

顧嬤嬤厲聲問道：「妳們聽到什麼動靜了嗎？」

兩個婆子哆嗦一下，齊齊回答。「沒有。」

「看來……是老身聽錯了。」顧嬤嬤面無表情地轉身回屋，讓小宮女拴門關窗，也不擦頭髮了，直接脫鞋上床。

「睡吧。」

小宮女看看淨房，她還沒洗漱呢。但什麼都沒說，乖乖應是，和衣躺下。

「唉……」這聲嘆息清清楚楚地在房間裡響起。

顧嬤嬤感覺頭皮一陣發麻，直直坐起身，叫道：「是誰？滾出來！」

小宮女面色慘白，一掀被子，從頭到腳裹住自己。

顧嬤嬤呸了一口，下床把小宮女從被窩裡拎出來，喝斥道：「怕什麼，定是那簡淡弄鬼！妳不是說她習武嗎？」

小宮女勉強忍住哭意點頭，光著腳，和顧嬤嬤走到窗邊。

「開窗！」顧嬤嬤躲到小宮女身後，只露出半張臉。

小宮女打開插銷，推開窗，就見一張慘白的臉出現在海棠花下，黑洞洞的眼睛直勾勾地盯著她們。

「啊——」小宮女發出一聲尖叫，眼前一黑，倒了下去。

顧嬤嬤摀住心口，勉強喝道：「三姑娘，我知道是妳。我活了大半輩子，什麼沒見過，想把我嚇走？只怕作夢還快些。」

「唉……」嘆息聲從窗底下傳來，近在咫尺。

顧嬤嬤心一橫，伸長脖子，想把頭伸到窗外去看，卻見左邊的窗扇忽然被關上。她嚇了一跳，忙向後躲，就見海棠花下的那張白臉陡然出現在眼前，與她的臉相距不過半尺。

長長的黑髮披散著，黑洞洞的眼睛，嘴角上還有暗紅色的血，濃重血腥味直衝口鼻……

顧嬤嬤白眼一翻，直挺挺地摔下，地上多了一片可疑的水澤。

兩個粗使婆子聽見動靜，趕緊跑過來，敲門問道：「顧嬤嬤，您怎麼了？」

屋裡靜悄悄的，一個婆子趕緊推門，卻推不開。另一個便爬上窗戶往裡看，只見顧嬤嬤主僕倒在窗下，昏迷不醒，當下大駭，趕緊出去找人幫忙了。

第十三章

梨香院最先得到消息，簡雲豐與崔氏分成兩路，崔氏去看顧嬤嬤，他找簡淡。

他趕到香草園時，園裡的燈火已經熄了。

小廝敲了好一會兒的門，紅釉才一邊扣著扣襻兒、一邊開了院門。

「二……二老爺。」她瞧見簡雲豐，嚇得說話都結巴了。

「三姑娘呢？」簡雲豐大步進了院子。

「回二老爺的話，姑娘睡下了啊。」

「白瓷呢？」

吱呀！正房的門也開了，藍釉睡眼惺忪地走出來。「回稟二老爺，白瓷也睡了，要奴婢叫醒她嗎？」

簡雲豐怒道：「去把她們都叫起來！」

兩個丫鬟出來了，簡淡卻依然不聲不響，簡雲豐幾乎可以斷定，簡淡不在屋裡。

海棠苑的事，一定是她和白瓷做下的。

「父親？」簡淡披著大衣裳出了門，頭髮散著，帶子沒繫好，衣襟隨意掩著，領口處露出一大截月白色中衣。

白瓷頂著一頭亂髮跟在她身後，半閉著眼睛，睏得直打哈欠。

簡雲豐怔住，隨即想起武功高明的青瓷，問道：「青瓷呢？」

簡淡睜大杏眼，清醒幾分。「青瓷怎麼了？他不是回靜遠鎮了嗎？」為讓有人在外面接應，她沒讓青瓷搬入簡家，只說他回了靜遠鎮。

簡雲豐聽了，一下子冷靜不少。他沒任何證據證明海棠苑鬧鬼之事是簡淡做的，一旦攤開來問，本就不多的父女情分便無法挽回，對簡廉亦不好交代。

「海棠苑進賊了，顧嬤嬤被嚇得昏過去。妳們這裡有沒有異狀？」他嚴厲地看向紅釉。

紅釉茫然地搖搖頭，她是因為大半夜看到簡雲豐才緊張的，跟海棠苑的事沒關係。簡淡這丫鬟被他嚇得結巴了，說不定知道內情。

簡淡笑著說：「多謝父親，我這裡沒事。白瓷會些功夫，不如讓她跟父親一起去看看？」與白瓷商量時，藍釉也在場，但紅釉心眼實，怕她露餡兒，就特地把她支開了。

「不必。妳住得偏，我先察看一下，以免有隱患。」

簡雲豐說著，繞過簡淡，進了門。

簡淡哂笑，這麼淺的院子，區區數間屋子，一覽無餘，能有什麼隱患？

堂屋沒有能藏人的地方，簡雲豐逕自進了簡淡的臥室。

床帷敞開著，被子凌亂，穿過的衣裳攤開來放在矮榻上，乾乾淨淨，沒有蹭過的痕跡。

淨房還是濕的，證明有人洗浴過。

再看書房，空盪盪的，連隻貓都藏不住。

似乎沒有任何不對勁，但簡淡出了一身冷汗——她放在書案上的筆洗不見了！

她怕表情露出端倪，用手遮住臉，打了個哈欠。

此時此刻，此情此景，這個哈欠代表了不耐煩和不敬，讓簡雲豐心裡極為不快。然而，他興師動眾而來，卻什麼都沒有抓到，發火的底氣弱了三分。

另外，他發現簡雲帆所言非虛，簡淡的院子確實比其他姑娘簡陋多了。親閨女住得不好，自家不知道，反倒被隔房知道了，崔氏到底在想什麼？

簡雲豐心裡不是滋味，沒再說什麼，交代幾個丫鬟照顧好簡淡，悻悻然離開了。

關上大門，白瓷湊到簡淡身邊，樂顛顛地說：「姑娘，這齣戲，奴婢唱得好吧？」

簡淡在她肥厚的臉上擰了一把，不答反問：「有誰動過放在書案上的筆洗嗎？」

三個丫鬟面面相覷，白瓷說沒有，紅釉跟藍釉也搖搖頭。

簡淡暗驚。「那就是丟了。」

丟了？白瓷抓抓頭髮，瓷的還成，一個泥筆洗，有什麼好偷的？

簡淡走回書房，四下找了找，在硯臺下發現一張小紙條和兩張摺得整齊的銀票。

銀票是一千兩，紙條上寫著：筆洗和花紋是我的了，謝謝。

白瓷看得分明，驚訝地張大嘴巴。「姑娘，真的有賊。」姑娘家的閨房被盜，這可不是小事。

紅釉慌忙跪下。「奴婢沒看好院子，請姑娘責罰。」

白瓷饅頭似的臉上泛起一絲紅暈，規規矩矩地跪在紅釉身邊。「姑娘，是奴婢的錯。」她號稱會武，卻連個毛賊都沒防住，慚愧。

簡淡在書案後坐下，又看了紙條一遍，道：「起來吧，不怪妳們。」

白瓷起了身。「那怪誰？」

簡淡用食指點點銀票。「隔壁那個病秧子。」

「啊？」白瓷恍然大悟。「對了，餘窯不就是睿王世子的嗎？」

沈餘之的餘窯在京城極為有名，她在林家長大，自是聽過。且花一千兩買個紋樣的事情，只有沈餘之幹得出來。

不過，這也說明……簡淡面色忽然一變，沈餘之的人在監視她！

這個念頭一起，簡淡頓覺不妙，立即起身，走到窗前，四下看了看。

沒人！

「怎麼了？」白瓷也湊過來。

「沒什麼，關窗吧。」簡淡脫下大衣裳，扔給藍釉。「日後脫換衣裳，儘量關上窗戶。院牆矮，莫讓人瞧了去。」

沈餘之的人監視簡家，極可能與簡廉的事有關，不能聲張，不如先閉嘴，見機行事。

隔日，蔣毅趕在沈餘之上高臺之前，回到睿王府。

沈餘之漱掉口裡的青鹽，擦乾臉頰上的水珠，問道：「簡家有什麼好戲看嗎？」

好戲？煩人驚詫地看蔣毅一眼，他跟以往沒什麼不同，主子怎麼看出有好戲呢？

蔣毅也不明白，問道：「世子怎麼看出來的？」

沈餘之喝了口溫開水。「蔣護衛一夜未睡，本該疲憊乏累，但步伐卻是輕快的。」

哦……這麼一說，蔣毅也發現自己好像是如此，不禁拱手。「世子敏銳，屬下拜服。」

沈餘之瞥他一眼，示意他說正經事。

蔣毅道：「世子，三姑娘帶著白瓷跟青瓷裝神弄鬼，把顧嬤嬤嚇昏了！」

沈餘之放下杯子，挑眉看著蔣毅。

蔣毅知道，主子這是要聽詳細的呢。

「世子，三姑娘從林家來時，帶了兩張瓷面具，上面畫著血紅的嘴唇、黑洞洞的眼睛，還綁了長長的頭髮，別說顧嬤嬤，便是屬下旁觀，也嚇了一跳。

「三姑娘先派人傳話，讓青瓷進海棠院，躲在房頂上，來回搖晃一只裝了沙的竹筒，還不時嘆息一聲，把氣氛弄得足足的，她再跟白瓷從院牆爬進去，躲在廂房，伺機而動。

「青瓷把顧嬤嬤嚇得提心弔膽，顧嬤嬤見屋裡沒人，懷疑人躲在窗外，讓小宮女開窗。

「此時，三姑娘已經穿著黑衣趴在海棠樹下，顧婆子一開窗戶，她就抬起臉，先嚇昏了小宮女。接著，趴在窗下的白瓷猛然出現，媽呀，那面具對上顧嬤嬤時，只有半尺不到。

「後來，兩個粗使婆子發現不對，出去找人，簡淡和白瓷便從大門從容離開。海棠苑離香草園比梨香院近多了，簡雲豐趕到之前，她們有足夠的工夫收拾好一切。」

「呵呵……」沈餘之輕輕笑出聲來，纖長手指愉悅地敲著椅子扶手。「簡雲豐和簡雲帆對此做何反應？」

蔣毅道：「簡雲豐得到消息，直接去找三姑娘了。至於簡雲帆……哦，小城來了，讓小城跟世子說吧。」

蔣毅安排小城跟蹤簡雲帆。

小城回話。「世子，昨晚簡雲帆住在小妾處，穿衣裳時發了兩句牢騷，說裝神弄鬼的人定是三姑娘，還說三姑娘在林家養壞了，二房就不該讓她回來，將來搞不好一顆老鼠屎，壞了一鍋粥。到海棠苑後，他在院子外圍查了查，但沒發現可疑的腳印。」

沈餘之聽了，看蔣毅一眼，蔣毅嘿嘿乾笑兩聲。「屬下沒想瞞著世子，是忘記說了。顧嬤嬤忒欺負人，所以幫了一下。」

按理說，當時簡淡已經回了香草園，他應該去盯著簡雲豐，而不是耽擱工夫，替簡淡擦屁股，所以故意略過不提。

「賞十鞭，休三天。」沈餘之起身往外走。

小城驚訝地望著沈餘之，十鞭對蔣毅來說算不得什麼，休三天卻是難得的獎賞，這到底是獎，還是罰？那他下次是不是也可以如法炮製？

沈餘之坐上肩輿，道：「簡淡目前是關鍵人物，要保證她行動自如。」涼涼地睨小城一眼。「知法犯法，罪加一等。繼續說。」

小城哆嗦一下，收起不該有的心思，跟上去回報。

簡雲帆沒找到腳印，卻在牆上找到幾處擦痕，據此確定，的確有人故意整治顧嬤嬤。

他進海棠苑時，黃老大夫已經讓顧嬤嬤醒轉，說主僕倆受驚過度，神思不屬，開了安神的藥，建議她們換個人氣旺些的院子居住。

簡雲豐和簡雲帆商議片刻，決定讓顧嬤嬤搬進梨香院。

但顧嬤嬤拒絕了，說身體不適，要求崔氏送幾個嬤嬤過來作伴，等天一亮就回宮，歇息幾日，再來教導幾個姑娘。

之後，簡雲帆獨自回王氏的院子，簡雲豐則陪崔氏安排好接下來的事，算是告一段落。

沈餘之聽完，道：「簡淡一戰成功，那婆子不會再來了。但她的名聲可能受損，說起來，是殺敵一千，自損八百。」

蔣毅想起顧嬤嬤身下那泡騷氣四溢的水澤，點點頭。若他在同僚面前嚇尿了，也沒勇氣再待在睿王府。

不過，他還是有些不明白。「世子，沒有任何證據證明是三姑娘做的，世子如何斷定她的名聲會受損？」

沈餘之用看白癡的眼神看著蔣毅。「這種事需要證據嗎？簡雲帆的妾是良妾，生於市井，聽說為人精明，不會不明白簡雲帆故意在她面前提及簡淡的意思。那顧嬤嬤也是，她叫婆子們陪她，除了作伴壯膽外，還有鬧得人盡皆知之意。」

「世子高見。」蔣毅佩服地拱手。

沈餘之歪著頭，居高臨下地睨他一眼。

蔣毅知道，自己該去挨鞭子了，但還是硬著頭皮問：「世子，三姑娘也怪可憐的，屬下要不要幫一幫？」

沈餘之道：「不過是些虛名罷了，了解她的人不會信，不了解她的人，信與不信又有什麼關係？做好你的事吧。」

蔣毅撇撇嘴，人家姑娘還要嫁人呢，沒有好名聲怎麼行，以為誰都像他那麼古怪啊。

「你有意見？」沈餘之的聲音涼涼的。

「沒有、沒有，屬下不敢，屬下告退。」蔣毅轉身走了。

沈餘之到高臺時，簡淡和白瓷還在跑步。

簡淡穿著淡粉色長襖、醬紅色長褲，烏黑髮髻上還別著兩朵嬌豔薔薇，與衣領上繡的一連串花朵相應，襯得雪白小臉格外嬌俏。

沈餘之眼裡的笑意像漣漪般慢慢散開，最後連嘴角都翹了起來。
討厭瞧得分明，記得上次看到主子這樣笑，還是在兩年前欺負人的時候。
簡淡的名聲毀了不算什麼，被他家主子盯上，才是噩夢的開始吧！
簡淡知道沈餘之來了，幾天下來她已經習慣，他在與不在都沒什麼關係。
白瓷跑在簡淡側後方，腳步極重，落地時咚咚地響，問道：「那老虔婆會不會報仇？」
「她肯定想，但在簡家能辦到的事情不多。」
白瓷抓抓腦袋，也是，一個老婆子罷了，要武力沒武力，要人脈沒人脈，想報復簡淡，無非多讓她蹲點馬步，練練跪拜禮，不傷筋也不動骨，還能怎樣？就把始終提著的心放下來一些了。
跑完步，簡淡在慣常的位置站定，往隔壁看了看，見沈餘之似乎望著她，便豎起大拇指，再緩緩調過來朝下——這是她昨晚睡覺之前特地想出來，表示抗議的手勢。
討厭疑惑。「這是什麼意思？」
煩人回答。「豎起大拇指是讚揚，朝下就是不讚揚？」
沈餘之哂笑一聲。「她在抗議。」抗議他監視她，不經她同意拿走泥筆洗。「不過，沒用的。」從椅子扶手旁拿起裝飛刀的袋子，取出一把，手一揚，便擲了出去。
飛刀從幾棵樹中間穿過，飛到簡淡身側，在她左耳邊不到一尺的地方落下，掉到地上，發出叮叮噹噹的響聲。

「你——」

嚇傻的白瓷跳腳，就要開罵，卻被簡淡一把摀住嘴巴。

「妳不要命了？」

「他……」白瓷想反駁。

「他只是在否定我。」簡淡沒想到沈餘之還會這一手，也嚇了一大跳，之所以站著沒動，不過是在賭沈餘之不會殺她罷了。

確定白瓷不會犯傻後，簡淡才放開人。「好了，咱們惹不起，但躲得起，開始練吧。」把飛刀撿起來，放在一旁的湖石上，深吸一口氣，練起雙節棍了。

主僕倆打到第二遍時，簡雅來了，穿著蔥綠襦裙，外面罩一層淡青色紗衣，仙氣十足。

簡淡也覺得美，難怪沈餘之喜歡簡雅，從打扮上，她就輸了。也難怪簡雅討厭她，人家明明喜歡當眾人眼中的唯一，她卻總是湊上去，分散了目光。

啪！簡淡一分心，半截棍子打到手背，疼得齜牙咧嘴。

「三妹要不要緊？」簡雅小碎步跑過來。

簡淡收了招式。「不要緊，習慣了。聽說二姊也買了雙節棍，請師父了嗎？」

簡雅的眼神往隔壁飛了一下，柔聲說：「還沒有呢。這兩日娘身體不好，家裡事情多，不好打擾。」

「哦，二姊散步吧，我還要多練幾遍。」簡淡退後一步，繼續練習。

簡雅沒有走的意思，在一旁站住。「三妹聽說了嗎，顧嬤嬤出事了。」

簡淡道：「父親說家裡進了賊，顧嬤嬤被嚇著了。」

簡雅盯著簡淡的眼。「是啊，不知哪個賊那麼蠢，不偷不搶，竟做這種損人不利己的缺德事。顧嬤嬤受了驚，今天就回去，咱們的規矩學不成了，好可惜。三妹妳說是不是？」話裡分明在指桑罵槐。

簡淡舉起雙節棍，對著簡雅的方向一抖，兩人離了大約半丈遠，棍子去勢極快，快打到簡雅鼻尖時，又收了回去。

簡雅嚇了一大跳，嬌嬌發出呀的一聲，臉色煞白地做出西子捧心的樣子。

太假了，白瓷噗哧笑了。

簡淡心道，哎喲，那病秧子瞧見，豈不是心疼死了？但動作不停，一邊喘粗氣、一邊說：「原來二姊這麼喜歡學規矩啊，正好，我也很想學，不如我們一起去求母親，再另找一個嬤嬤吧。」

白瓷憋著笑，胖臉蛋脹得通紅，趕緊背過身去，不讓簡雅主僕看見。

簡雅吃驚地睜大眼睛，沒想到簡淡的臉皮能厚到如此地步，要不是昨晚崔氏親口告訴過她，裝神弄鬼的人就是簡淡，幾乎就要信了這番鬼話。

「另找就不必了，妳也知道，我身子骨兒不好，有人教的話，學學也可；若沒人教，就安安靜靜地休養……三妹總是這麼生龍活虎的，真好。」

早上寂靜，姊妹倆的聲音清楚地傳進隔壁某些人的耳朵裡。

煩人咕噥一句。「三姑娘可真能扯。」

討厭也道：「確實，而且太粗魯了，把二姑娘嚇壞了。」

沈餘之用指尖敲敲椅子。「如果你們還是這樣蠢，就去餘窯燒窯吧。」

兩人噤若寒蟬，猜想主子到底喜歡哪個？若是簡淡，何必折騰人家？若是簡雅，又何必非要揭穿呢？

這對雙胞胎心有靈犀，對視一眼，齊齊在心裡道：莫非兩個都喜歡?!

第十四章

主僕倆練完功，去松香院請安。

簡淡進去時，該到的人都已經到了，簡廉也在。

簡淡行過禮，小馬氏湊到簡淡身邊，大剌剌地說：「三姪女，聽說海棠苑昨晚遭賊了，妳們香草園沒事吧？」

簡淡道：「謝謝四嬸關心，我沒事。」

小馬氏一樂。「到底是親爹，聽說有賊，人立刻就到了。」

這話說得有趣，不少人都看了過來。

大宅門裡的秘密很少，有些人臉上的幸災樂禍遮都遮不住，畢竟，沒什麼比親爹不信任親女兒更有意思的事情了。

簡淡笑笑，她正愁沒機會發作呢，遂對簡雲豐行禮。「多謝父親關心。」

簡雲豐臉頰通紅，不自在地低了頭。

簡淡望向簡廉。「祖父，昨天學規矩時不太順利，孫女擔心這件事被有心人利用，壞了孫女的名聲倒無妨，損及簡家的聲譽就不好了。」

簡廉的臉上並沒有意外的表情，顯然已經知曉昨晚的事，放下茶杯，冷峻目光掃過眾人的臉。

說是姑娘們主動要求學規矩，教授時又不順利，海棠苑的鬼怪來得如此及時，導致這場學規矩的鬧劇僅鬧了一個下午。

三個姑娘學規矩，其中簡淡與顧嬤嬤的爭執最激烈。

是以，大家有理由懷疑裝神弄鬼的是簡淡，而簡淡也有裝神弄鬼的本錢。

如果這件事是簡淡做的，那她為何說要學規矩，卻又想方設法把人弄走？

簡廉略一思忖，心中有了答案——有人撒謊了。

但為什麼要撒謊？

他按下疑惑，道：「無妨，有祖父在。沒憑沒據的，諒她們也不敢亂說。」

簡淡很清楚，簡廉的話在朝廷上有用，放在內宅裡，卻是雷聲大、雨點小。事情發生了，他老人家未必能察覺，等到察覺，就晚了。

她正要說話，崔氏先開了口。「小淡想多了，顧嬤嬤不是不知道輕重的人，沒有證據的事，不會有人胡說。」

對於崔氏的說詞，簡淡只是笑了笑。

不過一個晚上，簡雲豐聽到顧嬤嬤昏倒的消息，立刻趕去香草園的事，已經人盡皆知，這表示什麼，還用她說嗎？

崔氏分明是睜著眼睛說瞎話。

簡廉若有所思地看崔氏一眼，問簡淡。「如果昨晚的事傳出去，有人藉此故意壞妳的名聲，該當如何？」

簡淡略一思索，答道：「首先，家裡人不會那麼做。其次，如果傳出去的不是顧嬤嬤，那麼極可能是下人所為，當交給大伯母解決。若大伯母找不到那下人，當推斷是外人所為，孫女會徵得祖父同意，告上官府，就算不能挽回什麼，也要讓造謠者得到應有的懲罰。」

簡廉撫著短鬚點點頭。「就這麼辦。老大媳婦，妳要約束好家裡的下人。」

王氏戰戰兢兢地應下了。

簡雲愷笑著說：「父親不必擔心，大嫂管家這麼多年，從未出過差錯。」

這頂高帽子扣下去，王氏的臉又白了一層。此番若真的出了差錯，豈不是說明她沒有盡心盡力？

眾人見簡廉如此關照簡淡，甚至不惜家醜外揚，神色變了幾變。

馬氏審時度勢地開了口。「老太爺，依妾身看，那女官不是個好相與的。五丫頭說，三丫頭的萬福禮明明做得極好，她卻讓三丫頭繼續往下蹲。五丫頭仗義執言，她便惱羞成怒，威脅五丫頭的名聲，人品堪憂啊。」

這番話，句句在打崔氏的臉。

崔氏面色如土，此刻無比後悔，既然當初發覺有異，又何必蹚這渾水呢？

王氏和簡靜亦如坐針氈，人是簡雲帆讓簡潔找來的，簡靜為此特地放棄了下午的課，說其中沒有貓膩，誰信啊！

簡廉嚴厲的目光在兩個兒媳身上一掃而過。「同意孩子學規矩，卻不找規矩的人來教，妳們就是這樣做長輩的嗎？

「學規矩的事作罷，我的孫女不需要那些譁眾取寵的東西。至於顧嬤嬤，由我處置。」

太好了！簡淡在心裡偷偷一笑，祖父親自出面，這件事應該到此為止了。

有簡廉替簡淡說話，女眷沈寂不少，姊妹之間少了試探，簡思敏亦規矩許多，便是奴僕們也多了幾分尊敬，彼此客客氣氣，很有幾分在自己家裡做客的微妙感覺。

但簡淡並不在意這些，人情如此，心情也是愉快的，每天習武、請安、上課、做瓷器，四天一晃而過。

五月十三，慶王府辦滿月酒。

用過早飯，簡淡坐到梳妝檯前，讓藍釉幫她盤髮，又捏起一支寶鈿，細細把玩起來。

寶鈿是簡雅送來的，說是有兩對，借簡淡一對，姊妹倆一起戴，去慶王府時玩玩「我是誰」的遊戲。

寶鈿是蝴蝶的樣子，用金子和點翠做出翅膀，觸角上頂著兩顆晶瑩剔透的小粒紅寶石。寶石成色不錯，造型和配色極好看，手工精湛，乃是精品中的精品。

這是崔氏給簡雅的家傳首飾之一，前朝御賜之物，十分名貴。

藍釉盤好一個螺髻，問道：「姑娘要戴這個嗎？」

簡淡對著銅鏡挑挑眉，勾起左唇角，鏡中的少女明顯地露出譏諷表情。

她從妝奩裡取出一對樸素的青玉寶鈿，讓藍釉簪上。

青玉寶鈿是一大一小的兩朵梅花，樣子雖簡單，卻能襯出少女的恬淡和出塵。玉質細膩溫潤，但比起好的白玉和羊脂玉來說，算不得什麼。

藍釉提醒她。「姑娘，去慶王府赴宴，戴青玉寶鈿會不會有些寒酸？」

簡淡喜歡藍釉的直白，讚許地點點頭。「就用這對，正好配今天的衣裳。」

藍釉不再多說，接過寶鈿，將其中一支插上髮髻，繼續梳另一個螺髻。

梳妝完，簡淡將做好的泥胎玉壺春瓶藏在單獨的櫃子裡，上了鎖。為讓成品不再被搶走，這次她謹慎許多，刻劃花的細活，都是晚上關窗做的。

簡淡將鑰匙放進鼓鼓囊囊的荷包裡，吩咐白瓷和紅釉。「好好看家。」

兩個姑娘繃著臉，如臨大敵，白瓷還握了握拳。「姑娘放心！」

簡淡點頭，朝門口走去。

藍釉提醒她。「梁嬤嬤說馬車備好後，會著人來叫姑娘，好跟二姑娘一起出門。」

簡淡腳步不停。「香草園遠，等她派人叫咱們，咱們就晚了。」

同樣的當不能上兩次，上兩次當的，都是廢物。

簡淡帶著藍釉從右邊夾道走到二門，進前院，再從角門出去。一路上，除了門房，一個人都沒碰到。

門口總共停了五輛馬車，最後一輛是丫鬟們乘坐的。

簡淡上了倒數第二輛，坐定後，打開窗戶，對藍釉說道：「我這裡沒事了，妳也上車，找個好位置坐下。」

藍釉遲疑片刻，看看前面第二輛車，又看看驚詫的車伕，到底沒做聲，乖乖地按簡淡吩咐行事。

又等了一盞茶工夫，陸續有人出來了。

最先來的是王氏母女，兩人乘第一輛馬車。

簡淡依然坐在倒數第二輛車裡，沒下來。

接著是打扮得花枝招展的小馬氏，上了簡淡坐的車。

「欸？」小馬氏沒想到車裡有人，嚇了一跳。

簡淡靠在車廂上裝睡，睡眼惺忪地睜開眼。「是四嬸啊，昨晚沒睡好，睡著了。」聲音又糯又輕，跟剛被吵醒沒有兩樣。

小馬氏被她騙過，道：「頭一次去慶王府，難免緊張，睡不著也是自然的。」說著，把三歲的女兒簡惠從奶娘手中接過來，交給簡淡。「既然上了四嬸的車，就幫四嬸帶帶孩子吧，這小丫頭最喜歡跟姊姊們玩了。」

簡淡知道，行七的簡惠還沒學好規矩，總是尿褲子，所以小馬氏在外面從來不抱女兒。她回想一下，沒想起任何有關簡惠在路上尿褲子的細節，最多只是稍微弄縐她的衣裳，沒什麼關係。

「好。」簡淡從善如流，抱著簡惠，先吧唧一聲親了一口。

簡惠見到新姊姊，開心起來，掙扎著湊上去，也親簡淡一口。

雖然小馬氏沒安好心，但簡惠有雙圓滾滾的大眼睛，正是活潑可愛的時候，簡淡還挺喜歡的。

簡淡把簡惠抱到膝蓋上，問道：「小七幾歲啦？」

「三歲。」簡惠的口齒還不太伶俐。

「哦，三歲，三姊十四歲，比妳大多啦！」簡淡笑咪咪地伸出食指，在簡惠的鼻尖上點了點。

小馬氏揶揄道：「妳臊不臊啊，跟三歲稚兒學舌。」

「臊不臊啊。」簡惠刮著鼻頭，羞簡淡。

「當然不臊了。」簡淡把簡惠放到座位旁邊，從荷包裡取出一隻瓷兔子。「這是三姊送妳的，看看喜不喜歡？」

瓷兔子是青色的，非常可愛，大拇指大小，下面繫著流蘇，不必擔心孩子吃到肚子裡。

簡惠果然喜歡，也不討抱了，專心地把玩起來。

小馬氏驚訝地說：「這也是瓷做的？還挺好看！」

簡淡正要說話，就聽見梁嬤嬤喊道：「哎呀，三姑娘還沒到，奴婢再去找找吧。」

簡淡一笑。梁嬤嬤這話說得太好了，輕飄飄一句，便把責任摘得一乾二淨，直接把黑鍋扣在她身上。

上輩子，簡廉重傷，雖未危及性命，但官位不保，且三房也出了事。簡家人之所以照舊去慶王府赴宴，是不想跟親家疏遠。

當時，簡家人的心情都不太好，她隨著梁嬤嬤匆忙趕到後，被王氏和崔氏劈頭蓋臉指責一番，幾個兄弟姊妹更是沒什麼好臉色。

從慶王府回來後，她被罰跪祠堂，餓了整整一天，連個解釋機會都沒有。

簡雅帶著幾個涼包子，假惺惺地去看她，把她感動得幾乎連命都可以捨棄。卻從沒想過，梁嬤嬤誆她，奉的是不是簡雅的令。

她死後飄在簡家那些天，聽見梁嬤嬤得意洋洋地跟兒女說起此事，氣得差點再死一次。

怎一個蠢字可言啊！

馬氏是最後一個到的，聞言不滿意地說：「怎麼現在才去叫，這都什麼時候了？」

崔氏趕緊下車，道：「是兒媳沒交代好，不然母親和大嫂先走，我和小雅等一等。」

「一家人分兩撥走，像什麼樣子？趕緊去找。」馬氏一甩袖子，憤憤然上了車。

簡淡哂笑。

小馬氏拉開窗，喊道：「母親，三丫頭早來了，在我這兒呢。」

簡淡下了車，走到梁嬤嬤面前。「妳問都不問一聲，就斷定我還沒來，是因為妳說過，備好馬車之後，會到香草園叫我跟二姊一起走，對不對？」

梁嬤嬤沒想到簡淡會來這麼一齣，方寸大亂，目光往簡雅身上一掃，趕緊跪下。「是老奴的疏忽，請三姑娘責罰。」

「真的是疏忽嗎？」簡淡反問。

「二太太明鑑，老奴沒有說過那樣的話，的確是疏忽了。」梁嬤嬤心一橫，乾脆來個咬死不認。

「很好。」簡淡微微一笑。「梁嬤嬤仗著那些話是在香草園說的，我找不到旁人作證呢。也罷，且饒妳一次，日後再算總帳好了。」

說完，她看向簡思越。「大哥，日後梁嬤嬤若傳口信給你，千萬記得，定要找個不相干的人一起聽著，不然出什麼岔子，就只能啞巴吃黃連，有苦難言。」

簡思越表情陰沈得厲害，看了看簡雅。「何必那麼麻煩。日後梁嬤嬤不必到我和三妹的院子來了。」

梁嬤嬤臉色煞白，不敢再回嘴。

馬氏身邊的婆子下了車，道：「老夫人說了，現在啟程，有什麼事回來再說。」

簡淡唇角一勾，回了小馬氏的車。

慶王府在簡家後面的王府街，不遠，兩盞茶工夫就到了。

穿著清一色服裝的丫鬟引客人進府，女賓乘坐青油小車去內宅，男賓到外院或花園。

上車前，簡思越叮囑簡淡。「王府規矩多，靜安郡主的性子不太好，妳多跟自家姊妹待著，不要隨意亂走。記住了，在家裡怎麼鬧都成，在慶王府不行，一筆寫不出兩個簡字，知道嗎？」

簡淡乖巧點頭。

簡思敏冷哼一聲，陰陽怪氣地說：「大哥也太小瞧三姊了，以三姊之能，遇上靜安郡主也沒什麼好怕的。」

簡思敏嘴上厲害，眼神卻躲躲閃閃。自從挨過一次打，他就不敢正面對上簡淡了。

簡淡好笑地看他。「你倒說說看，我怎麼能了？」

「妳……」簡思敏想說簡淡會武，做事混帳，還沒皮沒臉，可這樣的話豈是能在外面說的？遂不情不願地閉上嘴。

簡淡在青油小車旁停下，告誡道：「二弟長大了，應該學會用頭腦想事情了。」

簡思越深以為然，拍拍簡思敏，跟在小廝身後，去了外院。

簡思敏瞪簡淡一眼，快步跟上簡思越。

路上，簡思敏問道：「大哥，梁嬤嬤和三姊，你會相信誰？」

簡思越反問他。「你心裡沒有答案嗎？如果真的沒有，那仔細想想，梁嬤嬤是你什麼人？你三姊剛回來，跟她有何仇怨？」

簡思敏翻個白眼。一個老僕能是他什麼人？至於仇怨，他能說是簡淡奪了簡雅健康的身體嗎？

一旦那樣說了，簡思越就會問他，他在娘胎裡的時候，便會陰謀算計了嗎？若不會，那簡淡會嗎？

簡思敏想想，又閉緊了嘴巴。

第十五章

簡淡抱著簡惠，仍與小馬氏同乘一車。

小馬氏道：「越哥兒是個好大哥。」

簡淡點點頭。

小馬氏又道：「靜安郡主跟小雅的交情不錯。」

「嗯。」簡淡拍拍昏昏欲睡的簡惠。「先讓七妹睡一會兒，不然等下該鬧了。」

她懶得應付小馬氏的挑撥，不如直接讓人閉嘴。

馬車進了二門，從內宅穿過去，到一座假山前停下，正是花園的入口。

馬氏、王氏等人都在，發了福的簡潔帶著幾個有頭有臉的嬤嬤，正小意陪著她們。

丫鬟們從後面的板車上下來，紛紛走到各自主子身邊，簡惠也被奶娘接過去。

簡淡不抱孩子，眼前開闊起來，目光越過人群，一眼瞧見了簡雅。

今日簡雅穿著雪青色暗紋交領褙子，配月白軟緞百褶羅裙，一整套珍珠頭面襯得肌膚如玉，氣韻高華，絲毫不遜於以妍麗著稱的靜安郡主。

兩人站在一起，梅蘭竹菊，各擅勝場。

簡雅也看見簡淡，臉色變得煞白。

在簡家側門時，因為梁嬤嬤鬧出的動靜，她不敢看簡淡。在慶王府下車後，她在前面，又看不到，現在才發現簡淡根本沒按照她安排好的套路來。

前幾日，她在給靜安郡主的信中提過，把最喜歡的蝴蝶寶鈿送給簡淡了，並暗示，她不是很想送，但沒辦法，誰叫她的孿生妹妹沒有好看的首飾裝點門面呢？

靜安郡主為人清高，最討厭愛慕虛榮的人，只要簡淡戴寶鈿來，必會遭到無情地嘲諷。她預謀了今天的一切，沒想到處處落空。難道有人走漏消息，否則簡淡怎會處處防備？

簡雅胡思亂想著，沒有絲毫把簡淡介紹大家的意思。

簡雅如此，正中簡靜下懷，她是簡潔的親妹妹，在慶王府比簡雅更有資格說話。

她先把簡淡領到簡潔面前，簡潔好一通誇讚，從手腕上脫下一只金鑲玉的鐲子，替簡淡戴上。再叫來靜安郡主，請她關照簡家的姑娘們。

簡潔是靜安郡主的嫡親嫂子，即便她不喜歡簡淡，也要給嫂子面子，遂高高在上地和簡淡寒暄兩句。

等簡淡退到一旁，靜安郡主對簡雅耳語。「她簪的是青玉嗎，怎麼沒戴蝴蝶寶鈿？」

簡雅暗暗咬牙。「可能是捨不得吧。」

靜安郡主冷哼一聲。「到底是商戶養大的，小家子氣，跟妳實在不像。」

簡雅聽了，寬慰許多，故作嬌俏地說：「郡主千萬別這麼講，那可是我的孿生妹妹。」

靜安郡主伸出尖尖細指，親暱地戳了戳她的額頭。「妳呀，就是太軟弱了，人家拿妳當親姊姊了嗎？」見簡潔領著簡家人往裡面去了，便道：「走吧，我們也進去。」

簡雅擠出笑臉，朝簡家的姊妹們招招手，讓她們跟上。

走了幾步，靜安忽然回過頭，對簡淡道：「妳不如妳姊姊多矣。」

這話聲音不小，簡家人聞言，有些尷尬，尤其是崔氏，遂停下腳步，緊張地看向簡淡，生怕她說出什麼不得體的話來。

簡淡一笑。「聽說郡主擅長撫琴，常發振聾發聵之音，今日一見，果然名不虛傳。」

這話諷刺意味極濃，但若從字面上理解，是誇讚無疑，根本無法反駁。

靜安郡主的臉色有些發黑，靜默片刻，冷道：「很好。」

簡靜與簡悠姊妹佩服地看簡淡，她們都在靜安郡主這裡吃過悶虧，今天總算扳回一城。

馬氏意味深長地說：「三丫頭，好好玩，照顧好妹妹們。」

王氏、陳氏忙不迭地頷首。崔氏則垂下頭，不知在想什麼。

簡淡笑著應下，跟簡雅進了園子。

花園裡有座月影湖，筵席安排在南北兩岸的兩間大院落裡，南邊是男賓，北邊為女賓。

月影湖的景致極好，眼下正是荷花盛開的時節，連天碧葉上，綻放著紅的、粉的、白的、紫的荷花。

湖邊有間四面開窗的敞軒，窗上掛著粉色紗簾，微風習習，輕紗飛舞，荷香隱約飄入。

先來的姑娘們都聚在此處，三三兩兩聊著天，一片鶯聲燕語。

靜安郡主和簡雅一到，姑娘們便紛紛迎上來，又是一番熱鬧的寒暄和見禮。

「這一位，就不用我介紹了吧。」這次，靜安郡主沒有忘記身為主人的職責，把簡淡推到人前，不鹹不淡地介紹給姑娘們。

官家的姑娘們最會看眼色，見靜安郡主冷淡，便沒人上前與簡淡結識，而是自顧自地議論起來。

「呀，幾乎一模一樣。」

「確實，她們姊妹一來，我就仔細地瞧，除了衣著，沒發現有什麼不同。」

「氣韻還是不一樣，畢竟長大的地方不同，細看就知道了。」說話的是靜安郡主的庶妹靜怡縣主。兩人感情不錯，她是靜安郡主最好用的一桿長槍，指哪兒、打哪兒。

「嗯嗯，縣主說得是，雖說靜遠鎮離京城不遠，但畢竟不在京城嘛。」

「縣主目光如炬，正是如此。」

有人輕哼一聲。「好眼力，還會鑑別氣韻了。我看啊，再濃郁的荷香，也蓋不住腳臭。妳們好好捧著，本公主出去透透氣。」

此言一出，敞軒裡的氣氛立刻一肅。

一個穿紅衣的少女從角落走出來，對簡淡道：「還杵在這裡做什麼，等著被人踩嗎？」

簡淡連忙行禮。「臣女見過廣平公主。」

廣平公主是泰寧帝最寵的小女兒，今年十三歲。簡淡記得上輩子她不曾來慶王府的，怎麼忽然不一樣了呢？

「嗯。」廣平公主點點頭。

「廣平姑姑，氣韻好不好，不是鑑別出來的，而是看行事。簡三姑娘長著跟簡二姑娘一樣的臉蛋，卻最喜奪人所愛，端的是小人行徑，氣韻又能好到哪裡去？」靜怡縣主越眾而出，大聲地為自己辯解。

廣平公主冷笑。「不過道聽塗說罷了，居然講得煞有介事，妳挺有本事的嘛。」

「我……」靜怡縣主想再辯解兩句，看看靜安郡主，把嘴巴閉上了。

靜安郡主斂衽行禮。「姪女靜安，見過廣平姑姑。」

一眾貴女緊隨其後，跟著屈身。

廣平公主哼了聲，右手一抬，示意眾人平身，往敞軒外走兩步，問簡淡。「妳有什麼想說的嗎？」

「多謝公主垂問，臣女的確有話要說。」簡淡看向靜怡縣主。「敢問縣主，簡淡剛回京城，與大家尚且不熟，何以斷定簡淡最喜奪人所愛呢？」

這句話問到點上了。

貴女們了解靜安姊妹的關係，對靜安郡主和簡雅的交情亦心知肚明，目光紛紛從簡淡身上挪走，掠過靜安郡主，繼而看向簡雅。

簡雅的鼻尖沁出一層細細密密的汗珠。

她在花園門口看到簡淡時，就預見了這一刻，但始終沒找到合適的理由挽回。

若重新解釋那封信，就是此地無銀三百兩，靜安郡主定會察覺不對勁。如今之計，只能希望靜安郡主隨機應變，壓住靜怡縣主，迅速了結這件事，讓簡淡吃個暗虧就好。她與這些貴女相識數年，沒道理不信她，反而相信一個剛回來的人。

這般一想，簡雅鎮靜下來，小手偷偷推推靜安郡主。

靜安郡主側首，簡雅搖搖頭，輕聲耳語。「那是我妹妹，還是算了吧。」

靜安郡主自信地笑了笑。「怕什麼，有我在呢。」

簡雅有些發懵，沒想到靜安郡主會這麼蠢，完全看不清眼前的局勢。

簡淡瞧見兩人的小動作，挑了挑眉，重複剛剛的話。「還請縣主不吝賜教。」

靜怡縣主不知道該不該說出實情，摀著嘴咳嗽兩聲，希望能從靜安郡主那裡得到暗示。

靜安郡主不客氣地說：「簡淡一回來，就要走簡雅最喜歡、簡二太太給的蝴蝶寶鈿。」

眾人聽了，七嘴八舌起來。

「原來是那對寶鈿！」

「那是我瞧過最精緻的寶鈿了。」

「簡三姑娘頭上的青玉寶鈿確實差了些。簡四姑娘，妳舅公家很窮嗎？」一個姑娘問身邊的簡靜。

簡靜啞口無言，她也不明白，為什麼簡淡放著那麼多好首飾不戴，偏偏挑這對青玉的。

簡淡對那姑娘眨眨眼。「我舅公家窮不窮，跟我有什麼關係呢？我姓簡，不姓林，林家需要供我窮奢極欲嗎？」

「不用。」姑娘乖乖地搖頭。

「那這件首飾跟我的衣裳不配嗎？」簡淡又問。

姑娘上下打量她一番。「很配。」

「既然配，那我為什麼不能戴青玉的首飾，要選名貴的呢？靜怡縣主，靜安郡主，妳們怎麼知道我向二姊要了首飾，有證據嗎？」簡淡逼視慶王府的兩位貴女，把問題拋回去。

簡雅知道完了，沈著臉，使勁在靜安郡主手上拍了一下。

「是……」

靜安郡主這才發現自己冒失了。簡雅是姊姊，即便妹妹不好，也不該跟外人抱怨。她身為手帕交，聽聽朋友的苦惱便罷，這般張揚出來，反倒有理變沒理，成了她們姊妹的不是。

「沒有證據，本郡主就是看不慣妳這健康活潑的模樣，如何？」靜安郡主乾脆把責任全攬過來，言下之意，指責簡淡搶了簡雅的好身子。

眾貴女啞口無言。講不過人家就鬧，有意思嗎？

廣平公主翻了個大白眼。「沒想到妳還挺有能耐的，連人家姊妹的健康都要管，比父皇還行呢。」

「姑姑慎言，姪女沒有那個意思，只是看不慣簡淡而已，不行嗎？」靜安郡主按捺不住，語氣極差。

靜怡縣主拉住她的手，捏了捏，示意她小心些。

廣平公主的臉色徹底陰沈下來，尖聲道：「妳在質問我？」

靜安郡主不回答，挺直了背脊。

敞軒內外鴉雀無聲。

靜怡縣主小聲道：「廣平姑姑，姊姊不是故意的。」

廣平公主走到靜怡縣主面前，抬手就是一個巴掌，聲音清脆響亮，打得又狠又重。

靜怡縣主被打得頭歪向一側，摀著臉頰大哭起來。

「靜安是不是故意，我不知道，但妳一定是故意的。這一巴掌，希望能教會妳做人。」

廣平公主又輕蔑地用食指戳了戳靜安郡主的腦門。「被人當槍使的蠢貨，打也打不機靈，只會讓本公主手疼。」說完，轉身去了宴請女賓的院子。

簡淡見狀，心裡極為痛快。靜安郡主又直又橫，靜怡縣主又蔫又壞。因為這一巴掌，靜怡縣主絕對恨毒了靜安郡主和簡雅，比她親自出手的效果還要好。

「既然郡主不歡迎，簡淡告辭便是。」

簡淡對靜安姊妹福了福身，也離開了。

簡淡出了敞軒，藍釉快步跟上，沒想到事情會發展到這個地步，有些擔心。

「姑娘，那對寶鈿還在香草園呢。如果二姑娘跟梁嬤嬤一樣，咬定姑娘要了二姑娘的東西，太太定會把所有的錯歸到姑娘頭上。」

簡淡笑笑。「那正好，我就不還了。」

「可這樣姑娘的名聲便不好了呀。」藍釉著急。

簡淡道：「她說我要了，我就要了？我手裡分明沒有嘛。」

「喂，本公主都聽到了，比起妳那虛偽的姊姊，妳這人也不怎麼樣嘛。」

廣平公主不知什麼時候停了下來，抱著胳膊，粉嫩唇上掛著譏諷的笑意。她不是美人，但長了雙月牙眼，下巴尖尖的，極為可愛。

簡淡深知，廣平公主性情古怪，比靜安郡主難纏多了，一旦她說錯話，下場必定比靜怡縣主還慘。

「請教公主，您還有別的辦法嗎？」她虛心求教。舅婆說過，有些人是順毛驢，吃軟不吃硬，好好捋毛就行。

廣平公主嗤笑一聲。「別裝啦，妳不是都想出來了嗎？走，先隨本公主去看看小姪孫，然後上月牙山。老十三說他的莊子有圍場和溫泉，可以玩兩天。」

沈餘之在宗族裡行十三。

玩兩天？還是跟著沈餘之？她絕對不去！

簡淡推辭。「多謝公主青眼，只是臣女不曾準備遠行，亦未問過家裡，不敢答應。」

廣平公主得意洋洋地說：「那有什麼，這事交給本公主吧。」

簡淡傻了。這是要硬押著她去嗎？

廣平公主離開後，靜安郡主緩緩抬起右手，想打靜怡縣主，被簡雅攔下來。

「郡主三思。」簡雅小聲勸道。

靜安杏眼圓睜，怒斥。「什麼三思，那麼大的活人，她看不見？」

靜怡縣主嚇得哆嗦，摀著臉，不由自主地後退一步。「六姊，我真不知道廣平姑姑也在，大家都沒看見。」

這話說得不假，若眾貴女知道廣平公主在場，絕不會當她的面欺負首輔的親孫女。

靜安郡主冷靜下來，喚來丫鬟問道：「廣平公主來此，為什麼沒有人稟報？」

「廣平公主？」丫鬟嚇了一大跳，滿臉茫然，顯然對此毫不知情。

靜安郡主見狀，叫來所有丫鬟，卻無人知曉此事。

最後，有人在敞軒南面的迴廊上找到一把紙傘，這才有了推斷。廣平公主應該是打著傘從南院過來的，丫鬟們待在敞軒北面和裡面，才沒注意到。

第十六章

廣平公主親自向崔氏打招呼，崔氏不答應也得答應。

兩個姑娘從側門走出慶王府，上了一輛花梨木打造的、包金嵌銀的豪華馬車。

伺候廣平公主的嬤嬤稟報，說沈餘之走了，在路上等她們。

簡淡這才明白，為何廣平公主突然出現在慶王府，原來變數在沈餘之。現在他身體好了，她是跟他來的。

廣平公主先送簡淡回家拿行李，帶上丫鬟，再從西城門出去。半個時辰後，追上了沈餘之的烏龜車。

月牙山在京城西北方，大約有五、六十里遠，沈餘之的車，怕是要走上大半天。

廣平公主命車伕將車趕到沈餘之的車旁，打開車窗喊道：「老十三，不然我們先走，你自己慢慢晃？」

「不行。」沈餘之道，聲音懶洋洋的，有些沙啞，似乎在半夢半醒中。

「哦……」廣平乖乖地坐回去，解釋道：「身為長輩，照顧身體不好的小輩也是應該的，對吧？」

簡淡沒什麼誠意地點點頭。什麼照顧不照顧的，怕就是怕。

不過她也會怕，又解下荷包。「殿下，臣女……」

廣平公主笑著打斷她。「好啦，都這麼熟了，喊臣女不臣女的，囉嗦。」

「也好，那我不客氣了。」說著，簡淡打開荷包，取出幾只小瓷偶。「有幾個不值錢的小玩意兒，斗膽送公主幾個。」

廣平公主眼睛一亮，湊過來，拿起一只橙紅色帶笑臉的小向日葵，在腰帶上比劃一下。「好好看！」

話落，她把簡淡的荷包搶過去，往坐墊上一倒——

小老虎、小猴子、小公雞、小烏龜，各種各樣的小動物，配色鮮嫩，又可愛、又精緻。

「本公主都要了。正好，這個可以賞老十三。」廣平公主得意洋洋地抓起松綠色的小烏龜。「他身體不好，烏龜象徵長命百歲，很合適。」喚來宮女，吩咐她送過去給沈餘之。

簡淡。「……」她能拒絕嗎？

宮女回來時，端了兩盤點心。

「公主，世子說中午簡單用些點心，就不下車了。這是您最愛吃的水晶龍鳳糕和玉露團，婢子服侍您用幾塊吧。」

廣平公主咕噥。「本宮想吃飯嘛……」

宮女道：「公主，世子說，路上只有一間小館子，又髒……」

廣平公主明白了，不耐煩地擺擺手。「罷了、罷了，在老十三的眼裡，沒什麼東西是乾淨的。妳回去吧，這裡用不著妳伺候。」

「是。」宮女應道，把另一盤點心遞給簡淡。

這一盤是麻團，整整齊齊擺了上下兩層，每顆團子約有大拇指大小，圓滾滾的，炸得金黃，上面均勻灑著白色芝麻粒子。

「簡三姑娘，世子說不知道您來，沒帶您的份，這麻團有雞蛋大小，給、給……」宮女似乎難以啟齒，掙扎片刻，眼睛一閉，道：「給笨蛋吃正合適，請簡三姑娘務必吃完。」

宮女說完，立刻跪下請罪。

這些話，應該是沈餘之逼宮女說的。

廣平公主瞪大了眼睛。「簡淡，妳之前得罪過老十三？」

簡淡無奈，反問她。「公主，如果我得罪世子，他會讓我來嗎？」

「那倒也是，不弄死妳就不錯了。」廣平公主老老實實地搖搖頭，目光落在那堆瓷做的小玩意兒上，不好意思地說：「肯定是小烏龜惹的禍，我跟他解釋一下？」

簡淡道：「不用了吧，也不是什麼大事。」

「嗯。」廣平公主拿起一顆麻團，咬了一口，想了想，又吩咐宮女。「妳再走一趟，告訴世子，那小烏龜是本宮送的。」

宮女還沒去，煩人便過來了。「啟稟公主，我家主子知道東西是誰送的，也知道是誰做的。來而不往非禮也，這些點心，請簡三姑娘務必笑納。」

這邊罵他烏龜，他就還一個笨蛋。嘖，就不能讓讓女孩子嗎？

廣平公主撇撇嘴，親手從宮女手中接過碟子，放在小几上，對簡淡笑道：「那小子就是那樣，別跟他一般見識。這團子挺好吃，妳嚐嚐。」

人家公主都不在意了，簡淡還能說什麼呢？

「好像是美味齋的。」簡淡最喜歡這間鋪子的麻團，每次進京都會買些在路上吃。

她捏起一顆放到嘴裡，軟軟彈彈的，似乎還有些餘熱，恰到好處的甜驅散了不快，心情重新歡愉起來。

月牙山顧名思義，山形像彎彎的月牙。北側的峽谷裡有溫泉，權貴們的溫泉莊子就建在這裡。

申時左右，一行人到了地界。黃土路極平坦，沈餘之的馬車走快了幾分，駿馬嗒嗒嗒的小跑起來，帶起一陣風。

廣平公主理了理被風吹起的碎髮，感嘆道：「難怪父皇不願回宮，還是山裡涼快呀。」

簡淡點點頭，正要說話，便聽前面有人出聲。「哎喲，這不是老十三的車嗎？」

廣平公主探頭看去。「怎麼是他們？」似乎有些不屑。

簡淡覺得來者不善，離開窗邊，往車裡坐了坐。廣平是公主，可以沒規矩，若她公然探頭出去，定會遭人非議。

「十哥，十五弟。」前面傳來沈餘之的聲音。

「哈哈，老十三啊，好些日子沒見了，晚上聚聚嗎？。」

「今兒太累，明天再看。」

「蕭仕明見過睿王世子。」

「嗯，你們玩，我先走了。」

馬車又動起來，廣平公主拉上車窗。「藏好，千萬別讓他們看見了。」

「為什麼？」簡淡問道。

廣平公主摸摸鼻子，沒有多說，但外面的議論聲給了答案。

「十哥，這小子居然帶人來了。」

「是女人吧，不然怎麼都不介紹一下？」

「很有可能，要不……我們打個招呼？」

「算了，那小子身子骨兒不好，好不容易開回葷。走，咱們也進去，別讓美人們久等。」

「世子所言極是，哈哈哈哈哈……」

馬車緩緩駛過，簡淡透過窗縫，恰好看到笑得張狂的蕭仕明。

他們口中的十哥是齊王世子沈餘安，十五弟是慶王嫡五子，蕭仕明則是英國公世子，和齊王世子是表親。

上輩子，蕭仕明娶了簡雅，簡淡在自己的喪禮上見過他。此人出身名門，容貌俊朗，才學出眾，擅長畫鯉魚，於書畫上頗有才名。

簡淡一直以為簡雅嫁得極好，今日方覺，她知曉的與真相可能大有出入。

簡雲豐真的了解這位女婿嗎，還是他看中的僅僅是蕭仕明的身分呢？

快到路的盡頭時，馬車拐進一座朱紅色大門，沿著林蔭道又走了一盞茶工夫，停了下來。

簡淡跳下車，然後回身，準備扶廣平公主下來。

廣平公主孩子氣，看簡淡跳得俐落，連凳子也不踩了，也直接跳下。

兩個小姑娘相視而笑。

「咳咳。」沈餘之在前面咳了兩聲。

簡淡頓覺頭皮發麻，深吸一口氣，緩緩轉過身去——

沈餘之面無表情地站在簡淡身後，兩人之間的距離不超過兩尺。

這是簡淡兩輩子以來，第一次見到站著的沈餘之。

她沒抬頭，目光平平掠過，只能瞥見沈餘之下巴上的淺溝。即便不對視，也能覺察對方眼神中的壓迫感。

明明只是個病秧子而已……簡淡不甘心地想著，依然垂首行禮。「簡淡見過世子。」

「嗯。」沈餘之似笑非笑地應聲，對廣平公主做了個請的手勢。

廣平公主拉住簡淡的手。「走，我們先換衣裳，然後騎馬去。」

「好。」簡淡道。

兩人跟在沈餘之身後進了垂花門。

太陽從西邊照過來，把沈餘之的影子拉長了，簡淡每走一步，都能踩在他的身上。

「老十三，我們住哪兒？」廣平公主問道。

沈餘之回答。「小姑住曦和院，簡淡住半彎閣。」

討厭和煩人驚訝地看向沈餘之。

主子這是怎麼了？非但沒坐肩輿，還把簡淡安排在眼皮子底下。他住的望月苑在半山坡上，與山下的半彎閣相對而建。站在閣樓，就能看到下面的一舉一動。

他到底是什麼意思？喜歡簡三，還是方便戲弄？

「不用那麼麻煩，簡淡跟我一起住。」廣平公主喜歡熱鬧，好不容易遇見談得來的同齡姑娘，實在不想放過。

「半彎閣。」沈餘之言語精簡，一個字都不想多說。

莊子的前院不大，一行人很快就到了兩層高的半彎閣前。

沈餘之在門口站住，指指隱匿在山腰處的白牆青瓦屋子，道：「我在那裡。」

廣平公主說：「喲，住山上啊，好地方。等我閒了，就上去看看。」

簡淡意外地瞥沈餘之一眼，這廝倒是會享受生活。

沈餘之沒回答，目光往簡淡這邊一轉，對上後，隨即轉回去，抬腳上了一直跟在後面的肩輿，往林蔭小徑的深處去了。

廣平公主不以為忤，解釋道：「這小子就是這樣，古古怪怪的，但人品不差。走，咱們進去。」

這話，簡淡可不敢苟同，尷尬地笑了笑。

兩個姑娘上了半彎閣的繡樓，分住東西兩間，各自換好胡服，一同下樓，沿著山腳下的羊腸小道去圍場。

幾匹駿馬在圍場裡撒著歡跑著，廣平公主叫來馬倌，選一匹溫順的黑馬騎上去。

簡淡騎術不錯，雖說當了三年寡婦，也沒生疏多少，一登上馬鞍坐穩，便輕快地驅使著身下的白馬小跑起來。

「來啊，追我！」廣平公主揮著鞭子喊道。

簡淡一夾馬肚，追了上去。

花苞般的兩個少女互相追逐，一個紅衣黑馬，一個藍衣白馬，讓整座圍場的風景鮮活了起來。

沈餘之站在窗邊觀望片刻，轉身走到衣櫃前，對正在選衣裳的煩人道：「第三件。」

煩人聽了，默默把手裡的棕紅色胡服放回去。

換好衣裳，沈餘之便帶著人，坐肩輿下山了。

此刻的圍場裡，只有馬、沒有人。

蔣毅上前稟報。「世子，公主和簡三姑娘帶著漁網去山南的小溪。山上還在巡查，要不要喊她們回來？」

沈餘之微微搖頭。「小心謹慎即可。」

「是。」蔣毅的神色又凝重幾分。

沈餘之進涼亭裡等了片刻，起了身，朝他的汗血寶馬走去。

討厭和煩人對視一眼。不是他們想的那樣吧，主子真會騎馬去找人嗎？這匹汗血寶馬來了這麼久，他只摸過兩次，從來沒騎過。

蔣毅猶豫片刻，道：「世子，這馬性子烈，還是找匹溫順的馬吧。」

沈餘之像沒聽到一樣，一手拿過韁繩，握住鬃毛；另一手扳住後鞍橋，抬腳踩上馬鐙，略一用力，人便坐到馬背上，動作優雅順暢。

「鞭子。」他朝討厭伸出手。

討厭已經懵了，還是蔣毅及時反應過來，拍拍他手裡的盒子。

「啊？是！」討厭如夢初醒，趕忙打開盒子，送上鞭子。

「駕！」沈餘之輕叱一聲，汗血寶馬噠噠地小跑起來。

「世子什麼時候學騎馬的？」蔣毅來睿王府幾年了，從未見過沈餘之騎馬。

煩人思考片刻，不確定地說：「大概七、八歲的時候。」

蔣毅點點頭，不再多問。聰明人就是聰明人，多想便該嫉妒了。躍上馬背，雙腿一夾，帶著其他護衛一起跟上去。

第十七章

小溪邊，簡淡聽到耳邊的嗡嗡聲，左手往脖子上啪的一拍，打死一隻還沒來得及吸血的黑蚊子。

廣平公主嘆為觀止。「第三隻了。簡淡，妳不但招蚊子，拍蚊子的手法也很厲害啊！」

簡淡把脖子上的蚊子屍體抹下來。「最近在練雙節棍，身手俐落不少。」

「哦哦，我想起來了，有人說首輔家的孫女粗魯得很，原來說的就是妳。練雙節棍，虧妳想得出來。」

廣平一邊說、一邊把裙角塞進腰帶裡，蹲下身，拿馬鞭在水裡攪來攪去。「快快快，游過去一群了。」

簡淡一腳踏著一塊大石頭，沈著冷靜地將網子沈入水底。「已經抄底了，別說一群，就算兩群也撈得上來。」

果然，一小群白鰷魚順著濁流驚慌失措地逃過來，逃到簡淡眼前時，分成兩撥，一撥直奔網子，另一撥則掉頭回去。

簡淡抓緊網子，猛地往前一帶，七、八條小魚同時落入網中，啪啦跳著、掙扎著。

這讓簡淡想起前世被殺死的瞬間，心裡針扎似的一痛，趕緊把網子倒扣在白瓷遞過來的木桶裡。

見魚兒安全了，她才鬆了口氣。

重生後，她始終沒有調查殺她的是哪個下人。根源在簡雅身上，除掉一個下人，還會再來一個，沒有意義。

經過今天的事，她與簡雅的不和已經擺到了明面上。

簡雅吃了大虧，會不會提前動手呢？另外，她們之間真有攸關生死的仇恨嗎？

簡淡不得而知。

在她前世死後的四十九天裡，簡雅回過簡家，但以孩子年幼為藉口，白天來，晚上走。她一直沒機會靠近簡雅，到現在仍沒弄明白，為何慶王的人放她一馬，簡雅卻非要置她於死地。

這時，噠噠的馬蹄聲由遠及近，沈餘之騎著汗血寶馬，輕快地跑了過來。他換了件帶菱形暗紋的蒼白色胡服，冷白膚色因此更冷凝幾分，平添些許病態的美。

廣平公主把腳往石頭後面藏了藏，驚訝地說：「喲，老十三還會騎馬呢。」

「這很難嗎？」沈餘之拉拉袖口，理理寶藍色的錦邊，目光不經意瞥向簡淡。

簡淡一動不動，顯然沈浸在自己的思緒裡，手中端著濕淋淋的網子，站在潺潺的溪水上，怔怔對著石頭上的木桶發呆。

沈餘之的目光沈了沈，帶著汗血寶馬再往前兩步，左手揚鞭，在空中劃出一個漂亮的弧度，發出啪的脆響。

簡淡嚇了一大跳，抬眼看見面無表情的沈餘之，毫不掩飾地翻了個大白眼。

「真醜。」

沈餘之跳下馬，落地時伸長右腿，把岸邊的木桶踢到小溪裡。

自由失而復得，魚兒們歡快地逆流而上。

簡淡鬆口氣，用腳擋住木桶，彎腰撿起來。

沈餘之一愣，瞧著她眉眼彎彎的樣子，不快瞬間飛了，薄唇也不由自主勾了起來。

廣平公主瞧見，不高興了，怒道：「老十三，你搞什麼鬼？把魚賠給我！」

「賠，廚房做了大的吃。」沈餘之向討厭使個眼色。

討厭心領神會，小碎步跑上來，手一伸。「三姑娘，桶子給小的吧。」

「不用了。」簡淡將桶子放到對面的石頭上。打個巴掌給甜棗，把她當猴耍呢！

討厭也不多話，乖乖退到沈餘之身後。

簡淡又道：「世子，公主撈魚是要養起來的。」

廣平公主喜歡吃魚，本想問問廚房做了什麼魚，怎麼做的，但聽簡淡這麼一說，又想起抓魚的原因了，忙道：「對，老十三，你要賠我！」

沈餘之往前走一步，指著簡淡手裡的網子。「那也好辦，讓簡淡繼續撈便是。」

簡淡又翻個白眼。「明明是世子故意放掉的，憑什麼要我撈？」心中有氣，說話很衝。

沈餘之從善如流。「讓討厭跟煩人幫妳。」

簡淡直視沈餘之：那還不是我撈？

沈餘之默默回視：本世子就是想看著妳撈，不行嗎？

簡淡還是頭一回被這樣盯著瞧，頰上飛起兩道紅霞，迅速敗下陣來。「好吧，我……」

嗖嗖——幾道銳器破空的聲音突然響起，打斷了簡淡的話。

她心裡一驚，不由掄起手中的網子，只聽砰砰兩聲，網子接連撞上兩道不小的力量。

羽箭射來，帶著簡淡向後仰，右腿踏出去，從一尺多高的石頭上落下，又踩上一塊碎石，腳一扭，整個人便朝水裡跌去。

「都趴下！」她大喝一聲。

與此同時，蔣毅疾呼。「有刺客！」

他撲上去，和其他幾個護衛牢牢護住沈餘之，腰間長劍出鞘，舞得密不透風。

幾個守在外圍的護衛飛身上馬，一邊打著呼哨、一邊越過溪水，朝月牙山上疾馳而去。

廣平公主嚇傻，呆在原地，一動不動。若非羽箭都衝著沈餘之去，不知已經死幾次了。

有位嬤嬤身手不錯，貓著腰，冒著箭雨衝過來，飛快將她帶離溪旁。

白瓷也跟著過來，簡淡瞧見，怒道：「快趴下！」

白瓷猶豫一下，還要再走。

「蠢貨！」沈餘之罵了聲，長腿從人牆的縫隙中踹出來，將白瓷踹了個趴倒。

白瓷剛倒下，一枝羽箭就從她上面飛去。

簡淡心道，好險、好險。可惜一命換一命，好不容易讓沈餘之欠下的人情，就這麼沒了。

箭雨來得快，散得也快。半山腰上的樹林劇烈晃動片刻，重新歸於平靜。

簡淡明白，這場危機過去了，鬆口氣，後背上的疼痛越發強烈起來，微涼的水浸濕全身，有些冷。

她坐直身子，目光往下一掃，發現身前曲線畢露，又趕緊縮回去。

「白瓷！」

白瓷已經爬起來了，但沈餘之顯然比她更快，從蔣毅身後晃出來，擋住白瓷，逕自朝簡淡的方向撲去，卻又被趕上來的蔣毅攔住。

「情況不明，世子莫要輕舉妄動。」

蔣毅的語氣很硬，平常沈餘之掉根汗毛，他和其他護衛都要付出代價，更何況此刻生死攸關。

簡淡哆嗦一下，雙臂抱緊自己，附和道：「對對對，情況不明，世子千萬不要過來。」

男女授受不親，那廝到底怎麼想的？

她趕緊起身，背對著一干人，坐在剛剛站著的石頭上。衣裳濕透了，纖細腰線被凝重的寶藍色襯托出來，背影極其魅惑。

沈餘之這才知道自己冒失了，喉結上下動了動，壓低嗓音道：「誰都不許看。」蔣毅和幾個護衛別開眼。

這時，白瓷繞過他們幾個，兩步下了水，擋住簡淡的背影，帶著哭腔問：「姑娘沒摔傷吧？後背疼不疼？」

簡淡點點頭，疼是肯定疼的，不過比前世死前那一刀差遠了，能忍。

「公主，麻煩您派人回去一趟，幫我取件衣裳來。」她揚聲說道。

「啊？」廣平公主被這突如其來的變故嚇傻了，身邊的人又重複一遍，才反應過來。「好，我叫宮女去……」

「不用。討厭回去把肩輿帶來，順便拿一件大氅。」沈餘之的語氣不容置疑。

討厭不敢遲疑，翻身上馬，立刻去辦。

「謝謝世子。」簡淡由衷道。這裡不方便換衣裳，取大氅披上是最合適的。

「世子和公主先回去吧，這裡不安全。」她可擔不起兩位皇子龍孫陪她涉險的責任。

「留妳單獨在這兒，那怎麼行？」廣平公主雖怕，仍講義氣。「老十三，你先回去。」

沈餘之沒理她，吩咐煩人。「你帶人把受驚的馬追回來。」說完，脫下上衣，交給廣平公主的嬤嬤。「替簡三姑娘披上。」

所有人都被他的舉動驚呆了。這是太陽打西邊升起了吧?!

嬤嬤應下。若非習慣了聽命行事，只怕還要懵上好一會兒。

沈餘之很不喜歡這些人的眼神，惱羞成怒，一鞭子抽往離他最近的護衛身上。「滾！」

護衛反應迅速，向後一跳，躲過了鞭子。

簡淡瞧著，瞪大了一雙烏溜溜的杏眼。沈餘之也太暴躁了吧？護衛居然還敢躲？

沈餘之恰好看來，表情一滯，尷尬地抓住鞭子，捲在食指上，乾巴巴地說：「穿上。」

「哦。」簡淡趕緊回頭喊白瓷。「拿過來吧。」

白瓷跳到岸上，取了衣裳，披在簡淡身上。

一股好聞的松香味撲面而來，簡淡不由聞了聞，心裡陡然閃過一絲異樣，還沒等她弄明白是什麼感覺，便捕捉不到了。

她揮揮手，把耳邊嗡嗡叫的蚊子趕走，抓住垂下來的袖口，這才發現，袖口和領口錦邊上繡的花紋和她身上胡服的顏色一模一樣，乍一看，還挺配的。

簡淡側頭，眼角餘光中，沈餘之仍被團團圍著，手裡把玩著鞭子，目光卻落在月牙山上，不知在想些什麼。

莫非這廝被附身了？不然身體怎麼突然好了，人也跟以前不一樣了呢？

討厭回來時，煩人和其他馬倌也把馬帶了過來。

簡淡穿上大氅，和廣平公主騎馬回去，沈餘之乘坐肩輿，落在後面。

這回扛肩輿的是護衛，走得不慢，大約一刻鐘，沈餘之便到了望月苑的東廂房。

窗戶關著，空氣中有隱約的血腥味。

因為沒有隔間，屋子顯得大而空曠，除一根根柱子外，北牆邊還靠著一排架子。架上擺著幾樣刑具，和一只二尺長的木箱。

四個穿著暗綠色短褐的男子被綁在相鄰的四根柱子上。

護衛小城上前稟報。「啟稟世子，總共十八個刺客，死八個，逃六個，抓到四個。」頓了頓，又低聲道：「暗衛輕傷四個，重傷三個，暫時沒有危及性命，大夫正在救治。」

沈餘之捏著小刀的指尖隱隱泛出青白色。「輕傷一千兩，重傷三千兩。此事一了，你和蔣毅一起去辦。」

說完，他的手腕一抖，小刀飛出去，擦著一名刺客的脖子扎進柱子裡，發出咚的一聲。

刺客哆嗦一下，出了滿頭滿臉的汗。

蔣毅心中一震。原以為沈餘之有的不過是些小聰明，平日裡安靜的時候多，想得便比同齡人多些，沒想到遇上大事也是這般氣定神閒，分寸不亂，且出手大方。

那麼，對於今天這場意外，他是存心引君入甕，還是歪打正著呢？

從月牙山的布置來看，前者的可能性更大些。

後生可畏啊！

「是。」蔣毅的語氣又恭敬了幾分。

討厭從木箱裡取出帶袖的油布圍裙。「主子，您要親自審問嗎？」

沈餘之站起身。

討厭踮著腳尖，幫他把圍裙穿好，繫上帶子，收緊袖口，漆黑顏色襯得沈餘之的膚色格外蒼白。

「劍。」沈餘之伸出手。

煩人從刑具架上取來一把尺許長的短劍，連同一塊乾淨布帕放在沈餘之的手心。

蔣毅與小城面面相覷。

他們被安排到沈餘之身邊後，從未見過他審問犯人，不由生出幾分好奇。且這些刺客大多難纏，沒有極端手段，只怕問不出什麼來。

刺客們垂著頭，看都不看沈餘之，擺出一副死豬不怕開水燙的樣子。

沈餘之在柱子前面站定，薄唇噙著一絲笑意。

「沒有主動交代的吧？如此，本世子就先練練飛刀。」

沈餘之的語調輕快了幾分，用帕子擦擦短劍的刃，小臂一擺，短劍便帶著破空的聲音飛出去。

「啊！」中間柱子上的刺客大叫一聲。短劍落地，帶下來的還有小拇指大的一片耳朵。

刺客疼得目眥欲裂，卻不屈服，朝著沈餘之使勁呸了一口。

一旁的煩人反應很快，擋在沈餘之前面，用油布接住了。

討厭撿起短劍，取抹布擦乾淨，遞給沈餘之。

沈餘之滿意地看看成果，目光掃向右邊第二個壯漢，短劍再次出手。

「啊……啊啊啊……」壯漢一聲一聲地慘叫起來。

掉了耳朵那位轉頭打量同伴一眼，只見短劍劍柄直直釘在壯漢某處，鮮血流了一地，不由厲聲大罵。

「沈餘之，你這男不男、女不女的狗玩意兒，老子咒你全家不得好死，使這種陰損招數算什麼好漢？來啊，有本事殺了我！」

討厭嘖嘖兩聲，幾步上前，左右開弓打了他七、八個耳光。「放你娘的屁！你們來了十八個人，想射亂箭殺害我家主子就不陰損了嗎？」

煩人點點頭。「就是，這叫以其人之道，還治其人之身。」

蔣毅不覺得他們說的有錯，但還是感覺自己像沒穿褲子，某處涼颼颼的，起了一身雞皮疙瘩。如果所料不差，馬上就會有人交代了。

最右邊的黑瘦小個子男子，全身抖個不停，汗水順著臉頰往下淌，前襟濕了一大片。

蔣毅發現的，沈餘之也發現了，一步一步踱到他跟前。

男子驚恐地瞪大了眼睛，身子努力向後挪，沒奈何柱子擋路，分毫動彈不得。

沈餘之淡笑著，提起短劍，對著他的眼睛比劃一下。

「啊啊啊啊，你殺了我，你殺了我吧！」男子受不了了，雙眼緊閉，狂亂地叫起來。

掉了耳朵的刺客探出頭，瞪著他，驚恐喝道：「叫你奶奶個熊，閉嘴！」

男子博浪鼓似的搖著頭，哭道：「殺了我吧，求求你了。」

沈餘之微微一笑，握住劍柄，讓劍尖輕觸他的眉。

男子頓時全身僵住，像隻被剝了皮的白斬雞，直著脖子，一動不動。

沈餘之持著短劍，一點點劃過去，輕聲道：「千萬不要動，再動，眼睛就保不住了。」

蔣毅無語，呆呆看著沈餘之，看他畫畫似的，用劍尖從眉頭畫到眉尾，再自眉尾沿著下眼瞼畫到眼角，轉折向上……鮮血從淺淺的小口子裡滲出來，成了紅豔豔的圓圈。

沈餘之湊近，仔細端詳片刻。「畫得不太圓。」遺憾地用短劍在幾處彎曲的地方點了點。「這裡，這裡，還有這裡，都需要再大一點，等下挖的時候……」

男子腳下濕了一片，打斷沈餘之的話。「別挖……我說，我都說……」

沈餘之蹙起眉頭，往後退了兩步。「這麼快？好生無趣。」

蔣毅鬆口氣，縮縮脖子。殺人不過頭點地，還想怎麼有趣啊？

男子招了。「是馬武叫我們來的。」

沈餘之扔掉匕首，讓煩人除下圍裙，坐回肩輿，伸長腿，舒展身子靠在椅背上，看了看討厭。

討厭替沈餘之問話。「馬武是誰？」

「馬武是我們大哥，牡丹會的首領。」

牡丹會是洛水一帶的江湖幫派，手下有些好手，主業是走鏢，偶爾接些暗殺的黑活。

「你還不閉嘴！」被釘了某處的壯漢怒喝。

男子哭著喊。「我不怕！你們有家人拖累，我沒有。」

討厭踹了壯漢一腳，壯漢悶哼一聲，疼得閉緊了嘴。

討厭又問：「你繼續說。洛水的幫派為何來京城，又為何刺殺我家主子？」

「有人雇我們走鏢，從洛水送到京城。交鏢後，雇主單獨見了大哥，就有了這個活計，酬金十萬兩。」

「我家主子只值十萬兩？」討厭踹他一腳。「說，雇主是誰？」

「不知道，那人藏在馬車裡，說完就走，我們兄弟沒見著人。」

「什麼樣的馬車？」

「普通馬車，好像沒任何標記。」

「你大哥現在在何處？」

「應該還待在百花樓。」

討厭問完了，看向沈餘之。

沈餘之道：「蔣護衛點十個人，走小路，立刻押刺客回王府，向王爺稟明此事。其他人加強警戒，晚上不可懈怠。」

蔣毅勸道：「世子也一併回去吧，這裡不安全。」

沈餘之搖搖頭。「路上更不安全，你明白嗎？」

蔣毅想了想，表情凝重地點點頭，確實如此。人手不夠，若在路上遭遇圍攻，後果不堪設想，不如留在莊子裡，好歹是自家的地盤。

「明白了，屬下這就動身。」他躬身應道。

沈餘之點頭，坐肩輿出了廂房，深吸一口氣，又緩緩吐出去。「累了，抬我上樓吧。」

討厭聽了，癟了癟嘴。哪裡累了，分明樂此不疲好不好？要不是王爺日復一日的教導，只怕主子早就殺人如麻了。

沈餘之不覺得他不殺人是睿王的功勞。殺戮是人的本能，適當的順從可以讓人輕鬆快樂，若一味妥協，人會變得墮落。

身為一個有智慧的人，他討厭墮落。

另外，他不信佛，但信因果。想長長久久地活下去，就必須老老實實地做個好人。

如此，他才能娶心儀的女人，生幾個健康的孩子，幸幸福福過完短暫的一輩子。

沈餘之回到房間，簡單沐浴後，穿衣裳時，發現淨房的小几上擺著一只小瓷瓶，上面寫著「碧玉膏」三個字。這是他前些日子練習飛刀時用的，對外傷和瘀血頗有效。

沈餘之心頭一動，想起簡淡落入河裡那一幕，遂指著瓷瓶吩咐煩人。「送去半彎閣。」

「是，這就去。」煩人狗腿地笑了笑。

那可是主子的救命恩人啊，送藥膏算什麼，叫他送命都樂意。

想起開頭那兩箭，煩人就覺得膽寒。

當時蔣毅站得不近，他和討厭的目光都在簡淡那張網子上，如果沒有她神來一揮，後果不堪設想。

以前他覺得，若簡家姊妹相比，還是簡雅更好一些。

但經過這事後，他覺得玩泥巴的簡淡雖離大家閨秀的標準遠了些，但人還不錯，不嬌氣，不造作，明朗大器。

如果主子當真喜歡她，也是件好事。

首輔的嫡親孫女呢。睿王若有首輔大人相助，那個位置也可以想想了吧。

到時候，世子變皇子，他的身分也水漲船高呢……

罷了，這可是大逆不道。

煩人趕緊打住思緒，腳步輕快地下了樓。

第十八章

半彎閣的廂房裡有溫泉浴池。池子是正方形的，池底和四壁貼著精緻的淡青色瓷磚。

簡淡舒舒服服泡了一會兒，不但緩和舟車勞頓帶來的疲勞，也安撫了因為受驚而緊繃的心神。

回到樓上，藍釉幫她擦乾頭髮，又看了看後背的傷勢。

「紫了拳頭大小的一塊，等會兒奴婢去找點藥酒，睡覺前搽一搽。」

「不用，這點小傷，養養就好了。」簡淡練雙節棍，這些日子受的傷不少，毫不在意。

藍釉勸道：「後背倒也罷了，腳上的扭傷很嚴重，還是……」

「不必，畢竟不是在家裡，沒必要麻煩人家。」一想起沈餘之，簡淡就覺得頭皮發麻，完全不想麻煩他。

藍釉還想再勸兩句，就聽到門被敲了兩聲。

「簡三姑娘，我家主子派人送藥膏過來。」有丫鬟在外面說道。

嗯？簡淡發懵，沈餘之吃錯藥了嗎？

她正思忖著，白瓷已經歡天喜地跑去開門。

簡淡還沒穿好衣裳，只好趕緊先讓藍釉拉下床幃。

「簡淡受傷了嗎？」說是丫鬟，進來的卻是廣平公主，手裡拿著白色小瓷瓶。「讓我瞧瞧，傷到哪兒了？」

「公主稍等。」

簡淡趕緊穿上中衣，翻身坐起來，趿拉著鞋子，扶著藍釉，一瘸一拐地出去。「只是腳扭了一下，不要緊。」

「這還叫不要緊？」廣平公主是金枝玉葉，見簡淡的腳踝腫得老高，不由嚇了一跳。「快快坐下。這是御用的碧玉膏，專治跌打損傷，塗一塗，很快就好了。」

她說著，向門口的嬤嬤招手，對簡淡道：「這嬤嬤按摩的手法不錯，讓她幫妳弄弄。」

簡淡推不過，只好謝過廣平公主，讓嬤嬤幫她上藥了。

聽說簡淡的腳傷嚴重，沈餘之乾脆把晚飯安排在半彎閣裡。

白瓷揹著簡淡下去時，堂屋中已經擺好了一桌子酒菜。

空氣中飄著濃郁菜香，簡淡的肚子咕嚕咕嚕大叫幾聲。一整天下來，除早飯之外，她只吃過幾顆麻團。

沈餘之還沒到，兩個姑娘不好意思上桌，在客位坐下，一邊吞口水、一邊喝茶。

等了足足一刻鐘，沈餘之的肩輿才在堂屋門口落地。

三人略略寒暄兩句，分賓主落坐。桌子是圓的，不大，三個人坐剛剛好。

「欸，怎麼都是肉？菜也太少了吧。」廣平公主看著面前的菜色，有些不開心。

沈餘之道：「已經一更天了。」晚上多吃，不易消化。

「好吧。」

廣平公主輩分大，率先挾起一片清蒸魚放在碗裡後，簡淡和沈餘之才跟著舉筷。

簡淡無肉不歡，練雙節棍後，更是頓頓離不開肉。

正好，沈餘之左手邊擺了一盤醃製的胭脂鵝脯，肉呈紅色，嫩而多汁，一看就很好吃。

簡淡拿著筷子，直接奔它去了，剛要碰到鵝肉，沈餘之的筷子忽然伸過來，兩人的手毫無預兆地撞到一起。

手背上傳來細膩而冰涼的感覺，讓簡淡哆嗦一下，這才注意到，沈餘之用的是左手，而她是右手。

「世子請用。」她尷尬地放下筷子，手背在裙上擦了擦，感覺麻酥酥的，有些不舒服。

沈餘之從善如流，挾起一塊肉，放到簡淡碗裡。「這是廚子的拿手菜，試試。」

討厭和煩人驚訝地張大嘴巴。媽呀，主子不但不讓人伺候，還無師自通學會伺候人了。

肉被放到晶瑩剔透的粳米飯上，一紅一白，格外扎眼。

簡淡驚得筷子都拿不穩了，靠在椅背上，躲躲閃閃地觀察沈餘之。

沈餘之見她舉止有異，稍稍琢磨，便猜出了她的心思。

他把另一塊鵝脯挾到廣平公主碗裡，啪的一聲放下筷子，親手把裝鵝脯的盤子拉過來，跟簡淡的飯碗擠在一起，冷冷地說：「今天妳救了本世子一命，這些全是妳的了。」

簡淡杏眼圓睜。

沈餘之又把其他盤子往簡淡這邊推了推。「還有這些，涼拌雞絲、粉蒸肉、燒羊肉、黃芽煨火腿都很不錯。」

白瓷看不下去了，兩手往水桶腰上一扠。「你……」剛說出一個字，簡淡就瞪過去，暗示她說錯話了，又改口道：「世子……」

「下去。」簡淡拍拍她的胳膊。

「是。」白瓷好不容易積攢的勇氣一下子洩光了，乖乖退下。

廣平公主吃得正香，完全沒看明白簡淡哪裡得罪了沈餘之，但有一點她很清楚，簡淡是她的客人，不能讓簡淡在這裡吃虧受氣，遂站起身，把幾個盤子放回去。

「我家老十三就是實在，感謝的方式也與眾不同。哈哈哈，我也愛吃這些菜，不如大家一起吃？」她試探著反抗沈餘之，並且留了充足的餘地。

簡淡感激地看廣平公主一眼。

剛才她在沈餘之放下筷子的剎那，已經反省了自己，是她反應太大了。

她救沈餘之，和沈餘之救白瓷，是完全不對等的兩件事。在沈餘之眼裡，白瓷只是個東西，完全不能跟他的命相比，不存在一命換一命之說。

所以，沈餘之真的是因為她救了他，才如此反常。

那麼驕傲的人親自替她挾肉，只怕連泰寧帝都沒有這種待遇吧。但她一點都不想得到，實在太嚇人了。

思及此，簡淡趕緊抓起筷子，也替沈餘之挾了一筷子鵝脯。「如果臣女都吃了，世子豈不是要餓肚子了？來，公主也吃。」說著，又給廣平公主挾了一塊。

沈餘之沈默須臾，臉上又有了笑意，看向廣平公主，緩緩解釋。「睿王府在簡家隔壁，早就聽說簡淡極喜歡吃肉。」

這是個極好的臺階，廣平抓住機會，笑道：「原來如此，難怪廚房做了這麼多肉菜呢。老十三，本宮記得，你是不怎麼吃肉的吧。」挾起一顆菜心，放到沈餘之碗裡。「這菜心不錯，好消化，多吃一些。」

氣氛緩和，但簡淡心裡更鬱悶了。沈餘之連她愛吃肉都知道，還有什麼是不知道的？她心裡不舒服，明面上卻不敢表露分毫，生怕這位魔王再弄出什麼把戲。畢竟，她是在睿王府生活過三年的人，這位到底有多變態，她還是聽說過不少的。

沈餘之的心氣終於順了，三人安安靜靜地吃完了晚飯。

山裡的夜比城裡熱鬧。

到處都能聽到蟲子鳴叫，偶爾有風吹過，枝葉便在月影裡嘩啦啦的跳舞。

沈餘之坐在肩輿上，左手捏著一把小刀，閉著眼睛靠在椅背上。

「本世子很嚇人嗎？」他突然問道。

「啊？」

討厭和煩人戒備著，沒聽清楚他的話。

「小子該死。」兩人立刻請罪。

「我是說，我很嚇人嗎？」沈餘之耐著性子，一字一句地再說一次。

「不，主子英明神武，怎麼可能嚇人呢？」討厭立刻道。

「那簡淡為何如此怕我？」沈餘之反問。

煩人答腔。「主子，您叫她笨蛋，逼著她那麼早起來練雙節棍，又強買筆洗。來這裡的路上，還給了笨蛋才吃的麻團。」

沈餘之聽著，蹙起兩道好看的劍眉，更困惑了。除了筆洗是不告而取，有些心虛外，其他的沒什麼啊。

叫笨蛋怎麼了？頭腦簡單，不就是笨蛋嗎？小笨蛋，小蛋蛋，總比叫簡三可愛多了吧。

但這樣的反駁有些肉麻，難以啟齒。

於是，沈餘之按下此事，辯解道：「逼著她練雙節棍，是為了她的身體著想。再說了，麻團是本世子特地買給她吃的，逗逗她玩，又有什麼關係？」

小路上的護衛不少，聽到沈餘之的話，紛紛別過臉，偷笑起來。

討厭和煩人面面相覷，顯然有些不知所措。

沈餘之沈聲道：「還不快說？」

「是。」討厭覷望，見沈餘之表情平靜，才開口。「主子想聽，小的就斗膽說一說。第一，只要是被逼著做的事，大家就會不喜歡做；第二，小的親自去買麻團，都不知道那是特地為簡三姑娘買的，簡三姑娘又如何知道呢，您說是吧？」

是個鬼啊！

沈餘之睜開眼，彈了彈手指，小刀疾飛，穿破討厭手裡的燈籠，落到不遠處的草叢裡。燈籠裡灌進了風，蠟燭搖曳幾下，熄了。

討厭撲通一聲跪在小路上。「小的說錯了，請主子責罰。」

「去把小刀找回來。」沈餘之冷冷地說。

「是。」討厭吁口氣，咬牙又問：「主子為何要買麻團，是簡三姑娘愛吃嗎？」

沈餘之沒有回答，看看夜空裡的月色，想起第一次見到簡淡時的情景。

也是一個這樣的夏夜。

他大病初癒，在府裡呆不住，執意讓人帶他出來走走，去了西城的虹橋大街。

十歲的簡淡乖巧地站在燈火通明的客棧二樓欄杆旁，一手拿著一根筷子，筷子上串著兩顆小麻團，一小口、一小口咬著，吃得認認真真、津津有味。

他看她吃得香，莫名有了食慾，便讓人買了幾個。

油炸的糯米糰子又香又彈牙，裡面包裹著甜味適口的糖心，非常好吃。他一口氣吃了三顆，從此記住了那個小姑娘。

莊子偏僻，簡淡怕再遇襲，前半夜不敢脫衣裳，直到睿王派人過來守衛，才安然睡下。

第二天上午，三人一同返京，晃悠大半天，申時左右到家。

簡淡一進香草園，紅釉便哭著迎出來。

「姑娘，您可回來了。玉壺春瓶被打碎了，嗚嗚……」

玉壺春瓶是泥胎，不值錢，碎了也沒關係。重要的是，崔氏帶人來找蝴蝶寶鈿，並親手打碎了瓶子。

她憑什麼？就憑她生了她？

簡淡問：「除此之外，還有別的事嗎？」

「還有……二姑娘說奴婢不聽話，昨晚想讓王嬤嬤把奴婢賣了。」紅釉低著頭，眼淚順著臉頰往下掉。「是管家救了奴婢一命，讓奴婢先回家，等姑娘回來再處置。」

紅釉是家生子，不好打發。而且，管家李誠是簡廉的人，不聽簡雅的。

簡淡拍拍她的手臂。「妳做得很好，我沒看錯人。」對白瓷使了個眼色。

白瓷心領神會，從荷包裡掏出一錠銀子，大剌剌地遞給紅釉。「不怕，她賣不了妳。這五兩銀子是姑娘賞的，妳拿著。」

紅釉的臉一下子脹紅了，雙手接過銀子，連連鞠躬。「謝謝姑娘，謝謝姑娘。」

簡淡道：「去吧，回家跟妳爹娘說一聲，省得他們惦記著。」

「是。」紅釉歡天喜地地跑了出去。

藍釉說：「姑娘，奴婢去前面打聽打聽，看看老太爺在不在家。」

簡淡搖搖頭。「不用，我們先去松香院。」

馬氏最喜歡看大房、二房的熱鬧，對自命清高的崔氏也頗有微詞，可以借借她的力。

簡淡從行李中取出蝴蝶寶鈿，讓藍釉找一塊油紙包好，她親自拿著去淨房，出來後，整個人輕鬆不少，油紙包也不見了。

藍釉和白瓷驚訝得嘴巴都合不上了。

「姑娘，那可是很值錢的！」兩個丫鬟異口同聲，連語氣都一模一樣。

「再值錢也不是我的。」簡淡笑咪咪，好像扔在恭桶裡的不過是團廁紙。「放心，我不扔，等這事一了，咱們把它當了。」

「好！」兩個丫鬟點頭如搗蒜——只要不戴在自家姑娘腦袋上就好。

簡淡帶著兩個丫鬟去見馬氏。

馬氏午睡剛醒，正在喝茶。屋裡擺著兩尺高的冰雕，氤氳的白色涼氣讓簡淡精神一振。

「祖母，我回來了。」她行了個請安禮。

「三丫頭回來啦，快坐、快坐。」馬氏很熱情，拍拍身邊的空位。「路上累不累，廣平公主回宮了嗎？」

簡淡累不累是次要的，廣平公主是不是回宮了，才是馬氏真正想問的。

簡淡笑著答。「公主回宮了。」

馬氏見她坐得遠，挪了挪豐腴的身子，湊近了些。「三丫頭，妳剛回來，怎麼就認識廣平公主了呢？」

簡淡等的正是這句話。

「祖母，孫女一到慶王府，靜安郡主便當著眾貴女的面，指責孫女拿了二姊的首飾，您說怪不怪？」

她說著，蹙起眉。「哪有這樣的事呢？要不是有公主在，孫女真要難堪死了！」

「這……」馬氏眼裡閃過一絲猶豫，看看劉嬤嬤。劉嬤嬤是小劉管事的親娘，更是馬氏的陪嫁丫鬟，簡廉認定小劉管事只是失職後，便被重新招回來當差。

劉嬤嬤跟了馬氏幾十年，彼此早有默契，自然明白馬氏看她的意思，立刻到她耳邊小聲嘀咕了兩句。

馬氏撇撇嘴，對簡淡說：「既然是公主幫了妳，就好好謝謝公主，方才顯得咱們簡家姑娘知書達禮。」

簡淡道：「祖母說得是，孫女已經再三謝過了。」

「那就好。」馬氏端起茶杯，用杯蓋反覆撥弄上面的浮沫。

這就想送客了？

簡淡勾唇。「祖母，這件事只怕不是謝謝公主那麼簡單呢。孫女剛從林家回來，第一次赴宴就丟了臉面，只怕對姊妹們有所影響。別的不說，簡家姊妹彼此不知友愛的名聲，是逃不掉的，您說是不是？」

劉嬤嬤的心思，簡淡猜到了，想讓馬氏袖手旁觀，瞧著她在崔氏手上吃癟，以此還擊雷公藤一事帶來的損失。

想法很好，可惜她不允許，馬氏必須湊這個熱鬧。

她在慶王府丟了臉面，簡雅固然是罪魁禍首，但簡靜跟簡悠的年紀都不小了，眼睜睜看她在眾人面前受辱，名聲還能好了？大家都姓簡，哪有事不關己高高掛起的便宜？

馬氏動作一滯，緩緩放下茶杯，依然什麼都沒說。

簡淡微微一笑，斂衽行禮。「祖母，既然家裡有人不歡迎孫女，孫女回林家就是。孫女告退。」

林家的瓷器生意在京城極為出名，若他們替簡淡抱不平，說道兩句，這件事就鬧大了。

馬氏知道，簡家姑娘一榮俱榮，一損俱損，她可以不在乎簡雅與簡靜，但簡悠姊妹是她嫡親的孫女。

「妳這孩子說的什麼話，不過些許小事而已，講開了就好。一家人，哪有勺子不碰鍋沿的呢？」

馬氏對簡淡招招手。「妳過來坐，跟祖母說說，那寶鈿到底怎麼回事？」

簡淡正要開始說，外面有僕婦進來，打斷她的話。「老夫人，二太太跟二姑娘來了。」

馬氏皺眉。「讓她們進來。」轉頭吩咐劉嬤嬤。「妳把四丫頭、五丫頭一併請來。」

劉嬤嬤有些不甘，但也不敢反駁，答應著出去了。

簡淡往門口走了兩步，準備迎崔氏進來，小聲嘟囔。「這嬤嬤怎麼還在？祖父瞧了，不會不高興嗎？」

她離馬氏不到一丈，馬氏聽得清清楚楚，臉色不由一變。

崔氏和簡雅進來，待崔氏落坐，簡淡上前行禮。「母親，小淡回來了。」

崔氏冷著臉，一言不發。

簡淡退到旁邊，完全沒看簡雅一眼。

簡雅臉色蒼白，柔柔弱弱地靠在丫鬟白芨身上，眼裡淚珠打轉，一點點從眼角滴落。

馬氏故作驚詫，問道：「二丫頭這是怎麼了，又病了嗎？唉，怎麼不好好歇著呢，要不要把黃老大夫請來？」

她話裡有話，表面上關心簡雅，實則是說，既然有病就不要來了，找大夫吧，她又不會瞧病。

簡雅道：「祖母，孫女不是病了，是委屈，嗚嗚嗚……」在崔氏旁邊坐下，雙手墊在椅子扶手上，伏身大哭起來。

馬氏無奈地搖搖頭，問崔氏。「這到底怎麼回事？」

崔氏看向簡淡，目光像射出了刀子般，一字一句地說：「那對蝴蝶寶鈿呢？妳要知道，那是我的東西，我想給誰就給誰。」

簡淡眼裡一下子溢滿了淚水。「母親，您這是何意？小淡剛回家，何曾惦記過您的東西？在慶王府就有人拿蝴蝶寶鈿說小淡，現在您也這麼說，可是小淡何曾見過那寶鈿呢？

「母親，到底是誰要害小淡？嗚嗚嗚……」哭得更大聲，甚至蓋過了簡雅。

她期盼十年、賢淑溫暖的娘親沒了，嚴肅卻才華橫溢的父親也不見了。與父母一起消失的，還有想一起玩鬧、一起長大嫁人的攣生姊姊，以及想好好對待的可愛弟弟。

她更委屈。

她最恨的不是那些拋棄她的人，而是生了她，卻不願付出任何真心的親人。

第十九章

瞧見簡淡大哭，簡雅心裡暗驚。簡淡跟她一樣，也來胡攪蠻纏了。

昨天，簡淡帶著蝴蝶寶鈿走了，現在是藏在身上，還是留在香草園？

她到底慢了一步，若早早在香草園等著，說不定能跟崔氏來個人贓並獲。

不過，現在也不算晚，想法子再讓崔氏去搜便是。

簡雅打定主意，急促的心跳緩和下來，慢慢坐直身子，委屈地看著崔氏。

崔氏冷冷地笑笑，問簡淡。「既然如此，妳說說看，到底是誰想害妳？」

簡雅在心裡點點頭。這句話問得好，只要簡淡在馬氏面前公然把矛頭指向她，就會在崔氏心裡落了下乘。

簡淡漸漸收了哭聲，取出帕子，擦乾淚水。

「母親，誰在門口設計我遲到，誰口口聲聲冤枉我拿了她的寶鈿，誰把消息告訴了靜安郡主，就是誰想害我。」

她看向簡雅，後者不安地攥緊手帕，目光不敢和她相對，落在崔氏身上。

「聽說二姊與靜安郡主是手帕交，二姊不妨猜猜，是誰把這件莫須有的事情透露出去的？那人是覺得，咱們簡家姊妹的名聲太好了嗎？」

簡淡看似把事情挑明，卻留了一線。

崔氏挺直背脊，雙臂交叉擺在腰腹上。「之前說梁嬤嬤設計妳遲到，蝴蝶寶鈿是小雅的，靜安郡主是她的手帕交。所以，妳的意思是小雅害妳？那妳說說看，她為什麼要害妳？」

簡淡扯扯唇角。「我沒有那麼說，是母親給了答案。母親知道二姊為什麼要害我嗎？」

「妳……」崔氏被反將一軍，不由羞惱，但這裡是馬氏的松香院，只能攥著拳頭忍住。

簡淡此三問，都是眾目睽睽之下的事實。

雖然馬氏沒去搜查香草園，但家裡鬧出這麼大的事，怎麼可能不知道？

簡淡問她。「祖母，這件事，您怎麼看？」

馬氏端起茶杯，喝了兩口茶，又清清嗓子。「二丫頭，妳說三丫頭要走了妳的蝴蝶寶鈿，可有人證？」

簡雅臉上泛起一抹嫣紅。

「祖母，孫女沒說三妹要走了蝴蝶寶鈿，只是說……」她可以跟崔氏撒嬌，說簡淡嫉妒她，要走了她的好東西，但絕不能在馬氏跟前承認。

「既然不是她要的，就是妳主動給的了？那怎會鬧出這樣的笑話來?!」

崔氏也驚疑地看過來。今天的馬氏有些犀利，不好應付。

簡雅連連擺手。「不是，寶鈿的確是小淡拿走，孫女不是很願意給她的。梁嬤嬤、白芨跟白英都能作證。」

簡淡道：「祖母，孫女的三個丫鬟也都能證明，孫女從沒見過什麼蝴蝶寶鈿。」

「妳們姊妹各執一詞，老身不是大理寺官員，斷不清這種雞毛蒜皮的家務事。老身以為，不過一對寶鈿而已，再值錢，也沒有咱們簡家姑娘的臉面值錢，且不說它。

「二丫頭，妳且說說，靜安郡主是如何知道此事的？」

馬氏目光灼灼，簡雅感覺心臟又狂跳起來，後背出汗，濕答答地黏在身上，極不舒服。

她勉強道：「回祖母的話，靜安郡主是從孫女這裡知道的。孫女寫過一封信給她，說三妹回來送了孫女一套江州細布做的中衣，孫女很喜歡，還禮時，三妹挑走了蝴蝶寶鈿，其他的什麼都沒說。」

說到這裡，簡雅又垂了淚。「昨天三妹走後，孫女也曾問過靜安郡主，為何為難三妹？她覺得三妹奪了孫女的健康，又要走孫女最喜歡的頭面，這才沒忍住。

「這件事，的確是孫女引起，但孫女真不是故意的，孫女沒想到會這樣，嗚嗚嗚……」

她又哭出聲來，伸出兩隻纖細蒼白的手揉眼睛，淚水打濕睫毛，貼在淡青色的下眼瞼上，格外讓人心疼。

崔氏臉上閃過一絲錯愕，雙手抓住扶手，使勁捏了捏。

「江州細布？」門簾被掀起來，簡悠和簡然手牽手進屋。「三姊還有這等好東西啊。」

「是啊，可惜了。」簡淡不客氣地說道。

簡悠吃吃笑著，不接這句話。簡雅是簡淡的孿生姊妹，她們只是簡淡的堂姊妹，遠近親疏一目了然。江州細布這等貴重東西，自然要給最親近的人，她不過白白調侃一句罷了，還真能中了簡雅挑撥離間的計策不成？

「四丫頭呢？」馬氏問劉嬤嬤。

劉嬤嬤道：「回老夫人，大太太頭疼，四姑娘正伺候著呢。」

啪！馬氏把茶杯摔在小几上。「她病得挺是時候。」

崔氏嚇一跳，不由用眼角餘光瞥馬氏一下，鄙夷地笑了笑。

簡淡盯著崔氏，暗暗搖頭。崔氏自詡淑女，卻把心偏到胳肢窩裡；馬氏乃庶女出身，為人粗鄙，卻裡外分明，知道自己該護著誰。

誰高誰低，一目了然。崔氏怎麼好意思鄙薄馬氏，洋洋得意？

上輩子，她怎麼就眼瞎心盲，覺得崔氏是最好的母親呢？真是該死啊！

簡淡誠懇地反省著，又誠懇地說：「祖母，孫女真的沒要二姊的首飾。二姊，妳是不是忘記放在哪兒了？」

說著，她把話頭拉回來。「孫女要是主動要過二姊的首飾，將來不得好死。」反正也不是她要的，是簡雅借給她的，發發毒誓又有什麼關係？

崔氏聽了，表情生出一絲鬆動，上半身不安地晃了晃。

簡悠驚訝地看簡淡。「三姊，都是自家姊妹，何必如此說話？」上前一步，屈身行禮。

「在慶王府時是五妹不對，不該袖手旁觀。回來後，父母已經教訓過了，還請三姊原諒。」

「是啊，三姊，六妹也不對。」簡然也規規矩矩地行了一禮。

馬氏心中寬慰，連連頷首。「妳爹娘說得對，是該向妳三姊賠禮。二丫頭，既然靜安郡主是替妳出頭，為何不替三丫頭挽回一二呢？」

簡雅用帕子按去額角流下的汗。「靜怡縣主開口時，孫女懵了，一時不知該怎麼說。後來，廣平公主突然出現，孫女就更不敢說話了。」

她看向簡淡，行了全禮。「三妹，二姊也錯了，還請三妹原諒。」

馬氏見狀，挑挑眉，揚聲道：「所以說呀，人不單要多讀書，還得多些膽量，多懂些人情世故才行。老二媳婦，妳說是不是？」

崔氏一言不發，白皙的臉頰紅撲撲的，像是剛剛挨了兩記響亮的耳光。

馬氏心情大好，乘勝追擊。「老二媳婦，二丫頭跟三丫頭是至親姊妹，無論有什麼爭執，都不該鬧到外面去。不過一對寶鈿罷了，值得如此大動干戈嗎？咱們簡家的臉，都丟到皇家去了！

「老婆子沒什麼才學，懂的道理不如妳多，但也知道一筆寫不出兩個簡字，小淡丟了人，其他孩子也會受到牽連。妳把兩個孩子帶回去，好好跟她們說道說道吧。」

崔氏被說得無言以對。

「母親，兒媳告退。」她匆匆行禮，轉身向外走去。

母女三人一出門，就聽到屋裡傳出一陣壓抑的細碎笑聲。

崔氏腳下一頓，略偏了偏頭，隨即快步出了松香院。

簡淡走在崔氏後側，將她的怨毒眼神看得清清楚楚。

藍釉擔心地說：「姑娘，太太氣得不輕，只怕接下來這關不好過。」

簡淡道：「沒關係。」

如果她猜得沒錯，簡雅定是說一半、藏一半，把責任完全推到她身上。慶王府敞軒裡的事，崔氏知道得並不完全，所以才把所有怒氣噴到她頭上，頭腦一熱，仗著母親的身分去搜她的院子。

如今，她在馬氏面前挑明是非曲直，不管有沒有拿寶鈿，此事都是因簡雅而起。

崔氏自詡是才女，馬氏已經把此事點得透透的，崔氏不會不顧臉面的。

回到梨香院正堂，簡淡和簡雅雙雙跪在崔氏面前。除去打扮不同，姊妹倆一般無二。

崔氏一恍惚，就分辨不出哪個是姊姊，哪個是妹妹了。最該親近的姊妹倆，關係卻如此不堪。

這是為什麼？就算簡雅矯情了些，那也是身體不好折磨的，簡淡是妹妹，難道就不能讓著，何必鬧到馬氏那裡，白白讓她看二房的笑話？

崔氏絲毫不覺得自己偏心，表情柔和了幾分。「小雅，妳說說，到底怎麼回事？」

簡雅太了解崔氏，知道此刻有機可乘。

她一手壓上心臟，一手握拳擋住唇瓣，急促地咳了兩聲。「娘，女兒真的沒撒謊，即便說錯話，也是無心的。要不是三妹拿走我的蝴蝶寶鈿，我也……嗚嗚……」大哭起來。

簡淡哂笑。「母親，您還是別讓二姊哭了吧，不然黃老大夫又要來了。」

崔氏見她面帶笑容，冷嘲熱諷，登時失去理智，尖聲喝道：「妳閉嘴！」

她話音未落，簡雅翻著白眼，軟軟地倒在了地上。

簡淡挑眉，起身讓到一邊，吩咐王嬤嬤。「快去找黃老大夫。」

王嬤嬤沒動，驚疑不定地看著崔氏。

崔氏哪裡顧得上她，早撲過去，半跪在地上，把簡雅抱到懷裡，眼裡轉著淚珠，叫道：「乖女兒，妳快醒醒，娘不問了好不好？」

簡淡笑著搖搖頭。瞧瞧，多感人啊，比她死的時候還傷心呢。

她剛死沒多久，靈魂就飄到梨香院去了。

崔氏還沒睡，一邊讓人打探隔壁的情況、一邊安撫被麻繩捆得嚴嚴實實的簡思越。

「你妹妹是寡婦，無兒也無女，他們不會對她怎麼樣的。你放心，等這事一了，娘就把她接回來。」

簡思越跪在地上，歪歪斜斜地向崔氏磕頭，哭道：「娘，兒子求求您，他們又是殺人、又是放火，三妹會嚇壞的。我是她親大哥，怎能不聞不問呢？您鬆開我，我帶幾個人偷偷過去看看，能救就救，不能救便回來。」

崔氏別過臉，用帕子擦了擦眼角的淚。「你三妹是死是活，都是她的命。你要還是我兒子，就不要再說了！」

說完，她吩咐幾個粗使婆子。「把他帶出去。」

之後，崔氏眼不見為淨，用棉花塞住耳朵，睡下了。

第二天早上，聽說花園裡發現她的屍體，崔氏嚇壞了，只敢遠遠地看兩眼，哭幾聲，便讓一堆小廝把她抬到喪床上，連壽衣都是僕婦們張羅的……

真是天差地別啊！簡淡回神，苦笑著搖搖頭，看著緋色和茜色一起合力把簡雅抬到貴妃榻上。

崔氏起身，坐到簡雅身邊，按了按她的人中，柔聲道：「小雅，妳可舒服些了？」

簡淡無語，轉身往外走。

她剛到門口，就聽到簡雅顫顫巍巍、細聲細氣地說：「娘，我沒騙您，那蝴蝶寶鈿真是三妹要去的。您信女兒一次，她回來了，肯定也把寶鈿帶回來了，嗚嗚嗚……」

簡雅沒騙崔氏，那騙崔氏的必定是簡淡。

白瓷掀開門簾，簡淡一腳邁到門外，卻聽崔氏問道：「妳去哪裡？」

「我哪兒都不去。」簡淡轉身折返，在崔氏面前站定，冷靜地說：「母親以為二姊沒騙您，騙您的必定是我，對嗎？之所以這樣，只是因為她身體不好，而我身體健康，對嗎？我就活該在慶王府被靜安郡主指責，受眾人恥笑，對嗎？」

「我說過，我不是故意的，嘔……」簡雅忽然往榻邊一歪，吐出一口穢物。

「怎麼回事，小雅在喊什麼？」簡雲豐推門進來，看到簡雅吐了，嚇了一跳，立刻吩咐小廝。「快去請黃老大夫！」

「是。」小廝應聲，快步去了。

「父親。」簡淡行禮。「是這樣的……」不等簡雲豐多問，便如竹筒倒豆子般，把事情經過講了一遍。

「小淡說的可有出入？」簡雲豐皺著眉頭問崔氏。他也去慶王府赴宴了，但他與兩個弟弟走得早，並不知之後發生的事。

崔氏倒茶遞給簡雅漱口，一邊撫著她的後背、一邊道：「雖然沒有出入，但小雅不是故意的，而且是小淡要走小雅的首飾在先。老爺，咱們是書香門第，姑娘家不能貪財愛小。小淡如此行事，太沒規矩了。」

簡淡的桀驁徹底激怒了她，不就是偏心嗎？她就偏到底了。

真是甩得一手好鍋啊！

簡淡被崔氏氣笑了。人比人氣死人，她威脅馬氏得來的強大援手，根本比不過簡雅閉眼倒一下。

她高看崔氏了。崔氏哪裡是什麼才女，分明是是非不分的糊塗蛋。

簡雲豐對崔氏說的不置可否，轉頭對簡淡道：「小淡先回去，等黃老大夫看過小雅的病後再說。」

「老爺這是什麼意思？」崔氏有些意外。

簡雲豐淡淡瞥她一眼，朝簡淡抬了抬下巴。

簡淡明白了。雖然簡雲豐喜歡擺架子，還有些急躁，但比崔氏清醒一些。

「小淡告退。」

她行完禮，轉身走了。

簡淡走後，簡雅劇烈地咳嗽起來，憋得滿臉通紅。

以往，簡雲豐見此情況，肯定慌得不得了，但今天卻沒有。經過前幾天的事，他似乎看夠了簡雅的這些小把戲。

他走到貴妃榻前，和藹地說：「深呼吸，憋一憋氣。越是咳嗽，就越想咳。」他把簡淡對付簡雅的招式拿出來，又吩咐緋色。「妳再去給二姑娘倒杯水，壓一壓。」

「不用！」簡雅掙扎著坐直身子。她吐，是想逼簡雲豐討厭簡淡，如果不奏效，就得另尋他路。

「爹，娘，小淡撒謊，我的蝴蝶寶鈿明明就在她那裡。女兒是有錯，但她也不無辜！

「若你們不信女兒，女兒也不用看大夫，咳死算了。」

「妳在威脅我？」簡雲豐臉上烏雲密布。

「老爺！」崔氏淚眼婆娑地看著簡雲豐。「孩子受了這麼大的委屈，您不體諒也罷了，還追究那些細枝末節的小事做什麼？」

簡家除了簡雲帆因無子納妾外，其他男子都沒有妾室。簡雲豐與崔氏鶼鰈情深，見崔氏一哭，心腸便軟了幾分。

「妳糊塗啊。小雅委屈，小淡就不委屈了嗎？」

崔氏哽咽著說：「老爺，小淡是不是委屈，一搜便知。」簡雅能想到的，她當然也能想到。「妾身想再去香草園一趟，看看到底是小雅撒謊，還是小淡撒謊。」

她很精明，找了個簡雲豐能夠同意的理由。孩子對父母撒謊，不忠，也不孝。

簡雲豐也覺得應該弄清真相，不再阻攔。不過，這樣的家務事，他一個男人不好出面。

「妳可以去，但不要嚇壞了孩子。我去前院，妳再帶著孩子們用晚飯吧。等黃老大夫來了，讓他給小雅好好瞧瞧。」

簡雅又趴回榻上，眼中轉著淚花，一側嘴角卻緩緩勾了起來。

王嬤嬤從未見過這樣的她，簡直如邪祟附體般，登時打了一個激靈。

崔氏不再與簡雲豐多說，吩咐王嬤嬤即刻趕去香草園，穩住簡淡，她和簡雅稍後就到。

簡淡主僕一出梨香院，白瓷就道：「姑娘，二太太偏心了！」

夾道裡傳來腳步聲，藍釉回頭望望，小聲警告。「大少爺和二少爺來了。」

簡淡想到簡思越，心頭一暖，轉過身，笑著迎上兩步。「大哥回來啦。」

「爹娘都在嗎？」簡思越問道。

簡淡點頭。「都在，大哥快進去吧。我剛出來，先回去了。」

「好，大哥空了，就去香草園看妳。」簡思越一邊說著、一邊嚴厲地看簡思敏一眼。

簡思敏不情願地上前，敷衍地喊了一聲。「三姊。」

簡淡微微一笑。「你們進去吧。」

兩兄弟抬腳時，王嬤嬤正好急急忙忙地追出來。

他們都是王嬤嬤看著長大的，對她頗為敬重，略招呼兩句才離開。

「三姑娘。」王嬤嬤快步跑到簡淡面前。「太太讓老奴送您回去。」

「妳這是什麼意思？」白瓷捋了捋袖子。

王嬤嬤趕緊後退一步。「白瓷姑娘又是什麼意思？」

簡淡拉住白瓷。「休得無禮。」

「我不！」白瓷一揮粗胳膊，就把簡淡的細胳膊格開了。「她們欺人太……」

藍釉嚇一跳，一把摀住白瓷的嘴，在她耳邊道：「妳傻呀，真要做什麼，是王嬤嬤能說了算的嗎？」

白瓷聽了，大眼珠子一轉，對啊，罪魁禍首是屋子裡那兩個。

她把藍釉的手拉開，粗聲粗氣地道：「鬆開吧，我明白了。」

藍釉這才鬆了口氣。

第二十章

一行人回到香草園時，紅釉正在幫簡爵香草澆水，看到王嬤嬤嚇了一跳，遠遠地打過招呼，提著水桶就跑了。

剛進屋，簡淡還沒來得及坐下，紅釉便急忙進來稟報。「姑娘，老爺跟太太來了，還有大少爺、二少爺與二姑娘，好多人！」

簡淡聞言，又和王嬤嬤迎了出去。

人的確很多，除幾位主子外，還有黃嬤嬤率領的十多名僕婦，浩浩蕩蕩，一直排到院門外面。

「父親，母親，大哥。」簡淡挨個兒打招呼。「什麼風把你們都吹來了？」

簡雲豐轉頭去看剛澆完水的植物，不說話。他是被簡思越勸來的。

崔氏面無表情。「進去再說。」

「父親、母親請進，大哥請進。」簡淡讓開門，目光朝簡雅翹起的唇角上一掃，又落在簡思敏臉上，他看起來有些尷尬。

簡雲豐在堂屋的主位上落坐，四下看看，不自在地拍拍椅子扶手，道：「崔氏，我還有事，既然妳堅持，就不必耽擱了，搜吧。」

「搜？搜一次不夠，還要搜第二次？」簡淡問。

「已經搜過一次了？」簡思越和簡思敏驚訝地異口同聲。

簡淡道：「正是。不知何時，我從簡家三姑娘變成了罪犯，閨房被人一而再地搜查。」

簡思越的臉色越加難看。

簡思敏垂下頭。簡淡看不清他的神色。

崔氏道：「罪犯固然可恨，但撒謊同樣不可原諒。我是妳母親，這些年，妳不在我身邊，如今回來，自該扳正妳的壞脾氣和壞習慣。妳要知道，即便我嚴厲了些，也是為妳好。」

簡淡針鋒相對地說：「舅公把我教得很好，不勞母親費心。」

「妳……」崔氏氣結。

簡雲豐咳嗽一聲。「妳這丫頭怎麼這樣說話呢？這是妳母親，百善孝為先。」

簡淡道：「父親，二姊說寶鈿在我這兒，母親就來搜我的院子。我說寶鈿還在二姊手裡，那母親搜她的屋子了嗎？」

這個反問雖然放肆，但簡雲豐無法反駁，遂尷尬地看向崔氏。

崔氏也愣住了，她從未想過這一點。

簡雅弱弱地說：「母親當然可以搜小雅的房間，咱們回去就搜好不好？三妹，母親已經來了，妳不敢再讓母親看一遍嗎？」

簡思越閉上眼睛，攥著拳頭，額角上暴起青筋。

簡淡笑笑。「一碗水能端平就好，我這裡當然可以看。不過看之前有個條件，如果父親與母親不答應，我肯定不依。」

「妳居然還敢提條件？」崔氏感覺自己的涵養正接受著考驗。

簡淡道：「不答應也沒關係。我和祖父說明原委，明兒返回林家，這裡隨便你們搜。」

「妳……」崔氏抬起手，指向簡淡鼻尖的食指微微顫抖著。「好，只要妳敢提，我就敢答應！」幾乎吼了起來。

簡雲豐喜歡溫良賢淑的女子，對女兒們的期盼亦是如此。

他見簡淡如此強勢，對長輩毫無尊重，心中越加不喜，對此事刨根問底，得到切實答案的想法迅速占了上風。

「三丫頭，妳的心情，為父可以理解。但妳要明白一點，站在妳面前的是妳的親生父母，不是仇人。我們從未把妳當成罪犯，妳母親之所以再來，只是為了弄清楚到底誰在撒謊。這件事給簡家帶來的影響不小，不是小事。

「若妳懂事，便說出實情，妳母親就不會搜屋子；若妳不懂事，妳母親的做法就是情理之中，懂嗎？」

「不懂。」簡淡哂笑。「母親已經認定是我的錯，那我說什麼都不對。我還是那句話，要搜可以，答應我一個條件。」

「什麼條件，妳說！」崔氏冷靜下來。

「母親三思。」簡思越終於開口了，他們都是他的至親，不希望讓隔房看笑話，更不希望骨肉分崩離析。

崔氏有些失望。「越哥兒，你讓娘怎麼三思？她拿我當母親了嗎？那您把三妹當女兒了嗎？這句反問在簡思越的舌尖上滾一圈，又收了回去。他為解決爭執而來，不該火上澆油。

簡思越正想著如何替簡淡說話，簡淡已經開了口。「只要父親與母親答應我，我的親事由祖父操心，你們從此不再插手即可。」

簡淡對父母再無信任了。

簡思越心裡大驚，立刻去看簡雲豐。

簡雲豐怒道：「妳這是何意？」

兒女的親事，他們做父母的更有權插手，即便他們的地位不如簡廉，簡廉也要尊重他們的意見。簡淡自恃救了簡廉，不知天高地厚了。

簡淡似笑非笑地看著簡雅。「二姊身體不好，我替你們減些煩憂。」

崔氏哂笑出聲。「好，好，好，妳說得極是。妳二姊身體不好，妳大哥要秋試，妳二弟年紀尚幼，學業繁重。母親要操心的事實在太多，的確顧不到，這件事就依妳了。」

簡淡恭恭敬敬地行禮。「多謝母親成全。」

簡雲豐嘆口氣，沒說話，身子靠在椅背上，右手在眉心處捏了捏。

簡思越了解他，這是他軟化的徵兆。崔氏自以為的要挾，不過是事實罷了。別的不說，端看這屋子裡的擺設，便足以證明一切。

「搜吧。」崔氏下了令。

黃嬤嬤應聲，帶著奴僕，裡外忙活起來。

一會兒後，櫃子、抽屜、妝奩、床上、床下，花瓶裡、筆洗中，凡是能翻的地方，都被翻了一遍。

簡雅還讓梁嬤嬤帶人去園子裡細細找尋，皆一無所獲。

崔氏臉色鐵青，簡雅緊盯著簡淡，目光在她身上來回逡巡著。

簡淡笑道：「搜屋子也罷了，搜身就過了。但也並非不行，且拿一千兩銀子來。妳們打碎我的玉壺春瓶，先賠了再說。」

「一千兩？不過是坨泥巴而已。」簡雅小聲咕噥。

「想搜，它就值那麼多。」簡淡笑咪咪的。

「那個泥瓶子是我摔的。」崔氏直勾勾地盯著簡淡。「不管鬧成什麼樣，妳總歸是我女兒。小淡，妳非要逼母親把事情做絕嗎？」

「是啊。」簡思敏忽然開了口。「三姊，已經鬧到這種地步，又何必因為一個泥胎，讓大家更加懷疑妳呢？」

簡思越覺得他說得沒錯，簡淡越抗拒，崔氏就越懷疑寶鈿在她身上。

可儘管如此，搜身還是太羞辱人了，他看不下去，於是踏出一步，正要說話，卻被簡思敏扯住衣角。

他湊過來，小聲說道：「大哥，有個明確結果對誰都有好處，不是嗎？」

是這個道理，但簡思越過不去心裡那一關，想要阻止。

簡淡注意到簡思越的動作，心中稍感安慰，不過，她不想麻煩他，更不能讓他沾上忤逆父母的壞名聲。

她認真地看著崔氏。「如果當您的女兒，所有自尊就要被踩在地上，那我寧願逼一逼母親，看看母親的心能偏到什麼地步，以後不再過分奢望。」

「妳……」崔氏被戳到痛處，怫然而起。「給我搜！」

王嬤嬤帶著兩個粗使婆子上前，白瓷搶先兩步，擋在簡淡身前。雙方正要動手，就聽到外面有人問道：「三姑娘在嗎？」

這慈和的聲音是管家李誠的。他是簡廉的心腹，在簡家地位不低。

王嬤嬤不敢造次，只好先按捺住。

簡雲豐對簡思越揮了揮手，讓他出去瞧瞧。

簡思越快步迎出門，李誠笑著對他打招呼。「大少爺也在啊。」

他說著，抬抬手，示意簡思越注意他懷裡抱著的兩只木匣。

「睿王來了，說咱家三姑娘救了世子的命，這只匣子裝的是謝儀。另外這只，是世子派人送來的筆洗，並命老奴轉告三姑娘，筆洗燒出來後，樣子不錯，以後再有新花樣，給他留著，每只一千兩，他全要了。」

正房的幾扇窗戶都開著，外面的聲音清晰地傳進屋子裡。

簡淡竟然成了睿王的恩人！簡雲豐、崔氏、簡雅紛紛變了臉色。

簡淡感謝沈餘之雪中送炭，卻又深知這筆洗之所以來得如此及時，是因他派人監視她，不由五味雜陳，一時間吶吶無言。

簡思敏驚奇地問：「三姊做了筆洗，怎會賣給睿王世子呢？」這於禮不合嘛。

簡雅點點頭，讚賞地看他一眼。

簡淡不慌不忙地解釋。「去月牙山時帶上的，本想送去靜遠鎮，卻被世子瞧見，強行買走。」沈餘之的幫忙是神來一筆，所以她也順口瞎說，但還算合情合理。

簡思敏點點頭，睿王世子的母親留了一座小瓷窯給他，燒出的瓷器在秋水青瓷閣販售，極為有名。

「這下，母親相信了嗎？我的泥胎玉壺春瓶也是很值錢的。」

簡淡朝簡雅勾勾手。「二姊，若妳親自搜，我就不要那一千兩銀子了。」

簡雅往前踏了一步。

簡思越拿著東西進來，阻止道：「二妹，玉若碎了，即便能黏上，也不是完好的了。」

簡雲豐站起身。「不過一對寶鈿而已，再貴重，也比不上親姊妹的血脈親情。這件事，到此為止。」大步走了出去。

簡雅眼裡又有了淚意，蹲下身子，抱住頭，甕聲甕氣地說：「三妹，就算妳救了世子，也改變不了事實，妳是個貪財愛小、謊話連篇的小人！」

簡淡挑釁地拍拍袖子。「我以為，這等評語送給二姊最為合適。」

崔氏冷哼一聲。「王嬤嬤，繼續搜。」

王嬤嬤猶豫片刻，看了簡思越一眼。

簡思越道：「娘……」

「大哥，讓她搜，身正不怕影子斜，沒關係的。」簡淡打斷他的話。

王嬤嬤見簡淡配合，顧慮全消，上前請罪後，將簡淡身上可能藏東西的地方都摸遍，依舊毫無所獲。

簡淡笑著拂了拂王嬤嬤碰過的地方。「母親，我真的沒要二姊的東西。要不，咱們去二姊的房間看看？說不定就找到了呢。」

崔氏的臉色難看到了極點。她不是傻子，簡雅執意來搜，就是確定寶鈿在簡淡手裡，現在讓簡淡去搜簡雅的房間，說不定她會乘機把寶鈿重新放回去，那樣的話，簡雅的臉就丟盡了，絕對不行。

她站起身。「今天就算了，妳二姊身體不好，等黃老大夫……」

「二姑娘！」有人一聲驚呼。

蹲在地上的簡雅晃了晃，腦袋往地上一栽，當真昏了過去。

崔氏大驚。「越哥兒，快把你妹妹抱起來，回梨香院。」

一行人大張旗鼓地來，又驚慌失措地去了。

簡思敏留到最後，對簡淡道：「三姊，雖然我不怎麼喜歡妳，但今天的事是娘和二姊過分了，我替她們道歉。」

簡淡一驚，心裡的話不經大腦脫口而出。「喲，你居然還是個講道理的？」

簡思敏小臉一黑。「我怎麼就不能講道理了？」

送走簡思敏，簡淡呆在原地好一會兒，直到藍釉請她休息，才拎了一把小凳子，在庭院裡坐下。

園裡也不比屋內乾淨，地被踩得亂七八糟，麝香草倒了十幾棵，到處都是雜亂的腳印。

簡淡瞧著刺眼，吩咐道：「白瓷，拿掃把來，把腳印去一去，倒了的香草就拔掉。」

「好，奴婢馬上去。嘖嘖，好好的園子，現在到處都是畜生的蹄印。混帳東西，這要是在林家，奴婢見一次、打一次，打得她們滿地找牙……」白瓷咕噥著去耳房找掃把了。

藍釉拎著抹布從屋裡出來。「姑娘，那兩只匣子要收在哪兒？」

「拿出來，我瞧瞧再說。」

藍釉抱著匣子出來，先把小的遞給簡淡。

簡淡放在膝蓋上打開，裡面是一疊銀票，每張一千兩，總共一百張，十萬兩。

另一只匣子裡是筆洗，湖綠色，色澤澄淨如水，紋樣雅致大方，鉢體圓潤端正。花紋是她畫過的，但從底款上看不是，是秋水青瓷的底款。

既然做了好人，為何不做到底，把原本的筆洗送回來呢？煩不煩啊！

簡淡感覺彆扭極了，一股邪火猛地竄起來，竟生出捶桌子、摔板凳的衝動。

藍釉見她臉色陰沈，不知在想些什麼，纖長雙手死死握著筆洗，像要掰開似的，顯然心情不好，不由有些緊張，偷偷向剛從耳房出來的白瓷使眼色。

白瓷觀察一下，搖搖頭。簡淡脾氣不錯，即便生氣了，也不會拿下人出氣。

兩人正打著啞謎，院門被敲響了。

「三姑娘在嗎？老太爺有請。睿王想見三姑娘，請三姑娘快些過去。」小廝稟報道。

簡淡應聲。「在，馬上就去。」放下筆洗，帶白瓷出了門。

快步走有助於疏散怒氣，並益於思考。

從香草園走到外書房，簡淡的火氣散了個乾乾淨淨。

平心而論，就算沈餘之監視她，也是她自找的。她莫名其妙地救下祖父，沈餘之又負責調查這樁刺殺案，便注定了她會活在他的眼皮子底下。

人家幫忙，說明他知恩圖報，她有什麼可遷怒的呢？

其實，她是生自己的氣，所以才遷怒沈餘之。

她生氣，是因為簡思敏替簡雅道歉的剎那，心底居然升起一抹悲涼，和一點點羨慕。

有什麼好悲涼，又有什麼好羨慕的呢？

她有祖父、有大哥，還有林家一大家子親人呢，沒了這幾個又怎樣？

簡淡想著，清了清嗓子。崔氏母女就像卡在嗓子裡的雞毛，只要咳出去就好，沒必要耗費太多精力。

第二十一章

簡淡趕到外院，領著白瓷敲了門。

「進來吧。」簡廉道。

「是。」簡淡從白瓷手裡接過小匣子，推門進去。

書房坐著三個人。簡廉和一位不惑之年的中年人居主位，沈餘之在下首，依舊坐在他的肩輿上。

「小女簡淡見過睿王，見過世子，給祖父請安。」簡淡規規矩矩地行了三次請安禮。

簡廉道：「王爺，我這孫女在鄉下地方長大，剛剛回府，如有失禮之處，還請海涵。」

睿王高大魁梧，聲音洪亮。「首輔大人太謙虛了，鄉下地方一樣也能養出好孩子。我看這丫頭反應機敏，落落大方，好得很啊。」

「哈哈哈……」簡廉老懷甚慰。「王爺過獎了。」

簡淡被誇得臉皮發燙。

睿王又道：「小丫頭救了吾兒，這座位理當有妳一席，坐吧、坐吧。」

簡淡不敢造次，看向簡廉，後者點點頭，指指他下首的椅子。

她再次謝過，小心謹慎地坐了。

沈餘之就在簡淡正對面，手裡擺弄著小刀，目光卻在簡淡的臉上、身上、鞋子上逡巡了好一會兒，瞧得簡淡如坐針氈。

沈餘之問道：「簡三姑娘很忙嗎？」

「啊？」簡淡懵了一下，隨即腦中靈光一閃，立刻道：「回世子的話，小女子剛從靜遠鎮搬回來，需要整理的東西還很多。」

雖然從月牙山回來時一路坐車，但窗子始終開著，塵土飛揚，她的頭髮上、肩膀上，以及寶藍色的繡鞋上，都覆蓋了一層薄薄的塵土。

按理說，回來的第一件事應該是漱洗，但她忙著吵架，連衣裳都沒來得及換。

可是，這樣的話簡淡說不出口，只好隨便找個理由，搪塞過去。

「世子，案子查得怎麼樣了，兩樁刺殺案能否併成一樁？」簡廉不知有沒有聽懂，不動聲色地轉移了話頭。

見沈餘之的目光還停在簡淡身上，睿王不自在地咳嗽一聲。

「刺殺吾兒的，是洛水牡丹會的人。幾天前，他們押著鏢車抵達京城，與刺殺簡老大人的凶手不是同一群。據刺客招供，牡丹會的首領待在百花樓，昨夜本王親自過去，人已經死透了。

「這次的對手不弱，咱們的一舉一動都在他們的意料之中，簡老大人有什麼對策嗎？」

簡廉喝了口涼茶。「對方在暗，我們在明，即便有所懷疑，卻苦於證據不足。對策嘛……」沈吟片刻，道：「有時候進攻是最好的防守，王爺以為如何？」

「進攻？」睿王沒聽明白。

沈餘之道：「如果父王進攻，簡老大人會袖手旁觀嗎？」

簡廉哈哈一笑，並不回答。

睿王這才會意。「此事事關重大，本王須慎重考慮，且先不談。」

兩樁刺殺案，簡淡都是親歷者，說些似是而非的話無所謂，但應該點到為止。

「小丫頭怎麼又把匣子抱回來了？」

「回王爺的話，無功不受祿，小女沒做什麼，受不得這麼大的禮。」簡淡站起來，把匣子打開，放到簡廉和睿王中間的高几上。

燭火明亮，簡廉把裡面的東西看得分明，面容一肅，道：「王爺太客氣了，咱們兩家是鄰居，孩子之間互相幫忙是應該的，何必如此多禮？」

沈餘之淡淡地瞄睿王一眼，起了身，把匣子拿過去，撈出裡面的銀票，左手輕輕一撥，銀票發出嘩啦啦的聲音。

「人家懸賞十萬兩，父王就拿十萬兩的謝意。嘖嘖，兒子的命也不怎麼貴重嘛。」

「你這小子胡說什麼呢？」睿王黑了臉。「簡老大人都說了，咱們兩家是鄰居，用不著見外。」

沈餘之絲毫不懼，把銀票塞回去，收得整整齊齊，放到扶手下面。「既然用不著見外，那兒子就收回來了。簡淡是兒子的救命恩人，理應由兒子親自答謝。」

簡淡猛地激靈，趕緊起身。「不用謝了，祖父說得對，大家都是鄰居，不必見外。」

沈餘之笑笑。「救命之恩，必當湧泉相報。」

簡淡的心肝顫了兩下，這不是感謝，是威脅吧，聽起來怎麼這樣彆扭呢？遂看向簡廉。

簡廉道：「世子太客氣了，老夫這孫女膽子小，莫折煞她了。老夫遇刺時，世子也未曾袖手旁觀，咱們互相幫忙，互相幫忙嘛。」

這話大概說到睿王心裡去了，睿王一拍扶手，笑道：「老大人所言極是，合該如此。」

沈餘之放下左腳，換右腿蹺著，動靜弄得老大。

一屋子人的目光都落在他的兩條腿上了，簡淡也不例外。

沈餘之穿了條黑色綢褲，褲腳微收，膝蓋以下的褲腿緊繃著，服帖地貼在筆直小腿上。

腿長得不錯！她忽然冒出一個自己都覺得突兀和怪誕的念頭。

那隻蹬著玄色緞面繡龍紋鞋子的腳騰在半空中，不耐地抖動兩下，又猛然停住。

簡淡發現自己失禮了，抬起眼，正好對上沈餘之的桃花眼。

沈餘之挑眉，唇角勾起一絲笑意，眼波亦隨之蕩漾起來，像一汪可以溺斃人的潭水。

簡淡猝不及防，被淹個正著，水一下子沒到胸口，呼吸不由急促起來……

正當簡淡以為要失態時，門被敲響了。

「王爺，適春園來人。」

是泰寧帝出事了嗎？

簡淡回神，歪著腦袋想了想，她記得泰寧帝在這年的夏季生過急病，但很快便痊癒了，會不會是這件事呢？

前世，此時祖父已成了殘廢，歸隱田園；沈餘之重病，睿王無心國事。

今生，此時祖父地位穩固，沈餘之身體康健，睿王對兩次刺殺耿耿於懷，正在全力緝拿刺客，甚至有問鼎的想望。

她有理由相信，祖父所說的進攻，很有可能就是奪嫡。

睿王行二，為人剛直正派，握有東北重兵。太子病逝後，他是慶王問鼎的最大敵手。

那麼，慶王會不會趁此機會出手呢？

簡淡想得入神，睿王已經起身告辭了。

簡廉叮囑。「情況不明，王爺當多帶些人手。」

他話音將落，門又被敲響。「老太爺，宮裡來人，請您速速出城。」

沈餘之這才站起來。「應該是皇祖父出事了。父王，簡老大人，這一路必然凶險，不能貿然行事。」

簡淡驚訝地看向沈餘之，這廝的反應也太快了吧。

簡廉沈吟。「若如世子所言，刀山火海，都要闖上一闖。」

睿王道：「簡老大人何出此言？他有拱衛司，本王還有神機營啊，怕他個鳥？」

「父王帶神機營做什麼，造反謀逆嗎？」沈餘之道。

「胡說什麼？」睿王眉頭一鎖，抬手就要拍沈餘之的後腦勺，巴掌快落下時，又強行停住，收了回來。

「那你說怎麼辦，難道就這麼送死不成？你老子可沒有簡老大人這份覺悟，還想活著回來，吃香喝辣、左擁右抱呢。」

「簡老大人，您怎麼看？」沈餘之不急著回答，轉頭問簡廉。

簡廉緩緩坐回去，思慮良久，才道：「第一，整個京營都是皇上的人，不是別人的；第二，皇上年邁，身子骨兒卻還硬朗，只是有些疑心病，以為命不久矣；第三，今日不曾早朝，不管想要老夫命的是誰，此刻都與老夫同時得到消息。

「綜觀以上猜測，對手應該不會有大動作，但老夫在路上遇襲的可能，高達九成。」

簡淡一聽，緊張地上前一步，又站住了。

這裡沒有她置喙的餘地，一旦開口，很可能被簡廉趕出去，還不如默默聽著。

沈餘之瞄她一眼，下巴略抬了抬，道：「我倒有個主意，不知簡老大人想不想聽？」

「願聞其詳。」簡廉道。

沈餘之坐下，又高高地蹺起二郎腿。「不妨讓人冒充簡老大人和父王，由他們當先鋒，咱們來個螳螂捕蟬，黃雀在後。」

「這……」簡廉不安地捏捏鬍子。「護衛的命也是命，老夫……」

「欸……」睿王不贊同地拉了個長音。「簡老大人，眼下可不是仁慈的時候。一家子的性命都捏在咱們手裡，馬虎不得啊。」

誰的命不是命呢，誰的身上沒繫著家人呢？簡廉仍有些猶豫。

簡淡壯著膽子開口。「祖父，孫女也有一計，不知可不可以講講？」

簡廉皺眉，擺擺手。「姑娘家摻和什麼，出去吧。剛才提的事情，不要多言。」

沈餘之道：「簡老大人此言差矣，集思廣益，不妨聽聽。」對簡淡點點頭。「妳講。」

簡淡說：「祖父，孫女過來之前，跟二姊吵了一架，想趁城門未關前，回靜遠鎮去。」

這也算一個計策嗎？睿王不明就裡，一頭霧水。

簡廉和沈餘之卻舒展了眉頭。

沈餘之問簡廉。「此計甚妙，簡老大人以為如何？」

簡廉朝簡淡招招手。「妳再說得詳細些。」

簡淡對睿王行禮。「都是些家務事，讓王爺見笑了。」

「不要緊，妳快講。」睿王的性子有些急。

簡淡道：「祖父，母親想搜孫女的院子，孫女便逼母親同意孫女的婚事由您來管，母親已經同意了。如果您也批評孫女胡鬧，孫女一氣之下離府，順理成章。」

簡廉點點頭，看向睿王。「老夫以為，即便府裡有奸細，此刻也不會知曉適春園的事，三丫頭出府，不會引起他們的懷疑。另外，對手同樣急於趕到適春園，無法做出太多安排，我們坐三丫頭的車出西城，再騎馬走小路即可。」

「對。父王和簡老大人跟車照常出府，但不要出城。等他們發現時，父王和簡老大人應該已經進宮了。」沈餘之補充道。

睿王明白了，哈哈一笑。「此計甚妙，本王就坐小丫頭的車。吾兒再去安排一下，讓人在西門外備好戰馬和人手。」

沈餘之點點頭。

睿王父子回府後，簡淡與簡廉又單獨待了不到一盞茶的工夫。

祖孫倆不歡而散，簡淡哭著回到香草園。

她換上男裝，簡單盤了男子髮髻，帶著同樣打扮的白瓷，匆匆趕到車馬房。

白瓷麻利地套上車，駛出簡家，載著簡淡往西城去了。

簡廉已經在車廂裡，讚道：「妳這丫頭不錯，是我簡廉的孫女。」

「祖父有大智慧，孫女當然也不會差。」簡淡剛在當朝首輔和親王面前露了好大一個臉，言語間便多了些許自信。

「哈哈……」簡廉笑起來，親暱地摸摸簡淡的頭。「好孩子。」

頭髮被搓亂了，但簡淡心裡卻跟冬天喝了杯熱茶一樣，無比熨貼。

「祖父……」她嘟囔一句，腦袋靠在簡廉的肩膀上，眼淚忽然流下來。

簡廉嘆息一聲，大手拍拍她的胳膊，和藹地說：「好孩子，不哭，祖父知道妳委屈。妳與二丫頭的事，祖父已經聽管家講過一些，妳再跟祖父仔細講講？」

簡淡從包袱裡取出用絲帕包著的蝴蝶寶鈿。「寶鈿確實在孫女這兒，孫女藏在恭桶裡了。您聞聞，洗了三遍還臭呢。」

說起這個，她破涕為笑。「您評評，孫女藏得好不好？」

簡廉忍俊不禁，搖頭道：「妳這孩子……藏得確實不錯，至少是祖父沒想到的地方。」

簡淡更高興了，又出聲辯解。「祖父，這寶鈿不是孫女向二姊要的。二姊說，她有兩對，借孫女一對，約好了一起戴去慶王府。」

此言一出，簡廉便明白了事情關鍵，不免驚懼，問道：「妳的夢裡還有這一幕？」

簡淡一怔，心道祖父也太厲害了吧。不過否認好像來不及了，不如實在一些，遂認命地點點頭。若非她已知先機，不可能完美避過這些小把戲。

「祖父英明！」她討好地抱住簡廉的胳膊。「在夢裡，皇上真的病了，但不會有性命之憂，只是情況不一樣了，您明白嗎？」

響鼓不用重錘，這丫頭知道他想聽什麼，簡廉欣慰地點點頭。

「祖父明白，我活得好好的，情況當然會有所不同。既是如此，祖父心裡就有底了。」

他又摸摸簡淡的腦袋。「三丫頭又幫了祖父一個大忙呢。」

「那……」

「放心，妳的婚事，當然由祖父負責，用不著那兩個糊塗蛋。」說到這裡，簡廉的眉頭略略皺起。「不過，妳也要答應祖父，就算妳們姊妹不睦，在外面也要收斂些，不能把祖父這張老臉丟盡了。」

簡淡心裡一鬆，笑著說：「雖然有些事跟人，孫女無法掌控，但孫女答應您，定會盡力而為。」

「小滑頭。」簡廉也笑，又道：「至於妳二姊，祖父會跟她談談。若不奏效，妳也不用委屈自己。」

這可真是親祖父說的話呀，簡淡心花怒放，正要表示一下感激的心情，馬車停了。

「姑娘，討厭的人來了。」白瓷稟報道。

簡淡笑了，這名字起得不賴，既能罵別人，也能罵自己，沈餘之真是人才。

她坐起身，打開窗子，見馬車停在一處布莊外，討厭站在門口，正向白瓷使眼色，便趕緊推開車門，朝布莊裡的睿王招手。

睿王一個箭步躥進來，在簡廉對面坐下。「都安排妥了，不知簡老大人騎術如何？」

「等下王爺就知道了。」簡廉說道。

「小女聽說過，祖父讀書時，騎術是京城學子中最好的！」簡淡驕傲地插了句嘴。

「哈哈……」簡廉開心地大笑起來。

「妳這小丫頭，膽子不小，腦袋瓜子也不錯。」睿王從懷裡摸出一塊玉珮。「這個送妳，日後有需要幫忙的，憑此來找本王便是。」

這相當於給了簡淡一個必會兌現的承諾，很貴重，也極有誠意。

簡淡猶豫一下，伸手接過。「謝謝王爺，小女會善加使用的。」

「嗯。」睿王頷首。

夏季的城門關得晚，馬車順利駛出西城。

官道空曠，白瓷將馬車趕得飛快，大約一刻鐘後，在一處小槐樹林旁停下。

蔣毅等十幾個護衛率領一隊揹負火銃的兵士，從林子裡走出來。

「王爺，這裡安全，換馬吧。」蔣毅拿出兩頂帶帷斗笠，一頂給睿王，另一頂給簡廉。

「好。」睿王指指黃驃馬。「簡老大人先請。」

「王爺請。」簡廉戴上斗笠，繫好帶子，一拉韁繩，嫻熟地上了馬。

等他們走了，簡淡帶著沈餘之安排的兩名護衛，按照原定計劃，趕往前面鎮裡的客棧。

第二十二章

簡淡領著人剛走十幾丈遠，後面馬蹄聲大作。

「三妹，三妹！」有人在黃昏的晚風中叫喊著。

白瓷回頭望去。「姑娘，好像是大少爺跟二少爺來了。」

「停車。」簡淡道。

車停了，簡家兄弟追上來。

簡思越長腿一邁，從馬背上跳下，怒道：「三妹，這麼晚回靜遠鎮，妳不要命了？」

「就是！」簡思敏幫腔。「妳要是就這麼回去，明日舅公就會上門找爹娘算帳。不過一點小事，何必……」

他前面說得大聲，後面就說不下去了，顯然也覺得不妥。

簡淡算算距離，知道他們不會看見簡廉，心中稍安，道：「大哥放心，白瓷的功夫好得很，妹妹也不是好欺負的。」

她把雙節棍拿出來，俐落地耍了兩招。「就算有劫匪，還不知誰打劫誰呢。」

「胡鬧！」簡思越知道她受了委屈，不想太過指責，緩和了語氣。「罷了，先不跟妳計較。城門關了，我們去找個住處，明天一早回府。」

簡淡點頭，帶著人跟他走了。

趕到客棧時，天已經黑透了。

三人向掌櫃要了幾間上房，在大堂找張桌子坐下，準備吃晚飯。

簡淡對這一帶極熟悉，做主點了幾道家常菜，有小雞燉蘑菇、韭菜炒雞蛋、紅燜羊肉、鯽魚豆腐湯等等。

客人少，菜上得就快，幾道菜都是大份的，滿滿當當擺了一桌。

「這能吃嗎，髒死了。」簡思敏一臉鄙夷。

他說髒，是因為裝菜的小銅盆邊沿都是油花，比起簡家的考究，這裡連乾淨都做不到。

簡思越瞪他一眼。「你小聲一點，書都讀到狗肚子裡去了？出門在外，不要太挑剔，知道嗎？」

簡淡拿起筷子，挾了塊羊肉給簡思越。「這家店我來過，羊肉做得非常道地，滋味足，肉也嫩。」

「你們也吃。」簡思越也替簡淡和簡思敏各挾一塊。

「喲，大家猜猜，咱們碰到誰啦！」門口有人忽然喊了一聲。

簡淡轉頭看去，齊王世子沈餘安和笑容滿面的蕭仕明一前一後走進來。

簡思越帶著弟妹迎上去，拱手笑道：「在下見過齊王世子，蕭世子。」

簡思敏有樣學樣；簡淡是女孩子，只福了福身，便退到簡思越身後。

蕭仕明問道：「這兩位是？」

簡思越答道：「是在下的弟弟、妹妹。」

沈餘安點頭，目光在簡淡臉上盤旋片刻，問道：「這裡離京城不遠，你們怎會在此？」

「從親戚家回來，路上耽擱了。」簡思越不好實話實說，隨便找了個藉口。

「哦，那巧了，我們也是。在西山多停了一會兒，下山晚了。」沈餘安吩咐拎著野味進來的護衛。「把獵物拿去給店家，該烤的烤，該燉的燉。」

蕭仕明也道：「借世子的光，咱們在這裡吃頓大鍋飯。你們兄妹一起吧，人多熱鬧。」

和護衛一起進來的，還有三個少年，認得簡思越，關係卻不怎麼好，有的甚至交惡。

簡思越不希望自家弟妹跟一群紈袴混在一起，當下拒絕。「在下的三妹剛從鄉下回來，膽小得很，就不去湊趣了。」

「鄉下？」沈餘安詫異地看著簡淡。「這不是簡二姑娘嗎？」

簡淡配合簡思越，又往他身後縮了縮，腦袋和眼皮子一起耷拉下去，低眉順眼，的確有幾分沒見過世面的樣子。

「這是我三妹。」簡思越道。

齊王世子點頭。他聽說過，簡思越有對雙胞胎妹妹，小的命硬剋親，自小養在別處。

一個額頭長滿小疙瘩的胖少年驚異地說：「不是吧，簡大少爺，我聽說你這位三妹了不得啊，不愛琴棋書畫，專愛舞槍弄棒，脾氣暴躁得很，凶悍得跟爺兒似的，怎麼這會兒又膽小了呢？」

簡思越轉頭看向說話的人，狹長眼裡閃過一絲銳利的光。「方二少爺認識我三妹？」

「不認識。」方乃杰說道。

「那……是對我有不滿？」

方乃杰翻了個白眼。「不是一直不滿嗎，問什麼問？」他是長平公主的二兒子。長平公主與齊王乃一母所出，在京城也算橫著走的人物。

沈餘安與蕭仕明面無表情地站在一邊，其他兩位少年則格格笑了起來。

簡思越道：「既然不認識我三妹，對我也不滿，那方二少爺就是道聽塗說，故意當著我的面羞辱我妹妹了？你有本事，衝著我來，欺負一個女孩子家，算什麼好漢？」

方乃杰怒道：「誰道聽塗說，誰故意羞辱了？我說的分明……」

「方二少爺勿惱。」站在方乃杰右邊的少年打斷他的話，陰陽怪氣道：「怎麼，這就算羞辱你妹妹了？我還聽說簡三姑娘貪財愛小呢，這可是你二妹親口跟靜安說的。嘖……書香門第也一樣狗咬狗，不過如此。」

簡思越臉嫩，被人乍然提及自家醜事，一時無言以對。

「你……」簡思敏的小臉脹得通紅，想反駁，卻不知從何說起。

「我怎麼了，我說得不對嗎？」少年得意洋洋。他下巴上長了一個黑痔，痔上還有兩根粗壯的毛，看起來極為扎眼。

他是衛次輔家的嫡長孫，名叫衛文成。衛次輔是慶王的人，覬覦首輔之位久矣，向來與簡廉不睦。

在書院裡，衛家子弟和簡家子弟齟齬甚多，他站出來諷刺簡思越，再正常不過。

簡淡抬起頭，上前一步。「你說得當然對，像你爹跟你寡居的親姨母偷情一樣對，可見像衛家這樣的豪門大族，同樣有寡廉鮮恥、不顧倫常之人。我承認，我就是貪財愛小，就是要了我二姊的首飾，你能把我怎麼樣呢？你長這麼大，沒跟家裡的兄弟姊妹要過東西嗎？」

「妳……」衛文成一下子紅了眼，手顫抖著，指著簡淡好一會兒，最後吼了一聲撲過來。「妳這賤人胡說八道，我跟妳拚了！」

簡淡沒料到他會突然撲來，嚇得後退一步，右手在後腰上一抓，雙節棍陡然出手。

沈餘安身邊的護衛早已有所準備，長臂一伸，將衛文成扯回去。

雙節棍在衛文成臉前晃過，又挾回了簡淡腋下。

白瓷和另兩名護衛也抄了傢伙，齊齊站到簡淡身前，將他們護在身後。

這是簡淡第一次與外人對戰，心臟怦怦狂跳，但精神極為亢奮，壯著膽子又道：「我怎麼了，我說得不對嗎？」完全仿照衛文成的語氣，學得一般無二，嘲諷意味十足。

「妳……我要殺了妳！」衛文成拚命想衝過來，卻被沈餘安的護衛牢牢扣住。

沈餘安見鬧得不像話，對蕭仕明使了個眼色。

蕭仕明這才搖著扇子上前，道：「哎呀，簡大秀才，不過開個玩笑而已，何必劍拔弩張呢？」先打了個哈哈，又道：「你還不知道他倆？都是直性子，沒什麼壞心眼。我看大家各退一步，算了吧。」

方乃杰與衛文成的交情最好，衛文成替他出頭，他自然不能躲在人後，叫囂道：「算什麼算？那賤丫頭誣衊衛家長輩，事關孝道，這件事絕不能這麼算了！」

「誣衊？」簡淡似笑非笑。「你問問衛大公子，我是不是誣衊？」

在衛家，那件事是公開的秘密，只是衛家下人口風緊，外人知道得不多罷了。

簡淡之所以知道，是前世靈魂在簡家飄盪時，聽大堂姊簡潔和王氏閒聊說的。

衛文成大吼。「妳胡說八道！」

「我要是胡說八道，衛大公子可以去衙門告我呀！」去衙門的話，衛家的臉就丟盡了，衛文成絕對不敢，簡淡這是氣死人不償命。

這下，方乃杰就是再蠢也明白了，睜大了眼睛。「不會吧……」

「二表弟！」齊王世子喝了一聲，狠狠瞪簡淡一眼。「都給我閉嘴。既然簡三姑娘如此膽小，沒見過世面，本世子就不招呼了，你們回去坐吧。菜上好了，別被蒼蠅捷足先登。」

「多謝世子體恤。」簡淡一點都不在乎沈餘安的話裡有話，笑咪咪地推推早已嚇傻的簡思敏，轉身回自己的位置坐下。

簡思越向兩位世子抱拳，也回去了。

桌邊，簡思敏怯怯地說：「大哥，要不……咱回房間吧。」

方乃杰和衛文成還瞪著簡淡，嘴裡罵個不休。

兩名護衛沒回去吃飯，站在不遠的地方守著。

簡淡打量一圈，心下稍安，把雙節棍放在桌子上。「不走，輸人不輸陣，怕什麼。」

簡思越同意簡淡的想法，要走也該是衛文成走，他絕對不會被衛家人嚇走的，壓低聲音訓斥簡思敏。「男子漢大丈夫，豈可不戰而逃？」

「誰怕了，我是怕三姊被人欺負。」簡思敏噘起嘴，握著筷子，使勁戳湯裡的鯽魚肉。

簡思越按住他的筷子，反問：「真是這樣嗎？」

當然不是。簡思敏心裡清楚得很，今兒要不是有簡淡，他們兄弟倆的面子就丟盡了。

簡思越見狀，稍稍側頭，瞄了衛文成等人一眼。「吃飯，我們慢慢吃。」

簡淡不由失笑，自家大哥平日裡總是一本正經，沒想到也是個有反骨的人。

「大哥，我待在家裡，他們找不到我，會不會報復你？」

簡思越搖搖頭，把兩隻雞腿分給弟弟、妹妹。「有祖父在，他們不敢。大哥擔心的是妳，妳的名聲，只怕保不住了。」

簡淡無所謂。「大哥杞人憂天了，二姊已經做好鋪墊，三妹在京城還有名聲可言嗎？隨他們去吧。」

「唉……」簡思越嘆息。「妳二姊的性子越來越拗了。回去後，大哥再跟她說說。」

「大哥越護著我，二姊對我越是不滿，還是算了吧。」簡淡道。

簡思敏附和。「對對對，就是這樣。三姊，妳怎麼知道的呢？」

簡淡笑笑。「你想想，是不是大哥越逼你讀書，你越不愛讀？是不是我越討好你，你越覺得我像鄉下來的，沒你二姊高貴大方？」

「我餓了，吃飯。」被說中心事，簡思敏臉紅了，挾起雞腿，奮力吃了起來。大堂裡沒幾隻蒼蠅，而且飯菜是熱的，蒼蠅想停也停不上去。

三人不再說話，從從容容地用完了晚飯。

簡淡站起來，轉身時，雙眼恰好跟蕭仕明的目光對個正著。

蕭仕明略略頷首，笑容恬淡友善，目光溫潤有禮。論五官，他比不上沈餘之的精緻完美，但論朝氣、男子氣，他大大贏過沈餘之。

此時的他，與簡淡在月牙山時，隔著馬車車廂聽到動靜的輕狂男子，幾乎沒有任何相同之處。

善變的男人，應該都不是什麼好東西。

簡淡面無表情地收回目光，跟在簡思越身後上了樓。

三間房是挨著的，簡思越讓夥計準備好茶和漱洗的熱水，扯著簡淡進了自己的房間。

三人在八仙桌旁坐下。

簡思越問她。「三妹，衛家那事是真的？妳怎麼知道？還有，兩個護衛打哪兒來的？」

簡淡道：「當然是真的。」看看簡思敏，壓低聲音，湊到他耳邊道：「表大伯父。」把事情推到表大伯父身上，簡思越便不會多問，不會殃及林家。

簡思越點點頭，果然不疑有他。林表大伯父不單是生意人，也是製瓷這行的名人，三教九流的朋友不少，知道些豪門秘辛也正常。

「憑什麼不讓我聽！」簡思敏不服氣了。

簡淡道：「就憑你不把我當你三姊。」

「哼！」簡思敏撇嘴，轉頭不看簡淡，高高地抬起下巴。「不聽就不聽，等妳走了，我再問大哥。」

這丫頭，本來可以好好說話，何必鬧彆扭呢？

簡思越不贊成地看簡淡一眼，解釋道：「這樣的事，不管從哪裡聽來，都不能公諸於眾。萬一衛家報復，豈不是害了把消息告訴你三姊的人？」

簡思敏不說話了，用指甲摳桌子上的蠟油。

「至於那兩個護衛，他們是祖父的人。」簡淡說道。事關重大，她決定保守一些，不告訴他們事實。

「原來如此。」簡思越突然變得有些小心翼翼。「祖父說妳了？」

「嗯。」簡淡應付道。

簡思越嘆口氣。「祖父也是為了妳好，妳不該這樣負氣出來，爹娘都擔心得不得了。」

簡淡哂笑，簡雲豐怕簡廉訓他，或許會操心。崔氏嘛，說不定正盼著她死在外面呢。

簡思敏瞧見她的表情，又不滿了。「妳這是什麼態度？這次大哥追出來，就是爹娘親口交代的。」

簡淡道：「顧著面子罷了。大哥不必說啦，有些事，我看得比你清楚。」

簡思敏辯解。「三姊不常在家，就算爹娘偏向二姊一些，也是情理之中吧。」

「是僅僅一些嗎？」簡淡問。

簡思敏語塞，趴在桌上，不說話了。

「三妹，不管誰對誰錯，總之都過去了。一家人沒有隔夜仇，明日一早回去，妳跟我去向祖父認個錯，這件事便過去了。」

「好。」簡淡痛快應下。

「嗯。」簡思越鬆了口氣，語氣也輕快起來。「不早了，妳回去休息吧。」

簡淡起身回房，走到門口時，聽簡思敏問道：「三姊，妳那棍子練多久了？」

「回府後開始練的。」

簡思敏道：「那也太……挺厲害的，我看妳揮得比白瓷還快呢。」他在旁邊看得清清楚楚，當時白瓷也想動手，但一來有人擋著，二來反應慢了一拍。

簡淡轉過身，笑著說：「我自小就這樣，越緊張，反應就越快。」

簡思越深以為然。不假思索，往往才是最快的。

「大哥，我也想學。」簡思敏不敢求簡淡，只央求簡思越。

「跟你三姊講。」

簡思敏彆扭地喊了聲。「三姊……」

簡淡道：「想學就早點起床。」如果簡思敏能改變對她的偏見，她還是很想好好跟他相處，該抓住的機會得好好抓住。

「好！」簡思敏頓時歡呼一聲。

還是小孩子呢。簡淡感嘆著，回到自己的房間。

簡淡進了房，白瓷遞給她一杯茶，還有一個信封。信封封口處塗了火漆，右上角和左下角各印著一蓬青翠飽滿的松針。

「姑娘，這是隔壁那位世子送來的信。」

簡淡拆開，取出信箋。淡土黃色的花箋，印滿一蓬蓬松針，隱隱傳來松香味。

安全抵達，一切順利，勿念。

簡淡皺眉，這字寫得也太差了吧，跟蜘蛛爬似的，白費了精緻的信封和信紙。

「信紙真好看。」白瓷讚道。

「睿王世子用的花箋，當然好看。」簡淡捏著信，放到燭火上點燃。

「哎呀、哎呀！」白瓷想搶下來，但來不及了。「燒掉怪可惜的。」

簡淡挑眉。「不燒的話，將來就是私相授受的把柄了。」

「啊……那倒也是。」白瓷恍然，吐了吐舌頭。「姑娘，您對那位世子有偏見吧。

「奴婢覺得，那位的確有些討厭，可對姑娘不錯，派了護衛不說，怕姑娘擔心老太爺，還特地派人送信，挺周到的。」

白瓷不說還好，她一說，簡淡居然有些慌了。

沈餘之向來冷漠，何時管過閒事，這是中了邪不成？

不不不，他一定是看在祖父的面子上。睿王若想坐上那個位置，唯有聯絡祖父一起出力，才能事半功倍。

總之，不可能心悅她吧……

「姑娘！」白瓷喊了一聲，劈手奪過簡淡手裡快燒完的花箋，扔在水盂裡。

「哦，走神兒了。」簡淡拍拍紅得有些不正常的臉，站起身。「去梳洗吧。」

主僕兩人漱洗完便睡下了，一夜無話。

第二十三章

第二天早上，城門一開，三人便進了城。

到簡家門口時，簡淡剛下車，就見沈餘之的馬車駛過來。

兩名車伕穩穩地停車，丫鬟從裡面打開車門。

簡思越拱手道：「簡思越見過世子。」

簡淡還穿著昨日的男裝，和簡思敏一樣，跟在後面，規規矩矩打了一躬。

「嗯。」沈餘之哼了一聲，軟趴趴地靠在大迎枕上，精神萎靡，眼底青黑，顯然一宿不曾好眠。

「本世子去適春園了。」他的目光穿過簡家兄弟，落在簡淡那張紅潤健康的俏臉上。

簡思越跟簡思敏道：「世子慢走。」

簡淡忍住笑。「請世子慢慢走。」

少女要笑不笑，笑紋在嘴角旁堆出兩個淺窩，盛滿早上金燦燦的陽光，很美。

沈餘之有些羞惱。「本世子的確要慢慢走，怎麼，你們有意見？」

簡思越忙道：「不敢、不敢，世子隨意就好。」

簡淡垂下螓首，小手摀住嘴，笑得肩膀一抖一抖的。

丫鬟發現了，不由緊張地看向沈餘之。

沈餘之眼裡閃過一絲笑意，隨即又瞪了簡淡兩眼，敲敲車廂，示意可以出發了。

丫鬟驚訝地張大了嘴巴。

一會兒後，兄弟倆進府換件衣裳，就趕去書院了。

簡思越本想留下來替簡淡解釋一二，卻被簡淡拒絕了。她不想向崔氏低頭，更不希望他夾在中間，左右為難。

在香草園喝了兩盞清茶，簡淡被婆子請到簡雲豐的內書房。

崔氏也在，夫妻倆在羅漢床上相對而坐，中間的小几上擺著兩只茶杯和一封拆開的信。

簡淡心想，這兩人湊到一起，是為了看信，還是為了教訓她呢？一想到即將開始的口水官司，便湧起一股煩躁。

她深吸一口氣，屈膝行禮。「給父親跟母親請安。」

崔氏看簡雲豐一眼，沒搭理簡淡。

簡雲豐清清嗓子，問道：「妳可知錯？」

「如果父親說的是昨晚出府的事，我承認，我的確有錯。」

簡雲豐沒想到她會這麼痛快地認錯，不由一愣。

簡淡乘機追問：「二姊生病了嗎？」

簡雲豐嘆息一聲。「是啊，妳二姊那身子骨兒就是這樣，一動怒就犯病。」

「父親，我還是搬出去吧。」簡淡打斷他。「我命硬，留在家裡只會讓二姊的身體越來越差，母親心情越來越不好，家裡的爭執越來越大，怪沒意思的。」

簡雲豐有些心虛，簡淡受了這麼大的委屈，他非但主持不了公道，還得好好照顧簡雅，一句重話都說不得。若與簡淡易地而處，他也不想留下來。

「妳說的是什麼話？」崔氏怒了。

「母親息怒，我還沒說我的名聲在京城越來越壞呢。昨兒在客棧遇到方二少爺和衛大公子，兩人當著大哥和二弟的面，嘲笑我練武是悍婦，貪財愛小，還說書香門第不過如此。

「嘖嘖，咱們簡家還真是沒有秘密呢。我在林家生活十四年，七年前開始往返京城，出入豪富之家，從未有人說我貪財愛小。可見剋與被剋是相互的，我剋母親和二姊，二姊和母親也一樣剋我。

「父親，我已在京城置了宅院，不如放我出去，咱們井水不犯河水。您覺得如何？」

簡雲豐是文人，最愛惜羽毛，聞言勃然大怒。「豈有此理，衛家欺人太甚！

「崔氏，妳去把簡雅叫來，我要問問她到底在想什麼？簡淡哪裡招惹她了，非要如此作踐自己的孿生妹妹。」簡雲豐理智尚存，知道根源不在衛家，而在簡雅。

崔氏面色如土，但語氣依然冰冷倔強。「老爺，小雅病了，這時候叫她來，是想要她的命嗎？若是如此，您先殺了妾身吧。」

「妳……」簡雲豐被氣得跳起來。

「我怎麼了？小雅是故意的嗎？靜安郡主好心辦壞事，才是事情的關鍵。您要怪，就怪小淡的命不好，怪得了誰？」崔氏堅持是簡淡命不好，不知是在說服簡雲豐，還是想要說服自己。

簡淡笑道：「父親不疼，母親不愛，簡淡的命確實不好，非常不好。」

「妳妳……」崔氏被她堵得一口氣差點喘不上來，指著簡淡的鼻尖半天，一句話都沒說出來。

王嬤嬤趕緊小跑過來，一手扶住崔氏、一手撫著崔氏的胸口。張了張口，又閉緊了，到底什麼都沒說。

崔氏臉色蒼白，胸口急劇地起伏著。

簡雲豐認為她剛才的話很不近人情，想說她兩句又不忍心，看向簡淡，放緩了語氣。

「妳這孩子胡說八道什麼？在為父眼裡，妳和簡雅都是一樣的。之前的事，是妳二姊不對，但她身體不好，為父也為難得很。做父母的就是這樣，誰弱一些，便偏心誰多一些，妳若懂事，就不該拿這些話扎父母的心。」

「哈哈哈……」簡淡毫不客氣地笑了起來。「父親，不是偏心誰多一些，是你們心裡根本沒有我。

「這麼多年，您和母親來靜遠鎮看過我幾回？林家不請你們，只怕你們根本想不起自己還有一個女兒。

「二姊體弱，你們多疼一些沒錯，但她若病一輩子，我就要矮她一輩子、原諒一輩子、懂一輩子事？父親，如果做不到公平，您可以讓我離開這裡，對不對？」

簡淡毫不客氣地宣洩怒火，一句接一句，每一句都鋒利得如同尖刀般。

「妳詛咒誰啊？滾出去，別讓我看見妳！」崔氏大怒，抓起茶杯便朝簡淡扔。

簡淡輕鬆側身躲過。茶杯落地，摔得粉碎，像她們之間早已不復存在的母女之情。

「崔氏！」簡雲豐大聲喝斥。「這像什麼話？要是妳做不到一碗水端平，日後不要管小淡，由我親自來教。」

「老爺，您居然吼我？」崔氏的淚水瞬間決堤。

簡雲豐見狀，勉強壓下兩分怒氣。「崔氏，兩個閨女都是妳的親骨肉，何必厚此薄彼？小淡長年不在家，妳不喜歡她，我可以理解，但這樣為難她，妳覺得自己是個好母親嗎？」

「您說得對，妾身不是個好母親，那您就做個好父親吧。」崔氏擦乾眼淚，冷冷掃了簡淡一眼。「日後小淡的事，妾身都不管了。王嬤嬤，我們走。」

王嬤嬤蹲下身子，幫王氏穿上繡鞋，扶著她的胳膊出去了。

木門啪的一聲關上，內書房裡陡然安靜下來。

父女倆面面相覷，又趕緊迴避彼此的目光。

簡雲豐端起茶杯，發現是空的，便拿起茶壺倒茶。

簡淡別過頭，目光落到牆角的銅熏香爐上，感覺口吐煙氣的神獸似乎比往日英武許多。

簡雲豐接連喝了兩杯茶，感覺躁意降下不少，方才重新開口。

「妳母親生妳時難產，這麼多年，妳又不在她身邊，唉……」他嘆息一聲。「算了，父親不該說這些，這不是妳的錯。

「妳二姊那邊，父親會說她的。一家人沒有隔夜仇，總會過去。」

簡雲豐一邊說、一邊觀察簡淡，見她毫不動容，不免有些灰心，拍拍小几上的信，直接說起別的事。

「這是妳外祖父寫來的信，妳大表哥、七表哥再有三天就到京城，會在咱們家住到明年考完春試。」

簡淡點點頭。前世，兩位表哥確實是在這個時候到的。

大舅家的大表哥崔曄，二十六歲。三舅家的七表哥崔逸，今年才二十一歲。兩人都很出色，若說崔曄是當世俊才，那崔逸就是人中龍鳳。

可惜，一個是鰥夫，一個剛成親不久。

三年前，崔曄的妻子病逝，留下一子一女。他對妻子一往情深，足足為其守了三年，身邊只有兩個通房伺候著。

前世，簡雅和崔氏曾一起設計她，想讓她嫁給崔曄，但因當時白瓷被趕回林家，她心情不好，陰錯陽差地躲過一劫。

其實也算不得劫難，崔曄人品極好，才學不俗，言語詼諧，且還長得極為英俊。如果他不是崔家人，也不是不能考慮。

簡淡想得專心，簡雲豐仍在碎碎唸著。「……他們在家裡住的時日長，妳與妳二姊不要鬧得太僵，丟了簡家的臉，知道嗎？」

簡淡回神，硬邦邦地說：「如果父親不答應我搬出去，這話跟二姊說就好。請您牢記，挑起爭執的，從來不是我。」

簡雲豐一拍桌子。「妳……」

簡淡看著他，目光涼涼的，像在看著一個陌生人。

真是油鹽不進啊。簡雲豐心力交瘁，疲憊地擺擺手。「罷了，妳二姊那裡，我會讓妳母親去說，妳回去吧。」

簡淡走出內書房時，整個人都輕鬆了。

兩次惹怒崔氏，她沒有絲毫負罪感。

她做不到愚孝。有慈愛，才有孝道。

白瓷朝她豎起大拇指，大圓臉笑得跟朵花似的。「姑娘幹得好。」

簡淡笑笑。「還行吧，繼續努力。」

白瓷。「……」

出梨香院前，簡淡往簡雅的跨院兒望了望，丫鬟白英站在月亮門正中央，看見簡淡，不閃不避，完全沒有行禮的意思，目光中的不屑一目了然。

白瓷上前兩大步，罵道：「小蹄子，妳看什麼？」

白英一溜煙地跑了。

白瓷搗著嘴，笑得直打跌。

第二天一早，簡淡照例去後花園。

沈餘之主僕不在，但簡思敏穿著玄色絲綢短褐，拎著新買的雙節棍，帶著小廝來了。

他笑咪咪的，討好地打了一躬。「三姊，我來了。」

簡淡頷首。「初學者多半會打到自己，很疼的。你要是怕，現在後悔還來得及。」

「先試試，萬一真練不好，我就不練了。」

「那你現在便回去吧。」

「為什麼，妳就這麼不喜歡我？」

「如果你吃不了苦，半途而廢，不但大哥和父親會說你，祖父也會不高興，對不對？」

「也是。」簡思敏打了個激靈。祖父最討厭半途而廢，要是知道了，說不定會找人逼著他學下去。

「你慎重考慮一下，我們先去練習了。」簡淡對白瓷使了個眼色。

白瓷了然，拉開架勢，將一套雙節棍打得虎虎生風。

簡淡也打起來。雖未學完，但學過的招式很熟練，加上身材高挑，動作俐落，看著格外飄逸和英氣。

「三姊，我學！妳能學，我也能學！」簡思敏眼饞得很，很快做出決定。

「二弟，你不是想陪我一起學嗎？」還在病中的簡雅居然坐肩輿趕了過來。

簡思敏尷尬地抓抓後腦勺。「二姊，妳不是病了嗎？」

簡雅坐得端莊筆直，目光飛快掠過睿王府的高牆，見那裡空空如也，大大的杏眼裡閃過一絲失望，淚水便落了下來。

「你知道我生病了，卻不來看看我？二弟，你沒良心。」她軟軟地質問一句，便細腰一軟，趴在肩輿扶手上，小聲啜泣。

簡思敏被哭得有些心煩，皺起眉頭，一下看簡淡，一下看簡雅，左右為難，最後煩躁地跺了跺腳。

「二姊既然病著，就該好好養病……我先走了。」他逃也似地離開了花園。

簡雅心滿意足，唇瓣勾起譏諷的弧度，對簡淡說：「妳看見了吧。娘是我的，爹是我的，二弟也是我的。大哥雖然誤解我，但他向來重感情，對我並不比對妳差。

「妳在簡家一無所有，為什麼不滾回林家去呢？」

簡淡道：「第一，我姓簡不姓林，第二，妳的爹娘、大哥、二弟不讓我走。不然，妳去跟他們說說？我是真的想走。

「不瞞妳說，我一看見妳這張臉，就感覺噁心想吐，最近都不怎麼想照鏡子了。」

「妳當我願意看……」

「拾人牙慧多沒意思。」簡淡打斷她的話，指指隔壁。「想見睿王世子？見不到的，他不在王府。昨天早上我碰見他了，他去了適春園，這兩天都不會回來。」

簡雅被她戳穿心事，臉頰羞得比豬肝還紅。

「妳胡說八道！誰想見世子了？分明是妳每天都來花園，當著世子的面搔首弄姿，羞不羞啊！」

簡淡雙臂環胸。「我來，是因為世子逼著我，妳是為了什麼呢？依我看，搔首弄姿這句話，送給妳最合適。名滿京城的大才女見到男人就走不動了，不過如此。」

「妳，噗——」

簡雅急火攻心，生生噴出一口鮮血來，軟軟倒了下去。

簡淡挑眉。「很好，如此才有生病的樣子嘛。」

白芨氣急，顧不得主僕尊卑，對簡淡大吼。「妳不是人！」

白瓷兩大步過去，啪啪甩了她兩巴掌。「敢吼我家姑娘？誰給妳的膽子！」

白瓷壯，力氣大，白芨被摑倒在地上，嘴角見血，臉頰上腫起好大一片。

「妳敢打我？」白芨張牙舞爪，朝白瓷撲過來。

白英攔腰抱住她。「姑娘要緊，她們自有太太收拾。」

「妳放開我，我跟她拚了！」白芨雙眼赤紅，用力踩了白英一腳。

白英吃痛，卻沒撒手，哭道：「白芨，她拿著棍子呢，妳打不過她的。」

白芨聽了，冷靜下來，恨恨瞪白瓷一眼，摀著臉，一步一回頭地跟在肩輿後面走了。

「姑娘，還練嗎？」白瓷看著她們走遠，有些擔心。「二姑娘氣得吐血了，太太豈不是要發瘋？」

「她瘋她的，怕什麼？」

「啊？」白瓷瞪大了眼睛。「姑娘，這可不是鬧著玩的。」如果是她氣的，恐怕立時就被打死了。

簡淡一抖雙節棍。「大不了回林家，有什麼要緊？來吧，教我新招。」

「好！」白瓷樂了。「回林家好，省得受這些鳥氣。」

她賊兮兮地湊過來，用雙節棍指指睿王府。「那姑娘怎麼看出二姑娘喜歡世子的……」

簡淡道：「妳說說看，她身體不好，又討厭我，為什麼一定要天天早起，陪我在後花園受罪？」

「哦……」白瓷恍然大悟。「世子長得俊，就是身子骨兒差了些。哎呀，他這樣的，跟病懨懨的二姑娘也挺配。」

「噓……」

簡淡沒想到白瓷會說出這麼一番高論，不免有些緊張，四下看看，發現周圍靜悄悄，連隻蒼蠅都沒有，才放下心。

「妳不要命了？不許亂說，人家可是龍子鳳孫。」

白瓷吐了吐舌頭，不多言了。

主僕倆一個教，一個學，把三個新招練熟後，從從容容回了香草園。

第二十四章

卯時，簡淡去松香院請安。

其他三房的女眷來全了，二房只有她一人。

馬氏穿著水紅色如意紋妝花褙子，比往日多簪了兩支釵環。如果不出門，這樣的打扮只能說明一件事：她這兩天心情很好。

看來，二房的熱鬧取悅了她呢。

簡淡腹誹著，挨個兒問了安。

馬氏喚簡悠讓出她身邊的位置，招手叫簡淡坐下，關切地問：「昨兒二丫頭還是好好的，早上卻突然病重，三丫頭知道是怎麼回事嗎？」

簡淡道：「回祖母的話，孫女不知怎麼回事，妹妹們知道嗎？」她想跟簡雅鬥是不假，但這不代表她想被外人看笑話。

幾個姑娘皆搖頭，表示毫不知情。

簡淡鬆了口氣。

簡靜說：「等中午下課，我們去看看二姊吧。三姊去不去？」

「四妹真不厚道，妳明明知道二姊不喜歡我。」簡淡似笑非笑地看著簡靜。

簡靜比她小不了多少，心眼卻比她多了好幾倍，不遜於大伯母王氏。

「三姊說的哪裡話，姊妹之間沒有隔夜仇，是不是？」簡靜挑眉反問。

簡淡現在聽到「沒有隔夜仇」五個字就想吐，遂道：「四妹，最近王家三表妹沒來咱們家吧？」

三年前，王家三表妹不小心把簡靜撞到荷塘裡，從此表姊妹結了仇，再也沒有往來。

簡靜惱了。「妳……」

王氏斥她。「好了，妳三姊心情不好，妳是妹妹，少說兩句。」

簡淡為什麼心情不好，大家心知肚明。

除了三房，其他人皆會心一笑。

簡淡起了身。「大伯母也是，心情好像一直都不太好。如此傷身，該安心保養才是。」

王氏嫁入簡家多年，生了好幾個兒子，卻一個也沒留住。所以，簡家這幾代子弟裡，只有簡雲帆納妾，她是簡家活得最憋屈的媳婦。

這一刀扎得穩準狠，讓王氏白了臉。

簡淡見狀，乘勢告辭，回香草園去。

簡淡進屋時，藍釉已經擺好了早飯，一碗白粥、一碟醬瓜，還有兩個包子。

「姑娘，大廚房只給了這些。」紅釉端著水盆走過來，大眼睛裡含著一泡淚，顯然受了委屈。

簡家中饋雖由王氏把持，但其他三房也各自管了一份差事。這是馬氏為照顧自己兒媳，親自干預後的結果。

崔氏負責廚房，陳氏負責花草，小馬氏負責針線。

簡淡笑了笑，已經算到會有今天這齣戲。

白瓷涎著臉，笑嘻嘻地說：「姑娘，西耳房不是有鍋灶嗎，我來做飯吧？」

簡淡點點頭，她正有此意，萬一狗急要跳牆，小廚房還可以避免中毒的危險。「藍釉，設小廚房需要誰同意？」

藍釉道：「姑娘，設小廚房得考慮容不容易失火，需要管家同意。而且，所有花用自行承擔。」

「那正好，錢不是問題。」簡淡笑道。「等我空了，親自去找管家。廚房的事交給白瓷，藍釉和紅釉幫忙打下手。」

崔氏以為她得罪了祖父，便可以為所欲為？太天真了！

「好。」白瓷之所以胖，是因為愛吃，也在廚藝上很有天分。凡是她吃過的菜，大多都能做出來。

「是。」藍釉與紅釉齊聲道。

「姑娘淨手。」紅釉把水盆放在小凳子上。

簡淡邊洗手邊問：「讓妳們打聽的事，打聽得怎麼樣了？」

紅釉回答。「黃老大夫已經走了。二姑娘無大礙，說是肝氣鬱結，氣血不和，平心靜氣調養幾天就行了。」

藍釉也道：「姑娘不用擔心，二姑娘沒事。」

簡淡搖頭哂笑。「二太太跟二老爺是怎麼說的？」她只怕簡雅不死，除此之外，沒什麼可擔心的。

「聽說太太大發雷霆，想治姑娘的罪，但被二老爺攔住了。二老爺說，他會親自來問姑娘，不用太太插手。」

「二老爺的脾氣不太好，姑娘回林家躲兩天吧。」紅釉把手巾遞給簡淡。

簡淡擦乾手上的水珠。「沒關係，我們先吃飯。用完了，好去錦繡閣。」

上午學了書畫。

儘管簡靜早上吃了癟，卻沒再與簡淡針鋒相對。她城府不淺，不做無理辯三分的事情，只會伺機而動。

俗話說：會咬人的狗不叫。大房母女皆是如此，簡淡有深切體會。

她死後，從兩個粗使婆子的閒談中得知，最先知道她死去的人不是花匠跟小廝，而是王氏的陪房。

那時候，簡廉帶馬氏回老家，大房獨大，由王氏總攬中饋。

睿王府火光沖天時，為了府裡的安全，她派兩名陪房去後花園巡視。

發現簡淡的屍體後，她們立刻向王氏稟報。

但王氏選擇了無視。原因很簡單，她的大女兒簡潔是慶王兒媳，簡淡的死太尷尬，她不敢沾惹。

簡淡活著時，一直以為王氏身為當家主母，善良大度、有手腕，就算心眼多了些，也是因為沒有兒子，抬不起頭，不得不更加謹慎所致。亦覺得她把簡潔姊妹教得很好，不但行事沈穩，且頗有才華。

孰料，撕開善良和才華包裹的外衣，暴露出來的是自私和算計，醜陋得讓她噁心。

那時，她一連三天跟在王氏身邊，母女三個湊到一起時說的每個字，都記得清清楚楚。

簡潔道：「娘，我求過慶王，讓他們放三妹一馬，怎麼會死在咱們家了？要是傳出去，只怕女兒兩頭都不落好。」

王氏安慰她。「莫擔心，有娘看著呢，傳不出去。死了也好，她若不死，將來便是慶王眼裡的一根刺，於妳來說並不是好事。」

簡靜點點頭。「娘說得對。當時大姊求情，我就覺得不妥。」

簡潔笑了。「不求情，那我豈不是成了枉顧血脈親情的冷血之人？若真如此，妳覺得慶王會如何看我？」

從那個晚上後，簡淡明白了，親情不算什麼，利益才至高無上。

她的死，從被簡雲帆說為自盡那一刻起，價值就比狗卑賤了。

下課後，簡靜和簡悠姊妹去看簡雅。

簡淡先回香草園，打發白瓷去飯館叫菜，帶著藍釉去了前院。

管家李誠很好說話，道香草園太遠，用飯和熱水都不方便，本就該配間小廚房。如果花用和採買由簡淡解決，那更簡單，不須任何人同意，他就能答應。

簡淡的午飯還是紅釉去取的，跟早飯一樣，只有一盤韭菜炒雞蛋、一盤鹹得要死的醬肉，和一碗用冷水勾芡的雞湯。

簡雲豐來香草園時，簡淡跟白瓷還沒回來，看到的就是這樣的飯菜。

他沈著臉，在八仙桌旁坐下，問紅釉。「這幾日三姑娘吃的都是這些？」

紅釉道：「回二老爺的話，飯食是從今天早上開始不好的，廚房說做不出來，讓三姑娘將就些。」

簡雲豐長嘆一口氣，搖搖頭。「妳去廚房，說我今兒在香草園用飯，把飯食送過來。」

他話音未落，簡淡進了門。「多謝父親，不用了。我已經與管家說好，下午在香草園弄出一個小廚房來。」

「妳呀！」簡雲豐又搖頭。「姑娘家的，這麼倔強做什麼？」

簡淡在他對面坐下。「不倔強，就要被人欺負死了，連個田黃凍石都留不住。在咱們家，不厲害些，是活不下去的。」

「您大概不知道，我剛回來時，祖父曾送我一塊刻印章的小石料，不知二姊怎麼知道了，求母親幫她要，我沒給，這件事就是我被說貪財愛小的原因所在。」

簡雲豐驚訝道：「還有這等事？」

「當然。」簡淡冷笑兩聲。「如果父親親自去問母親，母親一定不會認，她會告訴父親，別說她沒想要，就算想要，我身為女兒，也該主動送給她才是。」

簡雲豐不信，皺起眉頭。「胡說，妳母親出自崔家，什麼好東西沒見過，豈會在乎一塊田黃凍石？

「罷了，已經過去的事，便讓它過去吧。父親來此，是想問問妳，早上是怎麼回事，為何妳二姊去了花園一趟，就吐了血？」

簡淡聽了，唇角一勾，解釋起來……

簡雲豐來也匆匆，去也匆匆。回到梨香院後，逕自進了書房，門一關，開始畫畫。在心煩時畫畫，會讓他恢復一些理智。這一點，簡淡像他。

此時，崔氏還在簡雅的跨院兒裡。

簡雅吃完飯，服了藥，沈沈地睡著了。

聽王嬤嬤說簡雲豐從香草園回來了，崔氏猶豫片刻，去了書房。

「你們出去。」崔氏揮揮手，等小廝和粗使婆子離開，才道：「小淡怎麼說，到底怎麼回事？」

簡雲豐下筆越來越用力，山石的紋理被他染成濃黑一片。

啪！他扔掉毛筆，把畫紙揉成一團，轉到書案旁坐下，接連喝了兩杯涼茶，然後捏著空茶杯，一聲不吭。

「老爺！」崔氏心急，聲音有點大。

簡雲豐一拍桌子。「我還沒聾呢！」

崔氏不想失了風度，語氣軟了三分。「妾身這不是心急嗎？小雅什麼都不肯說。」

簡雅不說，跟去的下人便不敢多嘴，她到現在還是一頭霧水。

簡雲豐沈吟片刻，問道：「崔氏，關於睿王世子，妳是怎麼想的？」

「啊？」崔氏被問懵了，隔了一會兒才反應過來，假裝整理袖子，小心翼翼地道：「老爺怎麼問起這個？」

簡雲豐目光一冷。「妳知不知道小雅每天早上去後花園做什麼？」

崔氏垂下頭。「黃老大夫不是讓她多走動嗎？」

簡雲豐哂笑。「黃老大夫還說讓她好好休息呢。她起那麼早，到底是為了跟小淡搶風頭，還是真想鍛鍊身體？

「敏哥兒不過是想跟他三姊學學棍法，小雅就巴巴地追上去，質問敏哥兒為何不跟她一起學？怎麼，敏哥兒是小雅的弟弟，就不是小淡的了嗎？」

崔氏急了。「老爺，您這是什麼話！小雅自小身體不好，不管您我，還是她的兄弟們，都不由多寵她一些。如今小淡回來，她一時不習慣，也在情理之中，咱們得給她時間。」

簡雲豐反問：「那妳給小淡習慣咱們的時間了嗎？小淡得了一塊爹給的刻章石料，小雅便求了妳去要？妳平時都是這麼教女兒的嗎？」

崔氏老臉一紅，怒道：「哪裡有這樣的事？當時我們一起說閒話，聊起妾身沒出門時的光景，就一枚丟了的印章多說了兩句，哪裡是要她的東西了？別說妾身沒想要，就算想要，她身為女兒，也該主動送給妾身才是。」

簡雲豐閉眼。一模一樣的話，簡淡真沒冤枉她。

崔氏明白，簡淡向簡雲豐告了刁狀，而且一點情面都沒留。暗暗猜想，簡雅之所以吐血，大概是因為簡淡戳破了她愛慕沈餘之的心思，一時受不住，才吐了血。

真是冤孽。她心中恨恨，卻不能多言。

「老爺，姑娘家心思多，小姊妹間拌嘴很正常，等出了門，成了別人家的媳婦，就知道自家姊妹的好了。」

簡家有兩個姑太太，不是同一個娘生的，在簡家時鬥得厲害，出嫁後，因為夫家的利益需要，表面上倒好了起來。

簡雲豐想起此節，點點頭。「小雅的性子太拗，妳還是多說說她，不要讓人看了咱們家的笑話。

「孩子們都大了，親事該操辦起來。越哥兒不急，有父親做主。小淡跟小雅的婚事，我先跟父親商議，如果父親不管，妳這邊該預備的，得預備起來了。」

崔氏應下，走到書案前，小聲道：「老爺，妾身聽說睿王世子的身體已經調養好了，小雅要是能嫁給他，咱們也能省點心不是？」

簡雲豐慢慢啜著茶，沒同意，也沒反對。

眾所周知，沈餘之性子不好，但沒聽說過他會虐待下人，而且不好漁色。

睿王極寵愛沈餘之，沈餘之在王府說一不二，簡雅嫁過去，應該不會受委屈。

另外，睿王最近主動跟簡廉親近，顯然有所求，只要簡廉肯開口，沈餘之很可能娶簡家的姑娘。

兩家聯姻，簡淡救過沈餘之，應是更合適的人選，可她脾氣太大，直來直去的性格不適合皇家；簡雅嬌弱自私，為人處世卻比簡淡更有手段。

總的來看，這件事可以考慮，畢竟簡廉的年紀大了，以後簡家若能有王府依靠，底氣自然更足些。

「我知道了，這件事我會跟父親提的。」

簡雲豐又吩咐崔氏。「小雅吐血，是因為被小淡說破了心事，急火攻心。女兒家要矜持，成天去花園瞧人家，算怎麼回事？這件事不能輕饒，小雅禁足半個月，等睿王妃辦壽辰時，再讓她出門。」

崔氏知道這是簡雲豐的底限，不好再辯，遂點頭應下了。

第二十五章

泰寧帝的身體底子好，病來得快，去得也快。

第三天，一干龍子鳳孫接連返回京城。

睿王與沈餘之同乘一輛馬車，見沈餘之在看書，便把他手裡的書搶過來，扔到旁邊。

「簡老大人說的事，你小子想好了沒有？跟你老子聊聊，你是怎麼想的？」

「那不是父王您的事嗎？」

「老子的事還不就是你的事？少耍滑頭，給你老子一個準話。」

「兒子不想。太累了，兒子的身子骨兒不好。」

「渾蛋，明明都養好了！再說了，你父王年富力強，只要多撐幾年，將來把那個位置交給親孫子便是，你怕什麼？」

沈餘之一聽，眼睛亮了幾分。「這倒是個主意，那父王趕緊替兒子訂個媳婦。我看簡三姑娘不錯，她救過我的命。」

「不行，那丫頭命硬，不適合你。才在圍場上待一會兒，你就出事了，絕對不行。」

「父王，那是兒子連累人家，您怎麼是非不分呢？」

「你說的是什麼話呢？是你老子是非不分嗎，分明是……」

說到這裡，睿王也覺得不對勁了。若簡淡真剋沈餘之，又豈會救他？這麼說來，那丫頭可以娶？嗯……臉蛋好、身體好，腦子也不錯，配得上沈餘之。

睿王哈哈一笑，推開門跳下車。「行，我去找簡老大人商議商議。」

簡廉的車，就在沈餘之的車後面。

半盞茶工夫後，睿王在簡廉對面坐下，開門見山道：「簡老大人，本王覺得你家三丫頭不錯，她訂親了沒有？」

睿王的問題來得突然，但簡廉並沒有措手不及。

那晚，父子倆來簡家拜會，沈餘之替睿王取回十萬兩謝銀時，他便預料到會有今日之事。

孫女出色，少年慕少艾，亦在情理之中。

只是，簡廉不太喜歡沈餘之。此人脾氣古怪，霸道跋扈，長得好看不能當日子過，不是良配。

「三丫頭未曾訂親，她剛剛歸家，老夫想多留兩年，不急著相看親事。」

睿王碰了個軟釘子。

於一般人來說，這問話可以敷衍過去了。但睿王不是一般人，就算簡廉貴為首輔，也不能如此隨意打發了他。

「簡老大人，依我看，三丫頭嫁給吾兒正合適。咱們兩家是鄰居，屆時本王修座小門，讓你可以隨時來看孫女，哈哈哈哈……」

簡廉吃了個癟，乾巴巴地陪笑幾聲。「王爺說得有理。不過，小淡的親事還得她父母親答應才成，待老夫回去和雲豐商議商議，過些日子再給王爺答覆。」

「那就這麼說定了。」睿王勝券在握，笑容真摯了幾分。

簡廉無奈，不過客氣兩句，哪裡就說定了呢？

嫡長孫女的夫家是慶王府，要是三孫女又嫁到睿王府，只會讓人覺得他腳踏兩條船，這怎麼成？

聯手便聯手，何必非要聯姻呢？

於是，他決定實話實說：「王爺，並非老夫推辭，我家三丫頭性子魯直，與世子未必是良配啊。」把話再點透一些。「咱們是鄰居，遠親不如近鄰，有事互相幫忙，是應該的。」

睿王聽懂了，卻依然假裝聽不懂。「簡老大人此言差矣，吾兒什麼都不缺，尤其不缺心眼，兩個孩子正好能處得來。兩口子都那麼多心眼哪成啊，你說是吧？」

他兒子好不容易答應爭那個位置，別說一個姑娘，就是十個、百個，他也得想辦法娶來。

簡廉攥緊拳頭，嘆息一聲後，又鬆開了。「王爺，不是老夫不識好歹，而是有難言之隱。

「老夫對這樁婚事沒有意見，但小淡脾氣太拗，一旦她不願意，只怕要鬧出事端來。王爺聽說衛家的事了吧？就是她抖出來的，還差點打了衛家那小子，搞得老夫都不好意思見衛大人了，您說這都是些什麼事啊。

「王爺，強扭的瓜不甜，老夫也怕傷到世子。咱們是鄰居，有些事該怎麼辦，便怎麼辦，不能讓小淡影響了大局。」

簡廉動之以情，曉之以理。如果聯姻只是睿王表達結盟的決心，實在沒有必要。衛次輔已與慶王聯手，若他還是單打獨鬥，只會拖累一大家子。

這次，睿王聽進去了。他不在乎簡淡離經叛道，但「強扭的瓜不甜」以及「傷害了世子」這兩點，說得很有道理。

別的都行，讓他兒子受傷，絕對不行。

睿王不再堅持，繼而聊起朝事，計議良久，方才下車，悄悄越過沈餘之的馬車，往自己的車駕去了。

孰料，睿王一開車門，就見沈餘之朝他點點頭，身下墊著新毛氈，手裡還捧著剛剛被他搶下的書。

「父王辛苦了。」

「你怎麼來了？」睿王被抓個正著，老臉不由一紅，上車的動作有些僵硬。

「兒子剛剛想起來，慶王府跟簡家是姻親，以簡老大人的睿智，必不會輕易同意這門婚事，便來找父王印證一下。」

睿王哼了聲，抬手戳戳沈餘之的腦門，以示懲罰。

什麼叫剛想起來，分明早料到了，不過是想讓他豁出這張老臉不要，先投石問路罷了。

他這麼笨，怎麼就生出一個小機靈鬼呢？

「兒子，不如算了吧，聯手就好，簡老大人也答應了。」

沈餘之搖搖頭。「聯手哪有聯姻來得穩固？雖說沒有證據證明簡雲帆和簡老大人遇刺一案有直接關係，可他與慶王親近，且一直有意無意地替慶王賣好。有朝一日，大家兵戎相見，難保簡老大人不會猶豫。」

「這……」睿王認為沈餘之危言聳聽，如果想保兒子，簡廉就不會和他聯手，但依然說道：「你說得也有道理，但那丫頭尚未及笄，簡老大人拒絕咱們，亦不會馬上許配給別人。少安勿躁，再等等看。」

沈餘之合上書卷。「這件事無須父王操心，兒子來辦便是。」

啊？睿王驚了下，趕緊勸道：「這事急不得。有高僧說過，你過了十七才可議婚。」

「嗯，兒子不急，只先盤算著。」沈餘之看窗外一眼，轉了話頭。「聽說朝裡有人要告老，次輔的人對那位置蠢蠢欲動，簡老大人怎麼說？」

睿王知道，自家兒子不是會輕易改變主意的人，只得作罷了。

此時，香草園的西耳房裡格外熱鬧。

簡淡帶著丫鬟們，圍在八仙桌旁包餃子。白菜豬肉的餡，肉多菜少，揉成紅通通的大肉丸，看著極為誘人。

藍釉把包好的精緻餃子一個個揀起來，整整齊齊地擺到蒸屜上。

「太太聽說咱們設了小廚房後，又砸了好幾只茶碗，還找了管家，話裡話外地敲打，說日後大家有樣學樣，很容易出事，二房擔不起那樣的責任。」

紅釉也道：「我娘說，四太太已經找過管家了，說四房的孩子小，容易餓，有個小廚房方便些。管家沒答應，說四房院子大，且容易失火，這件事他做不了主。所以，四太太又去找老夫人了。」

「四太太就是個攪家精！」白瓷道。

「對，就是。」紅釉點頭點得像小雞啄米似的。

「如果老夫人出面，管家還不肯，只怕咱們的小廚房也留不住了。」藍釉擔心地道。兩天下來，她對白瓷的手藝著了迷，覺得以前吃的大鍋飯都是豬食。

「姑娘，咱們快想個辦法吧。」紅釉目光灼灼，直盯著白白胖胖的餃子。

簡淡搖頭失笑。

崔氏這一招用得非常不錯，揭開親人這層外皮，她和崔氏之間，只剩下赤裸裸地設計和反擊，比赤膊相見的仇人還要醜陋不堪。

幸運的是，她忽然發現，父親除了迂腐之外，心裡還有公正和憐憫；二弟雖然頑劣，卻是個肯講道理、有些彆扭的可愛少年。

可見，一味順從和討好是不行的，關鍵是自己要立起來。

簡淡對紅釉道：「老太爺站在我這邊，不會由著她們鬧的，大家不必擔心。」

藍釉和紅釉只知簡淡跟簡廉鬧脾氣，所以離家出走，並不曉得後面的事。

聽簡淡說了這番話，兩人心有疑慮，卻不再追問。她們是家生子，從小學規矩，不會凡事追根究柢，主子說什麼就是什麼。

白瓷也不解釋，簡淡送簡廉出府的妙計，不能多言。

於是，主僕幾個講起別的事來，說說笑笑把餃子包完了。

白瓷一共做了六屜蒸餃。送一屜給松香院、一屜給簡雲豐，剩下都是香草園的。

簡淡讓白瓷把桌子放到小廚房外面，四人圍桌坐下，和著夕陽和熏風用了晚膳。

收拾碗筷時，一個粗使婆子敲香草園的門，說簡廉回來了，請簡淡去松香院。

簡淡應聲，帶白瓷過去了。

簡淡到時，簡廉正要用飯，八仙桌上只擺了一盤清炒小白菜、一碗雞湯和一小碟醬瓜，還有一小碗白飯。

簡淡問了安，從白瓷手裡接過食盒，取出一盤熱氣騰騰的餃子放在桌上。

「祖父，這是孫女親手包的餃子，您要不要嚐嚐？」

「哈哈，小淡來得正是時候。」簡廉把還沒吃的飯推到一邊，吩咐丫鬟。「快去弄點蒜醬來。」

「孫女幫您帶來了。」簡淡又拿出一碗蒜醬。

簡廉滿意地點點頭，挾起一個白白胖胖的餃子，蘸滿蒜醬，一口咬下。

好吃！麵皮薄而軟彈，汁水豐足，肉餡鮮香不膩。

他跟在睿王父子的車駕後面，吃了大半天的灰，早就餓了，餃子一個接一個地挾，轉眼去了大半。

用完飯，四房的兒子與媳婦們都到了。

簡廉離開八仙桌，到主位坐下。「小廚房的事，老夫聽管家說了，你們也說說自己的想法吧。」

簡雲帆吃了一驚，有些不明所以，立刻看向王氏。

王氏道：「老太爺，大廚房負責一日三餐尚可，其他的不太方便。孩子們還在長身體，有小廚房補充吃食正好。」

她主持中饋，一言蔽之，說出了所有人的心聲，紛紛點頭，只有崔氏默不作聲。

簡廉喝了口茶，笑著說：「老大媳婦所言甚是，老夫這份讓人提不起胃口的晚膳，足以證明妳所言不虛。」

崔氏嚇了一跳，趕忙為自己分辯幾句。現在天氣熱，廚房不敢採買太多食材，所以一過用飯時辰，便沒有新鮮的菜，實在是無可奈何。且府裡不知簡廉今天回來，才沒留餘份的。

簡廉頷首。「既是如此，咱們趁老三還在家裡，把家分一分吧。」

這話說得輕快，內容卻無異於一枚火藥，將大家炸得人仰馬翻，頓時跪了一地。

「父親，這如何使得？」簡雲帆道。

「請父親三思。」簡雲豐也勸著。

「父親，不可啊！」簡雲愷和簡雲澤異口同聲。

簡廉一挑濃眉。「都起來吧。這件事，我已經做了決定。」就是無可更改的意思了。

簡雲帆的臉色極其難看，率先起身。「父親這樣做，不怕被外人取笑嗎？」

父母在，不分家，一旦分家，便說明家裡有了不可調和的爭執，傳將出去，就會變成京城人人皆知的醜事。

簡廉笑咪咪地看著他。「樹大當分枝，這是前人的經驗之談。再說了，我簡廉做事，除了皇上，無須向他人交代。」

簡雲豐剛要出口的話，被這般堵了回來，又被口水嗆到，咳了好幾聲。

簡雲愷及簡雲澤默默不語。

簡廉道：「老夫早說過，簡家不與諸王聯姻，真聯姻了，老夫也只忠於朝廷。可短短幾天之內，老夫遭遇兩次殺身之禍，還有一次居然發生在家裡。

「還有老三，也被人誣陷，若非老夫及時察覺，否則不但他要進大牢，老夫亦要承擔子不教之責。這說明老夫成了某人的眼中釘、肉中刺，想要除之而後快。」

簡廉說完，又道：「雲帆，你以為如何？」

「老夫不欲連累你們，分家乃是最好的決定。」

簡雲帆汗如雨下。

簡廉先說不與諸王聯姻，後說兩次遭遇殺身之禍，最後點明簡雲愷受了連累，但他就在京城，卻無災無難，意思已經非常明白了。

因此，簡雲帆又跪下了。「兒子聽父親的。父親想怎麼分？什麼時候分？」

簡廉道：「首先，分產不分居，各家仍住各家院子，願意搬出去的，老夫也不阻攔；其次，簡家清貧，產業不多……」

簡家不富裕，不到一盞茶工夫，所有家產被分得明明白白。

祖產歸簡廉，待他去世時另行安排。他和馬氏單過，不與各房摻和。其他財產均分，一個兒子一份。

過幾日，請幾位姻親做見證，這件事就算塵埃落定了。

分完家，簡雲豐和簡淡跟簡廉去外書房，其他人白著臉離開松香院。

進了屋，簡雲豐不安地站在簡廉面前。「父親有何吩咐？」

子，實話實說。

簡廉問他。「分家一事，你怎麼看？」

簡雲豐抬起眼皮，疑惑地看簡廉。「分家對簡家有好處，但兒子還是不贊成。」梗著脖子，實話實說。

簡廉道：「說說看。」

簡雲豐開了口。「一來，分家讓大哥騎虎難下；二來，對小輩們的親事有所阻礙；三來，簡家的名聲將會一落千丈；四來，就算分家，兒子們依然是父親所出，是親兄弟，有些事改變不了。」

簡廉笑了笑。「第一，為父的補藥裡出現雷公藤，你可見你大哥著急過？沒有吧？他非但不急，還趕緊幫小淡找嬤嬤來教她規矩。

「第二，高門的日子未必好過，我從不贊成簡家姑娘高嫁。你不出仕，是我的決定，所以小淡跟小雅的婚事，由我張羅。之前本想提點二丫頭，聽說她病重，便罷了。最近她做得過了，如果崔氏管教不好，你親自管。要是你也管不好，老夫就替她們娘兒倆找間庵堂待著，好好清醒清醒。

「第三，簡家的名聲，不是靠分不分家維持，而是決定於簡家子弟是否愛惜羽毛、自強不息。

「第四，分家雖然改不了親緣，但律法上可以免於連坐。即便你不做官，也該清楚這一點。雲豐，你聽明白了嗎？」

「兒子明白了。」簡雲豐擦了擦腦門上的汗。

簡淡安安靜靜地站在書案一側，大氣都不敢出，擔心地看著簡廉。

她不明白，前世父親明明與大伯一起升官，為何現在祖父只防大伯，不防父親呢？

如果父親與大伯通了氣，這個家還能有安寧嗎？如果大伯與慶王勾結，慶王對祖父的攻勢，會不會更加猛烈？

「父親。」簡雲豐看了簡淡一眼。「這些事……」

簡廉明白，簡雲豐不想當著簡淡的面深談，遂道：「小淡去小廚房燉點湯來，祖父想喝些清淡的。」

從種種跡象來看，眼下的簡雲豐沒有出仕的打算。

如果簡淡的夢境屬實，那麼他告老後，簡雲帆讓簡雲豐出仕，是順理成章的。兄弟倆同在官場，比簡雲帆單打獨鬥好多了。

這些年，他忙於朝政，家事管得越來越少，疏於教導幾個孩子，此番正好藉機探探簡雲豐的想法。

簡淡猶豫著不想走，想知道接下來兩人會談些什麼。

簡廉見狀，又擺擺手。「快去。」

「好吧。」

胳膊擰不過大腿，簡淡不得不離開外書房，去了內院。

第二十六章

主僕倆回到香草園，但門是虛掩著的。

白瓷推開門，隨後又飛快帶上，牽起簡淡就跑。

簡淡有些懵，卻很順從。兩人剛跑幾步，就見一個身著玄色短褐的男人倏然而至。

簡淡定睛一看，居然是個熟人，鬆口氣之餘，一股悶火衝到了頭頂，

「你有病啊？大半夜闖人家的院子！」

「我家世子有請。」蔣毅眼裡閃過一絲尷尬，仍是面無表情地指了指香草園的大門。

沈餘之居然親自來了。

簡淡想罵街了，就像靜遠鎮那些潑辣的女人一樣，兩手扠腰，把沈餘之罵個狗血淋頭。

她站了好一會兒，到底忍下這口惡氣，進了院門。

沈餘之待在堂屋裡，燭光把他的影子映在窗紙上，拉得細長細長的。

簡淡沈著臉進屋，敷衍地屈身行禮，淡淡問道：「見過世子。世子大駕光臨寒舍，敢問有何吩咐？」

沈餘之穿著江州細布做的青色褂子，立領直襟，袖口上繡著暗紋，整齊的扣襻兒排成一

長排，不但好看，而且格外乾淨俐落。

他居高臨下地看著簡淡。「沒什麼吩咐，就是出來走走，慢慢地走。」

簡淡明白了，前幾日她取笑過他，今兒來報復了，真小心眼。

「世子，這是簡府內宅。」她略略提高了聲音。

沈餘之偏了下頭。「我當然知道這是簡府內宅，此處距離花園最近，非常清幽，正適合慢慢走，慢慢逛。」

「你到底是什麼意思？」簡淡一生氣，便忘了敬稱，又道：「簡雅住梨香院跨院兒。」

他不是喜歡簡雅嗎？上輩子知道她代嫁，氣得吐了血，差點當場去世。反正簡雅也願意往前湊，她不介意當一下媒婆。

沈餘之聽了，臉立時黑了，抬腳進了內室，大剌剌地在貴妃榻上坐下。

那是簡淡常坐的地方，旁邊的小几上有書和裝訂好的冊子，以及一小套茶具。

茶具是淡青釉的，方形圓角的茶壺，茶杯像圓融杯，但比圓融杯高許多，滿足了大口喝水的功用，上面還配了原色木蓋。蓋子上用漆畫了朵黃菊花，頗有古樸的野趣。

沈餘之掂掂兩只杯子，拿起空的那只，去掉杯蓋，替自己倒了杯涼茶。

簡淡要瘋了，那是她自用的茶杯，不是待客的！

「那是我的茶杯，世子想要客大欺主嗎？」她忍無可忍了。

沈餘之掀開另一個杯蓋，指著裡面的茶水，無辜地眨了眨桃花眼，看著簡淡。「這個才是妳的。」

簡淡被氣了個倒仰，恨不得立刻從他手裡奪下茶杯來。

「嗯，涼茶不錯。」沈餘之喝了一口，隨手翻開簡淡的書。

那是本藥草圖集，簡淡看它，一是為了多畫些瓷器的紋樣，二是為了身體健康，多學點知識。

「世子茶也喝了，步也散了，是不是該告辭了？」簡淡走到貴妃榻前，伸手去拿另一本冊子。這是她親手畫的瓷器圖集，一眼都不想讓沈餘之看。

啪！沈餘之按住簡淡拿在手裡的冊子，挑挑眉。「本世子不走，本世子要看。」

「世子，男女授受不親！」簡淡怒急，大力抽回被壓在沈餘之掌下的小手。

沈餘之還未來得及體會手掌中殘留的細膩溫軟，就見著一張白皙的少女臉孔變成一顆大紅蘋果，可憐見的。

他立刻決定放她一馬，收回目光，打開那本冊子。「放心，本世子會對妳負責的。」

誰要你負責了?!

簡淡覺得自己要按捺不住了，手背使勁在裙子上擦了擦，不由看向掛在牆上的雙節棍。

煩人笑嘻嘻地擋在她前面。「簡三姑娘的雙節棍是我家主子特地從兵器局訂做的呢，用著還順手嗎？」

簡淡頓時洩氣。即便拿到雙節棍，她也打不過煩人跟討厭，何必自取其辱呢？

「世子多慮了，不過碰了一下，遠不到負責的……」

「這些圖不錯。」沈餘之打斷她的話，饒有興致地一頁又一頁翻看著冊子。「小笨……三姑娘，我們合夥做個買賣吧，鋪子我出，瓷器妳做，在我的窯裡燒，利潤五五分。」

沈餘之不是在商量，而是直接做決定，因為圖冊握在他的手裡。

簡淡明白，除了找祖父出面干預外，以沈餘之的為人，她沒有任何說不的餘地。

她深吸一口氣，在沈餘之對面坐下，沈默了好一會兒。

沈餘之也不催她，藉著燭火，把這張好幾天沒見的小臉看了個仔細。

他覺得簡淡比簡雅好看，別人分不出她們姊妹，但他一眼便能分辨出來。

簡淡的眼裡有著一般貴女沒有的氣韻，他說不出那是什麼，就是喜歡。

他的眼神熾熱，把簡淡的臉烤得越來越燙，心臟越跳越快，手上被他拍到的地方紅了，感覺又麻又癢。

她現在有些相信沈餘之想要負責的決心了，甚至還有些相信，眼前這個大魔王，可能真的喜歡她。

但是，為什麼呢？她才剛回京城，他要喜歡，也該是喜歡簡雅才對。

算了、算了，想這些有的沒的做什麼。

她開了口。「如果我不答應，世子打算怎麼樣？」

沈餘之認真道：「我會留下一疊銀票，然後帶走這本冊子。」

這就是沈餘之的行事風格。他想要的，一定要得到。

簡淡心想，如果找祖父幫忙，或許可以拿回畫冊，但鬧大這件事，對簡家和她都沒有好處。一個貪財愛小的名聲傷不了她，但換成輕浮放蕩，則足以毀了她一生。而且，沈餘之未必會因為簡廉的阻撓而善罷甘休。

有簡雅和崔氏糾纏不休已經夠了，簡淡不想再加上一個沈餘之。

此外，她在林家做過一些瓷器，也擺在鋪子裡賣過，卻因風格怪誕而購買者寥寥。如今有鋪子可以專賣她做的東西，讓她有些嚮往。

「好，開鋪子。」小姑娘重重點頭，小臉上有視死如歸般的凝重表情。

沈餘之瞧她可愛，不由伸出手，在她頭上輕輕一拍。「小笨蛋就該乖一些。」

「世子大人，您怎麼還動手動腳呢？」白瓷衝過去，將簡淡從貴妃榻上拉下來。

沈餘之不理白瓷，只是笑咪咪地瞧著簡淡，漂亮的桃花眼裡水波蕩漾。

簡淡被他看得頭皮發麻，想要躲，忽然發覺自己又被調戲了，好不容易消散的紅潮陡然洶湧起來，惱羞成怒，順手抓起迎枕，兜頭砸了過去。

討厭從斜後方閃身而出，接住迎枕，放在一旁的繡墩上，再將備好的手帕遞給沈餘之。

沈餘之沒接，笑咪咪地收回手。簡淡頭髮多，柔軟光滑，摸起來毛茸茸的，證明沒抹頭油，所以不需要擦手。

「別多心，妳頭上剛剛停了一隻蚊子，我幫妳趕走了。」他不怎麼用心地為自己的孟浪找藉口。

真的嗎？白瓷狐疑地四下看看。

站在牆角的藍釉跟紅釉雙雙垂下頭。

白瓷粗心，沒多注意，但簡淡知道，兩個丫鬟已經熏過香了，屋子不太可能有蚊子，她就是被這個登徒子占便宜了。

然而，她又能怎麼樣呢？打也打不得，說又說不過。

想到這裡，簡淡轉身就走——惹不起，難道還躲不起嗎？

沈餘之心滿意足，邁著步子追出去。

「本世子這就回去了，妳抓緊工夫把泥胚做出來，等鋪子裝修好，我派人通知妳，我們一起去看看。」

簡淡沒搭理他，想起自己的差事，快步去了廚房。

看簡淡走遠，沈餘之在院子裡站定，問道：「餃子拿了嗎？」

小城抱著一只帶蓋的瓷碗，從房頂跳下來。「世子，拿到了。路上沒人，我們走吧。」

「就算有人也沒關係，我會對她負責的。」沈餘之又望望廚房，負著手，步履輕快地出了香草園。

煩人從未見過如此高興的沈餘之。

今天沈餘之不但主動要求走路，還坐了別人的地方，用了別人的茶杯，甚至主動摸了別人的頭髮而不擦手。

這還是他家主子嗎？難道喜歡一個人，就會變成另外一個人？

雖說這些改變都是好的，但要是簡三姑娘不喜歡他家主子，他家主子會不會因此變得更加恐怖？

煩人帶著一肚子煩憂穿過簡家花園，又踩著梯子，翻過兩家之間的高牆。

落地後，討厭突然問：「主子，開新鋪子會不會影響咱們秋水青瓷閣的生意？」

沈餘之道：「不會。她做的瓷器比較特別，與咱們的完全不同。」

煩人撇撇嘴。主子一提到簡淡，話就多了。要是以往，絕不會理會他們兄弟。

討厭又道：「主子，小的還有個疑問，不知該不該問。」

煩人腹誹，討厭傻了不成？不知道該不該問，那就是不該問，主子不是早教訓過了？

然而，他錯了。

沈餘之道：「你問。」

「主子，小的認為，主子的鋪子都在熱鬧的街上，騰出一個重新裝修，裡外就要搭進不少銀子。且簡三姑娘對主子頗有敵意，萬一不賺錢，到時候豈不是賠了夫人又折兵？」

此事關係到沈餘之的顏面，討厭不敢說得太露骨，像「咱們賠那麼多，萬一簡三姑娘還是看不上主子」這樣的話，都被他強行吞回去了。

煩人瞪了討厭一眼，心道他的話就是多，等下少不得又是一頓打。

然而，還是沒有。

沈餘之從花架上掐下一朵薔薇，放在鼻尖嗅了嗅。

「不會發生你想的那些事。第一，我是親王世子；第二，我長得好看；第三，我與簡三姑娘都喜歡陶瓷；第四，簡三姑娘不是沒有良心的人，只要她投桃報李，定會喜歡上我。」

討厭訝然，喃喃地說：「難道感情也是可以算計的嗎？」

沈餘之道：「當然，努力得到想要得到的，乃是人之常情。」

另一邊，簡淡待在小廚房裡，沒好氣地把筐內的荸薺倒在桌子上。

「白瓷快來幹活，咱們替老太爺做道荸薺甜湯。」

「對啊，還有正事沒幹呢。」白瓷目送沈餘之等人出門後，趕緊去刀架上拿小刀，開始削皮。

接連削了兩顆，她突然停住，擔心地問：「姑娘，世子總對您動手動腳，可怎麼辦？」

藍釉從外面進來，也道：「姑娘去找老太爺吧，睿王世子太過分了。」

「就是。」白瓷點點頭。「姑娘不該答應他一起開鋪子的。」

簡淡搖頭苦笑。「妳們說得都對，但我問妳們一句，我拒絕得了那個人嗎？」

首輔家的內宅，沈餘之說來就來，沒半點顧忌，這是正常人會做出的事情嗎？

就算簡廉去找睿王算帳，睿王也不過是一句「吾兒頑劣」，再找藉口息事寧人罷了。

白瓷對沈餘之不太熟悉，可藍釉及紅釉對他的劣跡卻是耳熟能詳。

別的不提，就說沈餘之搭的那座高臺。簡廉找過睿王好幾次，拆兩次，搭兩次，再多言，睿王就說世子病重，讓簡家再忍忍。即便鬧到泰寧帝那裡也無用，因為沈餘之是泰寧帝最喜愛的孫子，沒有之一。

要想擺脫，除非把婚訂了。

可簡雅比她大，她還沒訂親，如何輪得到她？

一會兒後，簡淡心事重重地帶著甜湯到外書房時，簡雲豐已經走了。

書房裡只剩簡廉跟李誠。

簡廉疲憊地靠在太師椅上，燭光搖曳昏黃，襯得他多了幾分老態。

簡淡把甜湯放到書案上，走到他背後，在太陽穴上輕輕按起來。

「祖父真的累了，快六十了，不服老不行啊。」簡廉舒服地嘆息一聲，閉上了眼睛。

「小淡，妳爹替簡雅相中了睿王世子，睿王世子卻相中了妳。告訴祖父，妳是如何想的？」

簡淡呆了一下。

沈餘之居然提親了！這是為什麼？怎麼他的病好了，想娶的人也變了？

難道是因為她救祖父時提前見的那一面？可那次見面並沒有發生特別的事情啊，他怎麼就喜歡她了呢？

不知為何，簡淡突然想起沈餘之的手拍在頭頂時的瞬間，那句「小笨蛋就該乖一些」的話，像滾滾的天雷般，在她腦海裡翻騰不停，讓她的臉又開始紅了起來。

前世，簡雅不願意嫁給病重的沈餘之，這輩子沈餘之身體健康，她又迫不及待想嫁了。父母親會不會求她放棄沈餘之，讓簡雅代嫁？她是不是該痛快地表示同意呢？

不不不，她才不會那麼傻。她寧願嫁給病秧子，也不願成全她們。

「孫女聽祖父的，可是……」她遲疑片刻，還是決定實話實說：「孫女剛剛回去時，世子就在孫女的院子裡。孫女畫的製瓷圖冊被他發現，他以冊子做要挾，想和孫女合夥開一間瓷器鋪子。孫女考慮再三，已經答應了。」

簡廉睜開眼，坐了起來，轉頭看著簡淡，怒道：「居然有這種事？」

簡淡點頭。「祖父拒絕睿王的提親了嗎？」

如果祖父拒絕了，沈餘之設法坐實婚事，是比較合乎情理的推斷。

「妳反應很快，正是如此。」簡廉鎮定下來，靠回去，閉上眼。「既是如此，那就好好地做，祖父相信妳能做好。」

簡淡鬆了口氣。「是，孫女定不會丟祖父的臉，丟咱們簡家的臉。」

「很好。」簡廉道：「那對父子我行我素，且打罵不得，若逼急了，他們說不定就請皇上賜婚。這件事先拖著，妳出門時，帶足人手，莫要和世子單獨相處，知道嗎？」

大舜的男女大防沒有前朝嚴格，但「聘者為妻，奔者為妾」的想法，是一模一樣的。以他的地位，只要簡淡不主動送上門，便不用擔心沈餘之用強。

簡淡知道，祖父這是表明了態度——他真的不同意她嫁沈餘之。

「祖父放心，孫女省得。」

「好，祖父對妳一向很放心。」簡廉直起腰，指指書案前的椅子。「妳也坐下，陪祖父用些湯，再講講妳作的那些夢，祖父還想多知道些。」

「好。」

簡淡應聲，坐下陪簡廉喝湯了。

第二十七章

簡雲豐一回到內書房，崔氏便湊了過來。

「老爺，到底怎麼回事？一大家子過得好好的，怎麼忽然把家分了呢？就因為大家都想設小廚房嗎？」

崔氏有些心虛，若她沒有為難簡淡，簡淡就不會另設小廚房，事情未必會鬧到現在這個地步。

簡雲豐道：「父親有父親的理由。他沒說為什麼分家，找我是談小雅和小淡的親事。」他撒了謊。簡廉懷疑簡雲帆想殺他這件事太過駭人聽聞，絕不能告訴一個婦人。

「老太爺怎麼說？」一家已經分了，崔氏對簡雅的未來更感興趣。

「睿王向父親提過親，但對象不是小雅，是小淡。父親已經拒絕了，所以……」

「所以，老太爺不讓小淡嫁，小雅便也不能嫁了？憑什麼！」崔氏瞪大眼睛，淚水立即湧了上來。「冤孽，真是冤孽啊！」

「憑什麼？就憑妳的態度，以及對簡雅的管教。」簡雲豐受夠了崔氏，聲音也大起來。「別忘了，小淡也是妳的女兒。父親說了，如果妳和小雅再不悔改，就一起去庵堂反省。」

「庵堂？」崔氏尖叫。

「就是庵堂，妳好自為之。」

簡雲豐懶得理她，取來墨錠，開始研墨。最近發生的事情太多，他需要好好靜一靜。

崔氏怒火中燒，撲到畫案前。

王嬤嬤見狀，一把拉住崔氏。「太太，老爺要作畫了。」

簡雲豐最討厭作畫時被人打擾，而且這件事他說了不算，吵不出結果的。

崔氏深吸一口氣，勉強讓自己冷靜下來，扶著王嬤嬤的手，出了內書房。

一會兒後，有人叫門。「二老爺在嗎？」

守門的婆子打開門，見是王氏身邊的管事嬤嬤宋嬤嬤，趕緊請她進來。

宋嬤嬤道：「大老爺想請二老爺過去坐坐。」

守門的婆子道：「好，宋姊姊且等等，我去問問。」

不一會兒工夫，守門的婆子回來，道：「宋姊姊，二老爺睡著了，妳看……」

宋嬤嬤看看亮著燈的內書房，勉強笑笑。「真是不湊巧，那老姊姊先回去了。」

門關上了，崔氏從迴廊的柱子後面閃出來，道：「往日大伯一叫，老爺就去了，今兒這是怎麼了？」

王嬤嬤道：「太太，分家的事來得太突然，朝廷裡恐怕發生什麼大事，關係到家裡。明兒老奴便提醒咱們院子裡的丫鬟、婆子們，讓她們仔細些。」

崔氏深以為然，主僕倆朝跨院去了。

簡雅臥房的燈還亮著。

她下了床，來來回回地踱步，像隻熱鍋上的螞蟻。

家裡年紀到了卻還沒訂親的姑娘，只有她和簡淡、簡靜。

大伯父是官身，簡靜的親事不愁；她爹乃區區名士，不過徒有虛名罷了。

如此一來，她與沈餘之更不匹配了。

她不明白，簡廉為何做出這種決定，簡直莫名其妙，愚蠢至極。

越這樣想，簡雅越覺得火大，燒得她想罵人，打人，砸東西。

梁嬤嬤見她直奔書案上的筆洗去了，趕緊攔住。「姑娘，使不得。」

「讓開。」簡雅怒火中燒，高高地揚起右手。

梁嬤嬤吃驚地看著那隻手，失望在眼裡一閃而過。「如果打老奴能讓姑娘消氣，姑娘儘管打吧。」

「她敢？」崔氏推門進來。

簡雅放下手，轉身小跑著撲進崔氏懷裡。「娘，我心裡難過，嗚嗚……」

崔氏感覺胸口一陣濕濡，心疼地摟緊了她。「別哭、別哭，娘替妳找更好的人。」

「更好的？」簡雅抬起頭，從崔氏的懷抱中掙脫。「娘，您說的是什麼意思？」

「妳祖父……」話到嘴邊，崔氏猶豫了，走到太師椅上坐下，又謹慎地思考一番，才道：「妳爹說，睿王向妳祖父提過親了，對象是小淡，但妳祖父拒絕了。睿王世子與妳祖父各有堅持之處，妳那些不該有的心思，就收一收吧。」

沈餘之想娶簡淡?!

簡雅的身子陡然失重，跌坐在椅子上，尖聲道：「為什麼？憑什麼？」

王嬤嬤小聲對崔氏說：「難怪那位非讓三姑娘天天耍棍子呢，只怕早就相中了。」

崔氏同意她的話，但也很不理解。「那臺子可是早早就搭了的，而且這麼多年來，小淡從未回過家。」

簡雅聞言，慢慢冷靜下來。「娘，是不是睿王搞錯了？」

崔氏很想說是，但理智不允許。

京城裡，誰不知睿王最疼沈餘之，怎麼可能搞錯他終身大事的對象呢？

「娘，世子喜歡的肯定是我，王爺覺得我身體不好，所以才想偷梁換柱，訂下簡淡……對，一定是這樣！」簡雅找了個極為合理、且自認為無懈可擊的理由。

話聽起來沒錯。可若沈餘之喜歡的人不是她，就大錯特錯了。

崔氏搖搖頭，顧忌著簡雅的身體，沒有當場反駁她。

「老天爺對我們姑娘太不公平了。」梁嬤嬤落淚，簡雅吃她的奶長大，對簡雅比對親生女兒還親。所以，簡雅揚起手，要打她時的失望是真的，這一刻的心疼，同樣也是真的。

老天爺對簡雅不公，更寵愛簡淡。這是多年來，獨寵簡雅的人一貫的想法。

她們把罪過全歸咎於簡淡，日復一日，簡淡便在簡雅心裡成了十惡不赦的罪人。卻從未有人想過，簡淡是不是真的有罪，是不是太過無辜？

簡雅的眼淚越加洶湧，崔氏也哭了起來。

快到三更天了，冰盤裡的冰只餘殘渣。

啜泣聲不止，屋子裡的氣氛凝重得如同死神降臨一般。

王嬤嬤是唯一一個假哭的人。

她不認為簡雅的不幸是簡淡造成的，但簡淡有錯，錯在不被主母和姊姊喜歡。對崔氏和簡雅的忠僕來說，這就是罪。

崔氏最先平靜下來，把簡雅拉到懷裡，輕輕拍著她的後背。「小雅乖，既然妳祖父已經回絕，這件事就暫且放下吧。」

簡雅哭了一場，鬱氣散了不少，用帕子抹去鼻涕、眼淚，悶悶地問：「憑什麼簡淡不嫁，我也不能嫁？娘，我想去找祖父說說，行不行？」雙眼通紅，小臉蒼白，唇色淺淡，精神萎靡，像根霜打的茄子。

崔氏心疼得要命，但理智尚存，想起簡雲豐的反常舉止，還是硬下了心腸。

「妳祖父心裡裝的都是朝廷大事，妳不要去煩他老人家了。這種事，回絕了就是回絕了，很難反悔的。

「再說了，妳是娘放在心尖上疼大的，娘捨不得妳給那丫頭當替身。將來娘幫妳找個一心疼妳的好夫婿，世子那樣的病秧子，咱們不要了，好不好？」

越是得不到的，便越想得到。

簡雅的心思都在沈餘之身上，豈能聽得進崔氏的肺腑之言，又哭了起來。「娘，我怎麼就是替身了呢？分明是王爺弄錯了對象。」

崔氏聽著簡雅的話，感覺這事有些棘手，不免對沈餘之暗恨不已。又看看王嬤嬤和梁嬤嬤，希望她們能幫忙勸勸簡雅。

王嬤嬤小聲開口。「太太，這件事也未必就這樣說死了。」

「怎麼說？」

王嬤嬤想了想，道：「睿王妃的生日快到了，如果王爺有心替世子擇妃，咱們總有機會試探一二。」

這話說得巧妙，既沒給簡雅不切實際的希望，也起了安撫的作用。

崔氏領會她的意思。只要過了今天這一關，往後就好辦了。

沈餘之除了一張臉和一個親王世子的身分之外，一無是處。

她教養的孩子，不會執迷不悟的。

另外，睿王妃每辦一次生日宴，便能成就幾對門當戶對的好姻緣，相信她也能替簡雅找到更好、更合適的人家。

「嗯，妳說的有些道理。」崔氏點頭，幫簡雅擦擦臉。「好啦，娘的乖女兒不哭了，只要咱們小雅健健康康，漂漂亮亮的，又多才多藝，一切問題都不是問題，是不是？

「黃老大夫說過好幾次，妳的身體已經好了，現在少思多動才是正經。不早了，歇下吧，娘看著妳睡，好不好？」

「好。」

簡雅確實哭累了，讓崔氏半摟半抱地上了床。

崔氏回房間時，已經三更過半。

臥房裡鼾聲四起，崔氏用鼻孔哼了一聲，悻悻地坐到梳妝檯前。

茜色替崔氏拆下頭面，小聲把簡雲豐睡前叮囑的、簡廉禁足簡雅十五天的事，仔細說了一遍。

崔氏平靜地應下。她沒有不滿，剛才簡雅要打梁嬤嬤的樣子，深深刻在她的腦海裡。

捫心自問，她對簡淡公平嗎？其實一點都不公平。

簡淡回府後，姊妹間發生的一切齟齬，都是簡雅的錯。

她清醒地維護著簡雅，也清醒地發現，這些年，簡雅的確被慣壞了。

自私、自以為是，偏偏手段又不甚高明，稍有挫折便哭鬧不休，哪裡是大家閨秀應有的模樣。

或許，崔家才是簡雅最好的歸宿。

思及此，她忽然想起即將到來的兩個姪子。

「王嬤嬤，明兒提醒我，讓越哥兒和敏哥兒請一天假，去城外接他們的表哥。」

「哎喲，差點忘了。」王嬤嬤拍了拍腦門。「老奴記下了。」

第二天一早，簡淡依然去花園練棍。

沈餘之也在，以站著的姿態。身著玄色短褐，站在高臺上，像根挺拔的紫竹。

他朝簡淡頷了頷首，隨即腳下一動，手中一抖，來了個乾淨俐落的雙節棍起手式，再不疾不徐打了一整套棍法。雖說力道不夠，可每一招都精準到位，打得不比簡淡差。

最後一招收勢後，他朝簡淡做了個請的動作。

這絕對是挑釁。

簡思敏的好勝之心頓起，道：「三姊，他一個病秧子都能打好，我也能打好，對吧？」

簡淡點點頭，不甚專心地敷衍道：「只要你肯用心，說不定學得比他快。」

簡思敏最愛聽類似的話，立刻屁顛屁顛地找白瓷學去了。

簡淡呆呆地站在原地。

昨晚她夢到前世嫁給沈餘之的情景，這一次，沈餘之沒讓大公雞代替他，也沒有攆她走，更沒有吐血，而是掀開她的蓋頭，拍拍她的髮頂。

「本世子之所以娶妳，不過是無以為報，以身相許罷了，簡雅才是我真正喜歡的人，懂嗎？嘖嘖，小笨蛋就該乖一些。」

她覺得自己有些魔怔了。

崔家的兩位表哥是午後到的。為此，崔氏請王氏停了下午的女紅課。

簡淡帶著簡靜與簡悠、簡然到梨香院時，崔氏，簡雅及簡思越兄弟都在，客座上還坐著三個姿容俊秀的年輕人。

除了崔家表哥外，另一個居然是蕭仕明。

簡淡有些意外。

自從那晚跟衛文成吵了一架後，她在貴女的圈子裡聲名鵲起，若非她是簡雅的雙胞胎妹妹，便會被當成市井上孔武有力、滿嘴葷話的女屠戶了。

聽說靜安郡主沒少在人前嚼簡淡的舌根，把落井下石這句話表現得淋漓盡致。

為此，林家接連來信，詢問簡淡在家裡過得好不好？

簡淡寫了滿滿三張紙的信，才打消表大伯父帶著幾個表哥前來探望的念頭。

事情鬧到這個程度，沒有蕭仕明等人的推波助瀾，是不可能的。

簡淡不明白，蕭仕明怎麼好意思登堂入室？

她心裡不痛快，但表面上仍是一團和氣，挨個兒問了安。

崔曄和崔逸都不善於言談，兩人站起身，微笑著與表妹們說了兩句場面話，便重新落坐，與崔氏聊起清州家裡的近況。

蕭仕明很熱情，應酬完簡靜和簡然，頗為熟稔地對簡淡說：「聽說三姑娘騎術不錯，我與齊王世子在月牙山辦了賽馬會，屆時廣平公主也會去，還請三姑娘和幾位姑娘務必賞光。」他請的是簡淡，簡雅和其他幾位姑娘只是順道邀的。

突如其來的邀請，讓簡淡感到有些意外。這個賽馬會，前世也曾有過，但簡雅身子不好，向來不喜歡耗費體力的宴會。簡雅不參加，她便沒機會去。

以前，她沒想過要不要去這個問題，如今能想，她卻不想去了。

簡淡用眼角餘光觀察崔氏和簡雅。崔氏眼裡閃過一絲不快，轉過頭，繼續與崔家兄弟說話，簡雅則怨毒地瞪她一眼，但正對著她的簡思越卻點了點頭。

簡淡不解，仍笑著道：「多謝蕭世子相邀，如果沒有意外，定隨大哥一同前往。」

「好，我家五妹最喜騎術，妳們可以切磋一下。」蕭仕明笑了起來。

他是個很愛笑的男子，不薄不厚的唇有著天然上翹的弧度，牙齒潔白整齊，一笑時，七分好看登時變成了十分。

被他一比，兩位表哥顯得有些黯然。

除了簡淡，幾位簡家姊妹的目光皆落到他臉上，臉上紅撲撲的，便是簡雅，也多瞧了好幾眼。

崔氏微微一笑，和藹地說：「聽說令妹的騎術是有名師指點過的，厲害得很，我兒可要小心了。」

這話看似溫暖，細品之下，卻有些嘲諷的意味。

外人聽不出來，知內情的人自能感知一二。

簡淡道：「多謝母親關懷，女兒定會加倍小心。」

崔氏點點頭，表情有些僵硬。

簡雅哂笑一聲，沒說話。

她被簡廉禁足，若非崔氏怕在娘家人面前丟臉，根本不會讓她出來。

眾人聊了一會兒，崔氏讓崔家兄弟去客院漱洗，簡思越帶簡思敏去送蕭仕明。

簡淡回到香草園，見離吃午飯還有些工夫，便把瓷泥拿出來。

剛把瓷泥醒好，簡思越就來了。

簡淡笑道：「大哥，白瓷做了紅燒肉和清蒸魚，要不要一起吃？」

簡思越蹙起眉頭。「三妹，中午要替兩位表哥洗塵，妳當去梨香院用飯。」

簡淡噘起嘴。「大哥，你希望我去，可母親未必歡迎吧。」

她跟崔氏鬧成這個樣子，還要裝成沒事人似的一起吃飯，太為難人了。

簡思越道：「妳聽大哥的，莫讓崔家看了咱們的笑話。」

這話有道理，簡淡必須點頭。

簡思越在太師椅上坐下。「小淡，小廚房是怎麼回事，小雅又做什麼了嗎？」

簡淡笑道：「二姊能做什麼？是母親讓廚房為難我了。」

簡思越並不意外，只是有些難堪，一時不知說什麼好。

簡淡見狀，直接換了話頭。「兩位表哥認識那位小柿子？」

小柿子?!

簡思越用食指點點她。「頑皮，千萬不能叫習慣了。」

簡淡笑笑，用濕紗布蓋住瓷泥。

簡思越道：「蕭世子曾經在清州遊學。」

蕭仕明與崔家兄弟在同一座書院讀書，夏天游泳時，崔曄曾救他一命，交好是順理成章的事。

因此，賽馬會是蕭仕明收到崔曄的來信後，特地為他們兄弟安排的，要把他們引薦給大家認識。

簡淡恍然大悟——難怪前世簡廉倒臺後，簡雅仍嫁給蕭仕明，原來還有這樣一層關係。

她笑著搖搖頭，上輩子的自己真是個蠢貨，除了討好和愚孝，什麼都不知道。

「大哥為何要我參加賽馬會？」

簡思越道：「祖父讓我帶妳多出去走走。」

簡淡挑眉。祖父安排的，那必定有些深意吧。

簡思越站起身，走到簡淡身邊，小聲地問：「三妹，現在妳名聲不好，蕭世子肯定不安好心，這樣妳還想去嗎？」

「去呀。」簡淡停下動作，歪頭看著簡思越。「清者自清，濁者自濁，祖父讓我出門的本意，便是如此吧。」

小姑娘坦坦蕩蕩，目光清澈，笑容明朗。

簡思越笑了，大手摸摸簡淡的頭頂。「三妹做得極好，大哥不如妳。」

簡淡頭頂一沈，沈餘之說過的話又閃現在腦海裡，登時感覺臉頰有些發燙。

「大少爺用些西瓜吧，用冰冰鎮過的，清涼得很。」藍釉端著果盤進來，替她解了圍。

簡思越沒注意到簡淡的異樣，欣然應了，坐回椅子上，捏起一片來吃。

簡淡鬆了口氣，趕緊拿掉瓷泥上的紗布，啪啪摔了起來。

——未完，待續，請看文創風837《二嫁榮門》2

吹泥絮上青雲
起死人而肉白骨／佑眉

2020年3月出版

天下第醫

他身高一八六，有房有車有正當職業，錢還有點多，
可他居然要挾恩逼迫，這胖丫頭才肯答應假裝成他女友！
她說，她沒做過人家的女朋友，怕露餡了，
拜託，他這輩子也沒做過人家的男朋友好嗎？
不過無妨，從小到大還沒有他做不成的事，何況是區區一個男朋友？

文創風 830 1

即便父親是大楚第一神醫也無力回天，她在三十歲時終是香消玉殞，
沒想到再睜開眼，她竟來到千年後「胖死」了的葉青身體裡！
三歲時因高燒昏迷，葉青被狠心的父母丟到山坳裡自生自滅，
幸好老天待她不薄，她被山裡的好心人撿回家收養，
本來她也是長成個漂漂亮亮的小姑娘，不料近年卻突然胖得不成人形，
這不，一接到養父病故的消息，她匆忙往家裡趕，結果呼吸不暢而猝然昏厥，
偏偏她趴臥在地後又因行動遲緩沒能及時起身，口鼻被積水嗆到，窒息而亡，
如今既然代替那葉青重生了，她定會好好過活，而首先要做的，便是減肥！

文創風 831 2

說實在的，減肥這事對葉青而言並不困難，即便她胖成個大肉包，
令她疑惑的是，原本身材纖細、美若天仙的原身怎麼有辦法胖成這樣？
要說原身是自己吃出來的，她卻是不信，畢竟家裡沒錢讓她大吃大喝，
果不其然，之所以會變成個胖丫頭，全是因為體內的各種毒素！
那原身傻乎乎的，相信全天下都是好人，是誰長期對她下毒想害她呢？
且對方並沒有要毒死她，只是想讓她外表走樣而已，這又是為何？
與此同時，她得知當年丟棄她的父母並非親生的，她是豪門千金來著啊！
所以說，毒害她一事，莫非與她的身世有關聯？

文創風 832 3

說來也真巧，葉青在途中所救的這名俊美男子跟她一樣，也是中了毒，
與她不同的是，男子所中的毒極為霸道凶猛，一群醫生都束手無策，
不過她手起針落，僅數息間就把性命垂危的男子從鬼門關前拉了回來，
男子叫容珩，是極重要的天才科學家，簡直就是國寶中的國寶，
本來這一切都與她無關，畢竟她已得了報酬，彼此互不相欠，
偏偏她乘坐的車因故險些撞上他的，這下可不就被他揪住小辮子威脅了？
但他什麼要求不提，竟要她當女朋友好應付頻頻抓他去相親的父母？!
雖然她如今瘦了不少，卻仍舊是大胖妹一個耶，這人是認真的嗎？

文創風 833 4 完

因為年紀太輕，沒人相信她擁有一身起死回生的高超醫術，
但只要見識過她施展的針灸神技後，就無人不對她折服，
家世好、外貌姣美，還有枯骨生肉之術，她能不招妒嗎？
那個頂替她享受多年富貴生活的假千金，可不就視她為肉中刺？
當初原身會一命嗚呼，也有此女站在一旁見死不救的冷血助力在，
甚至，她名義上的未婚夫，也因愛慘了假千金而千方百計想整死她，
可不是她要說，真以為自己是香餑餑啊？她家容珩比他好一百倍好嗎？
他們小倆口如今正式交往，恩愛得很，這兩個小人可否閃遠一點？

2020年3月出版

旺門小喜婦

文創風 834～835

賣魚女仗著「命好」，搖身一變成豪門少奶奶，
明著掛正妻，暗裡當丫鬟，看似有面子卻沒裡子？
雖說大戶人家裡頭水很深，但既來之則安之，
憑藉自個兒命中帶喜，小人物也能草根逆襲！

喜妻嫁臨，草根逆襲／白露橫江

董秀湘身為「喜年喜月喜日喜時辰出生」的賣魚女，
乍看下是天生命好，嫁到湖廣湘江一帶的富商胡家，
可誰知道給病秧子二少爺沖喜，會不會一進門就守寡？
雖說人人不看好，但老天爺賜給她的命格真的又強又旺，
這藥罐子相公非但沒有病死，反而身子骨好轉且高中解元；
她還產下龍鳳胎為夫家開枝散葉，直接坐穩二房正妻的位置；
再加上創新「湖繡」引領風潮，把事業經營得風生水起。
即使沒有家世背景，她仍憑藉一身本事，把裡子、面子兼顧了！
本以為家庭美滿、經商有道，總該迎來舒心的好日子，
未料這自家人接二連三捅樓子，一舉端掉胡家的大半基業。
如今風雨飄搖，全家上下皆視她為救命稻草，
作為傳奇的旺門媳婦，還能再一次逆轉奇蹟嗎？

2020年3月出版

靈通小農女

文創風 827～829

穿成庶女或丫鬟都比她這農村小姑娘好多了，至少有吃有穿，
她卻得靠著一屋五畝田養活母親、弟弟，還好自己能跟植物對話，
加上採個人參、靈芝，養株桃花、蘭花，似乎在異世混得還不差?!

發家致富不忘撩夫 農女也有出頭天／藍一舟

車禍醒來，她嚇得寧願眼一閉重死一次——這也穿得太倒楣了吧?!
家徒四壁不說，牆縫都能見光，旁邊只有哀哀哭泣的母親跟幼弟，
自己這身體似乎只有十歲多，看來卻得要撐住這個家；
她又苦又窮又沒爹，還差點被極品親戚強行嫁出去！
還好，她前生最大的秘密——與植物溝通的能力沒跟著穿越消失，
在這個偏僻荒涼的農村裡，各種植物不但能陪她度過謀生的苦，
還幫她開創一條發家致富的道路，什麼人參、血靈芝，還不手到擒來？
只是這座山明明人煙稀少又危險，為何山上有個神秘野少年宮翎？
說他野也不對，他身懷武器，衣著不起眼卻不破舊，分明是個有身分的，
但整天混在山上來去無蹤，功夫高得很，性子也冷得很，
每每幫她總是一臉施捨，她這穿越大齡女真摸不透古代小鮮肉啊！

二嫁榮門 1

國家圖書館出版品預行編目資料

二嫁榮門 / 竹聲著. --
初版. -- 臺北市 : 狗屋, 2020.04
冊 ; 公分. --（文創風）
ISBN 978-986-509-093-7（第1冊：平裝）. --

857.7　　　　109001921

著作者　竹聲
編輯　安愉
校對　沈毓萍
發行所　狗屋出版社有限公司
地址　台北市104中山區龍江路71巷15號1樓
電話　02-2776-5889～0
發行字號　局版台業字845號
法律顧問　蕭雄淋律師
總經銷　知遠文化事業有限公司
電話　02-2664-8800
初版　2020年04月
國際書碼　ISBN-13　978-986-509-093-7

本著作物由北京晉江原創網絡科技有限公司授權出版

定價250元
狗屋劃撥帳號：19001626
網址：love.doghouse.com.tw　E-mail：love@doghouse.com.tw